KB174023

현대시 교육론

현대시 교육론

유 성 호

책머리에

문학 현상에 대한 해석과 평가 그리고 응용의 과정은, 크게 문학 연구, 문학 비평, 문학 교육의 세 가지 권역으로 분리되어 있다. 문학 연구가 그 특유의 아카데미즘을 통해 과거의 문학적 유산에 대한 재구(再構)에 적공(積功)을 들이고 있다면, 문학 비평은 당대의 문학 작품이나 작가들에 대한 사후적(事後的) 해석과 평가를 통해 그 결과를 동시대의 문학 시장에 소통시키는 직능을 수행하고 있다. 그에 반해 문학 교육은, 문학 연구와 비평의 결과들을 응용하여 '학교'라는 제도적 영역에 피드백시킴으로써 더 나은 교육적 방법론과 안목을 갖게 하는 데 그 목적을 두고 있다. 하지만 우리가 잘 알듯이, 이 세 가지 영역은 고립되어 존재하는 것이 아니라 상호 통합적으로 수행되어야 하는 것들이다.

물론 이 같은 통합적 안목은 전문적이고 자각적인 문학 연구와 대중적 실천으로서의 문학 비평 결과를 매개하고 통합할 수 있는 기능을 총괄하는 것이다. 또한 문학 현상에 대한 해석, 평가, 치환, 응용 기능을 통해 연구 성과의 활발한 교육적 적용을 꾀함으로써 각각의 영역(연구, 비평, 교육)이 따로 고수하고 있는 문법과 언어, 인적 구성을 서로 소통시키는 것을 뜻하기도 한다. 이 책은 이러한 연구와 비평과 교육 영역을 상호 소통시킴으로써 각자 독립된 영역을 고수해왔던 관행에도 불구하고 그것들의 통합적 인식을 제고하기 위해 씌어진 글들을 모은 결과라 할 수 있다. 또한 이 책은 주로 '시 교육'을 중심으로 하여, 연구와 비평과 교육이 서로 소통할 수 있는 가능성에 주목하였다. 전체적으로 3부로 구성되었고, 일관된 체계에 의해 씌어졌다기보다는 다양한 관심이 산포된 결과라고 해야 할 것이다.

제1부는 '시 교육'을 둘러싼 여러 쟁점들을 살펴보았다. 곧 '시 교육'

의 대상과 방법, 시를 통한 '사회성' 교육의 문제, 화자를 어떻게 독해해내느냐에 따른 '시 교육'의 방법, 대학에서의 '시 교육'의 문제 등을 살펴보았다. 전체적으로 필자의 관점이 선명하게 드러난 글들이라고 생각한다.

제2부는 국어 교육 현장에 대한 여러 각론적 접근들을 담아보았다. 국어과 교과서의 구성과 내용에 관한 메타적 논의, 중등 교원 임용 고사 분석, 독서, 논술, 시조, 아동문학의 교육에 관해서 살펴보았고 마지막으로 문학 교육에서 통일에 관한 효율적 학습 방안을 논의하였다.

제3부는 시사(詩史)와 시 작품론을 곁들여 살핌으로써, 그 결과가 교육 현장에 어떻게 반영될 수 있는가를 생각해보았다. 그동안 교과서에서 배제되었던 근대시의 타자들의 탐색, 문학사에서 시인의 가치 평가 문제 논의, 제7차 교육과정 국어교과서 수록 작품 분석을 수행하였고, 그 외에 백석, 서정주, 신경림의 시편들에 대한 작품론적 이해를 실었다. 그 결과가 교육 현장에 적용되기를 바라는 마음 크다.

우리 시대는 지식·정보화 사회로 빠르게 편입되고 있는 전환기적 성격을 강하게 띠고 있다. 어느 시대나 전환기가 아닌 적은 없었지만, 지금의 전환은 문명사적 성격을 띠는 거대한 성격의 것이다. 이때 우리는 시장 경쟁력을 최우선의 존재 가치로 가정하기 쉽다. 하지만 문학은 이러한 자기 망각을 통한 대리 만족보다는 항구적인 자기 반성적 속성을 지닌 예술이라 할 수 있다. 그래서 문학 교육이라는 공론장에서 우리는 '지시자-수용자' 관계가 아닌 수평적인 열린 타자들과의 소통을 가능케 함으로써 이 같은 역설적 가치에 도달해야 한다. 문학 교육을 생각할 때, 교사는 물론 학습자 혹은 독자들의 능동적 참여가 중요한 까닭도 여기에 있다 할 것이다.

아직까지도 우리는 "시는 우리를 가르치지 않는다. 다만 감동을 주어 우리를 변화시킬 뿐"이라는 괴테의 말을 마음 속에 간직하고 있다. 시는 교육의 대상이 아니라 경험의 대상이라는 것이다. 하지만 '교육'이 일방 통행의 주입이 아니라 다양한 타자들과의 소통을 통해 문학 경험을 가능케 하는 포괄적 행위인 만큼, '교육'을 통한 문학 경험의 세련화와 정예화는 불가피한 우리의 탐색 과제가 아닐 수 없는 것이다.

다만 부족한 결실이 부끄럽기만 하다. 좀더 세련된 메타적 논의를 하고 싶었고, 문학 교육의 시스템이랄까 제도나 관행에 대해서도 비판적 논의를 하려 했으나, 그동안 관심을 갖고 써온 글들이 아무래도 문학사와 문학 교육을 깊은 연관성 아래서 살피는 것들이었다. 그 같은 한계를 절감하면서 문학 능력의 신장 방법, 문학적 사유와 표현의 문제, 시적 특수성과 교육적 보편성의 상관 관계의 문제 등에 대한 체계적 접근을 지속적으로 이어가보려 한다.

이 책을 펴내는 데 여러 모로 소중한 인연을 다시 한번 확인해주신 역락 이대현 사장님께 큰 감사를 드린다. 빠듯한 일정에도 불구하고 책을 공들여 만들어주신 편집부 이태곤 팀장님과 권분옥 님께도 감사의 인사를 전하고 싶다. 그리고 무엇보다도 한국교원대학교 국어교육과에서 '교육'을 둘러싼 논의와 경험의 시간들을 공유해준 수많은 이름들에게 감사를 드린다.

2006년 봄

유 성 호

차례

제1부 시 교육의 대상과 방법

시 교육의 대상과 방법 • 15

1. 문학 교육에서의 균형 감각 | 15
2. 시 연구와 비평과 교육 | 18
3. 시 교육의 대상 | 22
4. 시 교육의 방법 | 24
5. 교육적 가치와 문학적 가치의 상충과 통합 | 28
6. 시 교육 과정에서 텍스트의 의미화 과정 | 30
7. 시 교육에서 비평의 역할과 의미 | 34

현대시와 사회성 교육—시에서의 '참여'와 관련하여 • 39

1. 주체의 형성과 '사회성' 범주 | 39
2. '참여'의 자장에서의 두 가지 분리 현상 | 43
3. '동일화'와 '거리두기'의 효과 | 48
4. 맺음말 | 54

화자의 양상에 따른 시 교육의 여러 층위 • 57

1. 머리말 | 57
2. 시 속에서 행하는 화자의 상상적 노동—정지용의 시 | 59
3. 자전적 화자가 행하는 자기 성찰—윤동주의 시 | 65
4. 허구적 화자가 들려주는 보편적 생 체험—서정주의 시 | 71
5. 맺음말 | 75

대학의 교양 교육으로서의 시 교육 • 77

1. 문학 교육의 두 가지 측면 | 77
2. 교양 교육과 문학 교육 | 79
3. '교양'의 경험이라는 관점에서의 시 교육 | 81
4. 시 교육에서 해석의 적정성과 창의성—하나의 사례를 들어 | 88
5. 맺음말 | 93

제2부 시 교육, 현장과 제언

국어과 교육과정에서의 국어과 교과서에 대한 비판적 검토 ◉ 97
1. 국어과 교과서와 교육과정 | 97
2. 제7차 국어과 교과서의 특징 | 106
3. 제7차 국어과 교과서의 문제점 | 114
4. 차기 교과서 개발에의 시사점 | 117
5. 결론 | 120

중등 교원 임용 고사 국어과 문항 분석 ◉ 123
1. 머리말 | 123
2. 국어과 제7차 교육 과정 개관 | 124
3. 출제 문항 분석 | 126
4. 맺음말 | 136

독서와 논술 교육 ◉ 139

현대시조의 교육적 위상 ◉ 143

아동문학과 교육적 가치 ◉ 145
1. 동시의 특성과 교육적 가치 | 145
1. 동화의 특성과 교육적 가치 | 150

문학 교육에서 통일에 관한 효율적인 교수 학습 방안 ◉ 157
1. 머리말 | 157
2. 문학을 통한 통일 교육 | 160
3. 학교 교육에서의 문학을 통한 통일 교육의 방안 | 164
4. 결론 | 181

제3부 시 교육과 시 해석의 문제

한국 근대시의 타자들 ● 187

1. '타자'는 무엇인가 | 187
2. '신성' 추구의 종교적 상상력 | 188
3. '몸'의 발견과 해석 | 190
4. 아방가르드 미학 | 193
5. 노동시와 민중 미학 | 194
6. 대중적 친화력의 시 | 196
7. 타자와 주체의 변증법 | 198

문학사에서의 큰 시인은 있는가 ● 201

1. "우리 시단 100년에 '큰 시인' 없어" | 202
2. 우리 근대시의 발생론적 토양 | 203
3. 식민지 시대의 시, 불구적 근대에 대한 미학적 항체 | 204
4. 해방 후의 시, 분단 체제에서 피운 미학적 결실 | 208
5. 다양한 근대시의 문양, 그 자체로 '큰' 것 | 210

제7차 교육과정 국어교과서 수록 시 작품 분석 ● 213

1. 혹독한 현실 속에서 피어나는 신념과 의지 - 이육사 「광야」 | 213
2. 사랑과 추억, 그 애틋한 삶의 이면 - 김용택 「그 여자네 집」 | 223
3. 감정의 다스림을 통한 이별의 완성 - 정지용 「유리창 1」 | 232
4. 어머니의 사랑에 대한 회상과 죄스러움
   - 정인보 「자모사(慈母思)」 | 241

근대의 내파, 샤머니즘의 기억 ◉ 249
— 백석 「넘언집 범같은 노큰마니」

지성(至誠)이면 감천(感天) ◉ 253
— 서정주 「冬天」

'떠돌이'들의 이야기를 담은
"한줄 굵직한 水墨글씨의 詩줄" ◉ 257
— 서정주 「格浦雨中」

떠돌이의 삶에 대한 운명적 긍정과 수용 ◉ 265
— 신경림 「목계장터」
1. 민중적 자기 긍정의 세계 ǀ 265
2. '방랑'과 '정착' 사이 혹은 '방랑'의 연속 ǀ 267
3. 시사적 연속성의 맥락 ǀ 273

제1부 시 교육의 대상과 방법

시 교육의 대상과 방법

현대시와 사회성 교육
—시에서의 '참여'와 관련하여

화자의 양상에 따른 시 교육의 여러 층위

대학의 교양 교육으로서의 시 교육

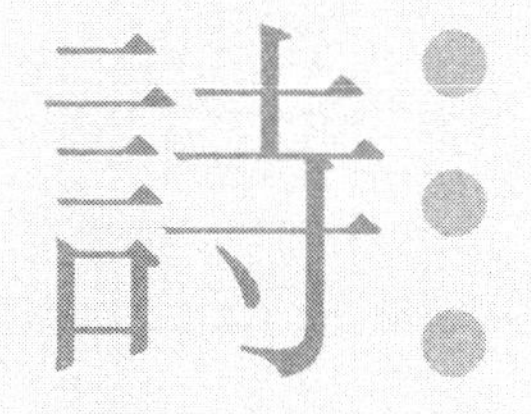

시 교육의 대상과 방법

1. 문학 교육에서의 균형 감각

우리가 상정하는 '문학 교육'이란, 문학 현상이 바람직하게 해석되고 소통될 수 있도록 계획하고 실천하는 것뿐만 아니라, 학습자의 내면화 및 송환(feed back)에 이르는 제도적·비제도적인 전(全) 과정을 뜻한다. 이때 '문학 현상'이란, 인간의 경험과 인식이 심미적 작품으로 형상화되는 과정과 그것이 독자(수용자)들 사이에 소통되는 과정 전체를 지칭한다. 이처럼 작가·작품·독자가 역동적 상호 관계 속에서 삶의 지표를 모색하는 일이 결국 문학 교육의 가장 기본적인 임무이자 영역이라고 할 수 있다.

원래 문학 교육은 그에 따른 이념 수립·과정 마련·교재 선정 등 대규모의 거시적 계획에서부터 개별 단위 수업의 미시적 계획에 이르기까지 그 범주가 매우 다양하고도 중층적인 것이다. 그러나 일차적으로 문학 교육의 범주는 문학 작품에 대한 교수와 학습 과정을 지칭하는 것이다. 심미적인 글을 씀으로써 문학을 생산하는 활동(창작), 그 결과를 이해하고 해석하는 활동(감상), 그것을 창조적으로 변용하는 활동(내면화) 등을 중심으로 문학에 대한 실질적인 교수와 학습이 이루어지기 때문

이다. 따라서 문학 교육은 그 결과에 대한 평가와 그에 따른 궤도 수정 과정까지 포함하는 것이다.[1)]

이런 관점에서 볼 때, 문학 교육은 학습자들로 하여금 문학 현상에 적극적이고 자발적으로 참여하도록 유도해야 한다. 그리고 문학 교사가 교수-학습에 관여하는 방식은 학습자와 더불어 상호 주관적으로 설정되어야 한다. 왜냐하면 일방적으로 주어지는 가치 체계보다는 새로운 가치에 눈떠가는 과정 자체가 문학 교육의 핵심적인 관건이 되기 때문이다. 아닌게 아니라 최근 문학 교육의 방향은 학습자의 사고력과 창의성 증진을 목표로 하여, 문학 현상에 대한 단순 암기보다는 텍스트를 학습자 자신의 경험과 매개하고 그 결과를 학습자 스스로의 언어로 환원해보는 쪽으로 정향(定向)되고 있다. 이러한 방향은, 물을 것도 없이, 학습자 스스로 교육의 수동적 대상이 아닌 능동적 주체가 되게 하는 이점을 선명하게 가진다. 말하자면 이는 '교사(전수자)→학습자(수용자)'라는 단선적이고 일방적인 교육의 회로를 다소 중층적이고 대화적인 방향으로 유도하여, 학습자의 자기 인식 및 자기 표현의 기능을 극대화하려는 데 그 목표를 둔 교육 방향이라고 할 수 있다.

그러나 이와 정반대 방향에서 제기되고 있는 반론 또한 일정한 설득력을 갖는다. 이는 텍스트를 학습자의 경험과 매개하고 자신의 언어로 치환하는 과정 이전에, 보다 더 선결적으로 구비해야 할 학습자의 인문학적 소양에 대한 새삼스런 강조로 나타난다. 말하자면 그것은 텍스트를 둘러싼 문학 현상에 대한 실증적·역사적 지식의 명료한 축적이 선결되어야만 문학 현상의 해석·평가·내면화에 이르는 수순을 학습자가 적절하게 감당할 수 있다는 논리이다. 물론 이미 검증된 지식을 주

---

1) 문학 교육에서의 '평가'는 문학 교육을 설계하는 과정에서 수립된 목표가 성취되었는지를 확인하는 일을 지칭한다. 그러나 목표 도달의 정도를 확인하는 데서 문학 교육의 평가가 끝나지는 않는다. 평가의 결과가 학습 목표 설정과 실천 과정에 다시 송환되어야 한다. 문학 교육에서는 문학적 가치를 학습 주체들의 가치로 다시 수용하는 '내면화'가 중요한 교육 요소로 상정되기 때문이다.

지시키는 교육이 다양한 사고력을 억압하고 많은 이들의 감수성을 획일화시키는 폐단을 갖는 것은 사실이지만, 인문학이라는 것이 기본적으로 축적의 원리로 습득·확충된다는 점에서 실증적이고 역사적인 사실의 인지는 매우 중요한 사항이라고 할 수 있다. "시를 제대로 이해하기 위해서는 시에 대한 일반 이론을 알아야 함은 물론 구체적인 시 작품을 감상하고 해석할 수 있는 능력이 필요하다. 어떤 것을 가르치려는 사람은 그 분야에 대해 누구보다 정통해야 한다"[2]는 언급이 이 같은 생각의 대표적 유형이라고 할 수 있다.

따라서 우리는 문학 교육이, 이 같은 상호 길항적인 방향 이를테면 독자(학습자)들의 정서적·경험적 텍스트 수용에 대한 강조와, 문학(문학 현상)을 하나의 역사적 산물로 인지하고 그것을 지식의 한 부분으로 받아들이는 것에 대한 강조의 두 측면을 통합해야 하는 과제를 떠안고 있다고 말할 수 있다. 특히 한국 근대(현대) 문학을 대상으로 하는 문학 교육에서 문학은 '역사'이자 '문학'이라는 양면적 속성을 갖는데, 그래서 문학을 하나의 '역사적 산물'로 인지하는 일과 '현재적 경험'의 매개체로 활용하는 일 사이의 균형 감각은 매우 절실한 것이다. 이 같은 객관적 '인지' 기능과 주체적 '활용' 기능의 상보적 극대화를 꾀하는 일이야말로 우리 시대의 문학 교육이 궁극적으로 지향해야 할 좌표가 됨은 현재까지는 분명해 보인다.

물론 문학 교육이 '문학사 교육'과는 다르지 않느냐는 재반론이 있을 수 있다. 이는 문학 자체에 대한 지식보다는 문학이 우리 삶 속에서 어떻게 경험되는가에 초점을 맞추는 문학 교육적 시각에서 제기됨직한 이론(異論)이다. 그러나 '문학'에 대한 소양(예술의 한 하위 양식으로서의 문학에 대한 지식, 문학사에 대한 감각, 문학 언어의 특수성에 대한 자각 등)이 실종된 채 진행되는, 현재적 적용에 치우친 문학 교육의 탁월성은 애초에

---

2) 이승원, 「시 교육에 도입된 이론적 지식의 문제점」, 『서정시의 힘과 아름다움』, 새미, 1997, 88면.

존재하기 어렵다는 점에서, 대중적 실천으로서의 문학 교육에 대한 남다른 강조는 문학 교육을 '문학'을 매개로 하는 삶의 교육으로 단순 환원하는 위험을 초래하게 된다. 다시 말하면 문학 교육에는, 수용자의 문학적 체험을 돕는 매개적 직능도 중요하지만, 문학 자체의 역사와 독자성에 대한 인지 기능이 중요한 한 축을 이루고 있다고 말할 수밖에 없다. 따라서 이와 같은 균형에 대한 남다른 강조가 문학 교육의 범주에서 매우 중요한 것이다.

이 글은 이러한 균형의 시각에서 우리 시 교육의 대상과 방법에 대해 생각해보려 한다. 말할 것도 없이, 시 교육 역시 '인지'와 '반응'이라는 두 가지 기능을 극대화하는 쪽으로 이루어져야 한다. 그래서 더욱 중요한 것이 이 같은 균형 감각이라고 할 수 있다.

2. 시 연구와 비평과 교육

우리 근대시가 전문적인 연구자들의 시야에 포착되고 탐색된 역사는 주지하듯 그리 긴 것이 아니다. 근대 초창기에 시인 박팔양에 의해 「조선신시운동개관」(『조선일보』 1929. 1. 1~2. 7)이라는 일종의 시사적 맥락화를 겨냥한 길지 않은 글이 발표되었고, 김팔봉의 「단편서사시의 길로」(『조선문예』 1929. 5) 등 시의 양식론적 점검을 통해 당시 조선시가 지향해야 할 바에 대한 논의를 편 역작(力作)들이 더러 있기도 했지만, 그러한 그들의 생각이 제도권내의 재생산 구조를 갖는 이른바 '연구'가 되지 못한 것은 사실이다. 당대로서는 '저널리즘'과 구분되는 제도권 성격의 '아카데미즘'이 존재할 수 없었던 데다, 대학이라는 근대적 제도로 표상되는 강단 비평의 형식이 가능하지도 않았던 터라, 그들의 작업은 학적인 체계의 축적으로 나아가지는 못하였다.

그런가 하면 근대 초기부터 이루어진 문학사 기술, 곧 안자산으로부터 시작되어 김태준, 임화를 거치면서 전개된 '연구' 역시 대개는 소설사를 위주로 한 것이었다. 그들은 모두 고대소설로부터 근대소설로 이어지는 소설사적 변이와 지속의 양상을 주된 연구 대상으로 하였고, 시기적인 선구성으로 인해 근대문학의 전체상에 다가가지는 못하였다. 그러던 것이 해방 후 백철에 이르러 비로소 근대문학의 한 분야로 초창기 근대시의 면모가 전체적으로 서술되기에 이른다.

그 이후 근대시 연구의 역사는 대체로 네 단계 정도의 변화를 띠며 전개되었다.[3] 맨 처음 그것은 서지 정리를 위주로 하는 실증주의적 노력으로 나타났다. 이러한 작업의 의의는, 시 작품에 대한 해석과 평가 이전의 문제 곧 연구가 가능한 실질적 대상의 확정이라는 토대 문제를 해결했다는 데 있다. 김근수, 하동호, 송민호 등이 이 분야에 기여한 바는 자타가 공인하듯 매우 크다고 할 수 있는데, 이들의 노력은 연구 이전에 여하한 방법론이라도 적용 가능한 물적 토대를 마련하는 데 바쳐진 것이었다.

두 번째 단계는 실증주의를 넘어서는 구체적 해석론의 도입으로 나타난다. 1960년대 후반 들어 주로 영문학을 공부한 이들, 이를테면 백철, 송욱, 김종길 등에 의해 이른바 '신비평'이 집중적으로 소개되는 것이 그것인데, 이 방법에 이르러 우리 시 연구는 자료 조사나 실증적 정지 작업 이후의 단계 곧 문학 연구 본래의 기능인 해석과 평가로 나아갔다고 할 수 있다.

세 번째로 우리는 1970년대 이후 이른바 역사주의적 또는 현실주의적 연구 시각의 대두를 강렬하게 경험하게 된다. 그것은 우리의 현대사적 요구와 긴밀히 맞물려 하나의 강력한 배타적 이념 및 방법적 자장을 형성하게 되는데, 그 나름으로 강력한 이념적 지형을 구성하면서 1970

3) 유성호, 「근대시 연구 방법론의 전개와 과제」, 『상징의 숲을 가로질러』, 하늘연못, 1999, 76~78면.

~80년대의 주류 담론인 민족문학론과 리얼리즘론으로 구체화되어 진행된다. 이는 전사(前史)적 공안이었던 '순수/참여' 논의를 미학적으로 한 단계 성숙시키는 데 기여하였다. 마지막으로 1990년대 이후 고개를 내민 해체 담론, 여성주의, 생태 시학 등 이른바 다원주의적 물결이 시 연구의 방향타를 여러 곳으로 분산시키고 있는 것은 우리가 현재 경험하고 있는 미증유의 상황이다.

이와 같은 변모(실증주의→분석주의→역사주의→다원주의)는 문학 연구의 실증적·해석적 기능보다는 이념적·가치 평가적 기능이 강화되는 쪽으로 연구사가 옮겨왔다는 것을 암시한다. 말하자면 '있는 그대로'의 문학 현상이나 유산을 재현하고 분석하는 기능에서 '가치있는 경험'으로서의 문학관을 유도하고 확산하려 했다는 점에서, 우리는 문학 연구가 꾸준히 비평적 기능을 강화하는 쪽으로 진행되어왔다고 할 수 있을 것이다. 이러한 연구사의 변모 양상은 곧바로 교육 현장에서의 교육 목표 및 방법에도 적잖은 영향을 끼쳤는데, 그것은 이미 검증된 체계의 학습보다는 그러한 체계의 전제 위에서 문학 현상에 대한 전체적인 비판적 재해석의 기능을 수월하게 키워주는 것이 문학 교육의 목표 및 방법이 되어왔기 때문이다.

물론 이 같은 '연구'와 '비평'과 '교육'은 그 주체들(연구자·비평가·교사)에게 일정하게 역할의 차이를 부여하는 행위 개념들이라고 할 수 있다. 연구자는 문학사가의 입장에서 문학 현상을 당대의 프리즘에 놓고 그 문맥을 재구성하는 고고학적 열정을 지니고, 비평가는 텍스트의 가치와 의미를 자신의 안목으로 걸러 의미화하는 주관적 판관의 위치를 갖고, 교사는 자신의 주관적 가치 판단을 최대한 제한하면서 보편적으로 검증된 사실을 효율적으로 전달해야 하는 위치를 부여받는다. 또한 연구자의 대상이 주로 과거의 역사적 유산인 데 비해, 비평가는 자료 선정에서부터 가치 평가에 이르기까지 자신의 논리에 따라 자유롭게 행할 수 있고, 교사는 교육적 가치가 이미 검증된 문학 작품에 대하여 공교육을 수행하는 엄정한 객관성을 지녀야 한다.

그러나 이러한 기능의 섬세한 차이에도 불구하고, 교사는 연구자-비평가-교사의 배타적 직능을 통합하여 견지해야 한다는 당위론과 결별하기 어렵다. 다시 말하면 연구자적 마인드와 비평가적 안목 그리고 교사의 기능과 역할이 한 사람의 언어적 역량과 방법론에 녹아들어야 한다는 것이다. 자꾸 이들 사이의 기능별 차이점만 강조할 경우, 이는 그들 사이의 역할의 확연한 비대칭적 구조를 조장할 개연성이 높아진다. 이처럼 시 교육에서 연구자들의 유산 해석의 역할과 비평가들의 평가·반성의 역할과 교사들의 응용 역할은, 문학 자체의 특수성과 문학을 통한 삶의 보편성을 교육하는 데 하나의 지평으로 결합되어야 한다.

주지하듯 한국 근대문학은, 낯설게 밀려들어온 '식민지 근대'에 대하여 창작 주체들이 매혹과 환멸이라는 이중적 반응을 보이며 펼친 역사적인 언어적 실체이다. 그만큼 한국 근대문학은 현재적인 것이라기보다는, 그 당시의 문맥으로 재구(再構)되어야만 자신의 육체를 온전히 드러내게 되는 당대적 산물이다. 이는 말을 바꾸면 수용자가 자신의 현재적 감각으로 당대의 문학을 수용하기 전에, 이미 그러한 역사적 실체가 당대적 의미를 띤 고고학적 유산으로 존재하고 있다는 사실을 전제해야 한다는 것이다. 따라서 학습자가 텍스트 속에서 유추적으로 자기를 탐색하는 것의 긍정적 의미에도 불구하고, 역사적 유산으로서의 문학과 문학 현상 혹은 문학가들의 삶이나 당대의 풍속 역시 중요한 문학 교육의 대상이 아닐 수 없는 것이다. 이는 다시 한번 말을 바꾸면, '문학' 자체를 지식의 대상으로 하는 교육이냐, '문학'을 매개로 하는 삶의 교육이냐 하는 분기(分岐)로 이야기할 수도 있다. 이 경우 양자를 통합하여 일종의 시너지 효과를 창출하는 안목의 중요성은 재차 강조되어야 한다. 아무튼 문학 교육에서 근대문학 전체에 대한 인지와 활용의 두 기능은 언제나 길항과 모순율의 존재가 될 것이고, 거기에 통합의 균형 감각이 요청됨은 말할 것도 없다.

이 같은 통합적 요구의 한복판에 바로 비평적 안목의 요청이 제기된다. 이는 '비평(批評)'이라는 것이, 전문적이고 자각적인 문학 '연구'와 대중적 실천으로서의 문학 '교육'을 매개시키고 통합시킬 수 있는 직능을 가진 행위이기 때문이기도 하고, 또한 문학(문학 현상)에 대한 '비평'의 해석, 평가, 치환, 응용 기능을 통해 연구 성과의 활발한 교육적 적용을 꾀함으로써 각각의 영역(문학 연구, 비평, 교육)이 외따로 고수하고 있는 문법과 언어, 폐쇄적인 인적 구성을 극복하는 길이 될 것이기 때문이기도 하다.

원래 '비평'이란 문학 작품 혹은 문학 현상에 대한 자의식의 표현이자 반성적 행위의 소산이다. 그것은 또한 문학 현상의 의미론적 이해를 초점으로 하는 지성적 훈련의 언어적 결과이기도 하다. 여기서 말하는 문학 현상의 의미론적 이해라는 것이 문학의 핵심 내용을 완결된 의미 구조로 파악하는 관점과 상통하는 것임은 말할 것도 없다. 이와 같은 의미론적 이해가 토대가 될 때 비로소 우리가 살고 있는 동시대의 시대정신을 종합하여 그것을 초극하게 함으로써 좀 더 넓은 시각 속에서 미래를 창출하기 위한 지성적 작업도 가능해진다. 따라서 우리는 이러한 성격의 비평적 안목과 언어를 통해, 문학 교육이 가지는 매개적 기능과 문학 연구가 가지는 아카데미즘의 역할을 서로 소통시킬 수 있다고 말할 수 있다. 연구의 결과를 교육에 반성적으로 적용하고, 교육의 방법론적 확충을 꾀하는 데 이러한 비평적 안목의 균형 감각이 절실하게 필요한 것이다.

3. 시 교육의 대상

앞서 말했듯이 최근 각급 학교에서 기획·실천되고 있는 시 교육의 기율과 방법은 대체로 학습자들의 능동적인 창조력과 주체적인 수용력을 극대화하는 쪽으로 맞춰져 있다. 그래서인지 텍스트에 대한 미학적・역사적 이해 능력 못지 않게 시에 대한 개인적 반응이나 창작에 관련된 교육 프로그램의 비중 또한 점증되고 있는 형편이다. 말하자면 시를 고정된 고고학적 유산으로 대하는 것이 아니라, 늘 살아서 현재적 삶의 세부적 국면과 연관될 수 있는 실체로 가르치려는 방향이 주류의 위상을 얻고 있는 것이다. 이는 시에 대한 인지적 기능의 신장보다는 수용자들의 반응을 통한 시적 경험의 극대화를 꾀하려는 방향으로서, 매우 중요한 이행기적 속성을 띠고 있는 경향이라고 할 수 있을 것이다.

물론 시 교육의 가장 고유한 전제는, 말할 것도 없이, '시'와 '비시(非詩)' 사이의 준별을 통한 '시(적인 것)'의 범주 확정이다. 그동안 전통적으로 '시'는 '운문'과 개념적 등가를 이루면서, 곧바로 '산문'과 대립적 범주를 구성하는 것으로 설정되어왔다. 혹은 '소설', '희곡', '수필' 등 다른 장르종(種)들과 변별되는 독자적인 원리를 가지는 언어 양식으로서의 유난한 독립성이 강조되기도 하였다. 그 대표적인 변별적 자질로 우리는 시적 언어의 '상징성'이라든가 '함축성' 혹은 '운율성' 등을 강조하여왔다. 말하자면 시는, 산문적인 평면성으로 이해하기 어려운 입체적이고 함축적인 언어적 질서를 가진 다소 난해하고 응축된 언어적 실재라는 견해가 지배적인 위치를 점하고 있었던 것이다.

따라서 우리는 '시' 혹은 '시적인 것'과 소통할 때, 으레 '난해성'이라든가 '함축성'이라는 근원적인 소통 장애 요인과 마주치게 된다. 그러나 그 같은 소통 장애가 실은 시 장르의 고유한 특성이라는 점에 주목한다면, 불가피하게 따르는 시의 난해성이 시를 향수하는 데 꼭 걸림돌이 되는 것만은 아니다. 다시 말하면 온당한 이해력과 경험의 축적으로 난해성을 적극 풀어낼 경우, 우리는 이를 통해 '시적인 것'이 아니고는 경험하기 어려운 무언가를 시를 통해 경험하게 되는 것이다. 따라서 우리는 시적 언어의 특수성을 통해 시가 우리에게 전달해주는 보편적인 감동을 매개해야만 진정한 의미에서 시 교육이 이루어진다고 판단할 수 있다. 이러한 태도만이 수용자들의 적극적인 반응을 유도하려는 현재적 시 교육에서 그 효율성을 극대화할 수 있는 가장 유력한 방법이라고 할 수 있을 것이다.

시적 언어의 특수성을 통한 시적 감동의 경험은 시의 운율, 이미지, 비유, 상징, 역설, 어조 등등 여러 가지 요소들의 매개를 통해 가능하다. 그동안 우리는 시 교육에서 알레고리적 교훈으로의 귀착, 주제를 확정하려는 의미 지향의 독법, 개별 시편을 거대한 사조적 흐름으로 귀속시키려는 집착 등으로 인해 개별 시편의 미적 원리들을 매개로 한 풍부한 시 읽기에는 다소 미흡했던 게 사실이다.

따라서 시 교육의 대상은 시적인 것을 당대의 문화 지평에서 인지하고 해석하여 현재적 경험으로 수용하는 과정 전체라고 할 수 있을 것이다. 이때 시적 상상력이 필요하고(이는 함축적 언어와 시적 이미지는 중요하다), 말의 뜻의 변형 과정에 대한 이해력도 중요하며(이는 운율과 상징의 중요성을 수반한다), 상호텍스트성이나 문화에 대한 사전 능력도 절실히 필요하게 된다.

4. 시 교육의 방법

이러한 시 텍스트를 교수할 때 가장 필요한 것은 개개의 텍스트가 내장하고 있는 경험 유형들을 학습자의 수준이나 단계별로 분류하여 유추적으로 내면화에 이르게 하는 과정을 잘 짜는 데 있다. 물론 이러한 교수법의 기획은 개개의 텍스트에 따라 상대적으로 적용될 수밖에 없다. 따라서 일괄적이고 보편적인 교수법보다는 텍스트의 특수성에 알맞은 구체적이고 다양한 교수 방안이 마련되어야 한다. 여기서는 시를 다루는 교수법을 여섯 가지 모형으로 분류하여 알아보기로 한다.

첫째, 직접 교수법이다. 여기서는 '사실 인지'→'맥락 설명'→'사례 제시'→'인지 결과 확인'의 순서를 취한다. 물론 시 육은 시에 흥미를 느끼게 하고, 시를 읽고 이해하고 감상할 수 있는 능력을 길러주는 교육적 과정을 총칭한다. 또한 그것은 시와 교육의 어느 한 면에 강조를 주어 시 연구 결과를 가르치는 것이 아니라, 시를 통한 경험 확충을 통해 현실에 다가가는 통로를 가르쳐 보다 더 수준 높은 독자를 만들어내는 데 목적이 있다. 따라서 교사가 작품이 집약하고 있는 현실적 의미와 미학적 가치를 잘 정리하여 설명해주고, 학생들의 질문을 통해 의미를 완성해가는 방법은 문학 교육의 속성상 불가피한 보편적인 것이다. 교사의 일방적인 강의라는 점이 부담되고는 있지만, 시의 '역사'로서의 속성을 미리 인지시키는 기능을 충분히 담당하고 있는 방법이라고 할 것이다.

둘째, 토론 학습이다. 여기서는 '자료 제시'→'문제 공유'→'토론'→'정리 및 평가'의 순서를 취한다. 여기서 제시되는 자료는 우선 시 전문과 함께, 시가 생산되는 환경과 작품에 반영된 시대적 현실, 그리고 시의 장르적 속성을 규정하는 여러 차원의 특성들이다. 그 가운데 가장 먼저 고려해야 할 것은 시인의 작품 생산과 연관되는 사항들이다. 이때 시인은 위대한 작품을 창조하는 권위적 주체라기보다는 작품의 생산 주체 전반을 지칭한다. 다음으로, 작품과 연관된 사항을 내용으로 포함할 수 있는데, 언어적 구조물로서의 시가 지니는 규칙성 등을 주로 다루게 된다. 뿐만 아니라 작품에 반영되는 사회역사적 현실에 대한 내용을 포함해야 하는데, 이는 작품의 의미적 속성과 연관된다는 점에서 내용을 구성하는 중요한 요소이기 때문이다. 이렇게 주어진 자료들을 놓고 학습자들은 문제를 공유하게 된다. 이때 시를 둘러싼 여러 문제 중 어느 것을 중요시해야 하는지, 그것이 작품의 장르적 속성과 어떻게 결부되는지, 그리고 궁극적으로 그것이 작품의 의미 형성에 어떻게 기여하는지에 대해 각자의 독시(讀詩) 경험을 나눈다. 그 결과를 종합하여 정리하고 교사는 그것을 평가하여 학습자들에게 송환한다.

셋째, 문제 해결 학습이다. 여기서는 '문제 인지'→'문제 해결 방법 찾기'→'해결'→'일반화'의 과정을 밟는다. 시 교육의 내용을 학습자 스스로 구성해가는 방법이다. 수용자의 능동적 감상 원리는 수용자가 시 작품에 적극적으로 접근하는 데서 일정한 효과를 충족시킬 수 있다는 것이 이 방법의 기본 시각이다. 그래야 작품의 내용이 학습자에게 내면화되기 때문이다. 이는 학습자와 교사, 학습자와 텍스트, 학습자와 학습자간의 대화가 이루어지는 대화성의 원리가 반영된 방법이기도 하다. 따라서 교사는 학습자의 발달 단계를 고려해야 하며, 목표를 통합하여 설정해야 하며, 그 결과 학습자의 문학 체험이 문화적 경험으로 전이될 수 있도록 해야 한다. 학습자의 도야(陶冶)를 목표로 하되, 상호텍스트성(intertextuality)을 고려함으로써 경험의 확충이 이루어질 수 있도록 해야 한다.

넷째, 상호 협력 학습이다. 여기서는 '자료 설정'→'개별 탐구'→'상호 교수'→'정리'의 순서를 취한다. 학습자들은 먼저 사회·문화적 여건의 변화를 긍정적으로 수용하고, 거기에 대응할 수 있는 문화 변용력을 활용한 시의 생산이 어떤 사회적 바탕 위에서 가능했는가를 각자 탐구한다. 그 결과를 토대로 작품의 독시 경험을 서로 나누어 빈 곳을 채워넣는다. 특히 다매체 시대의 시 교육은 매체의 이해와 매체를 이용하는 방법에 대한 교육을 포함해야 하는데, 이 또한 각자의 매체 경험을 나누면서 일정 부분 가능해진다. 또한 학습자들은 이론의 도움을 받아들여야 한다. 시 교육 이론이란 교육을 설명하고, 나아가 교육을 계획·실천하기 위한 미시적·거시적 차원에서의 제반 이론을 말한다. 시 교육은 결국 '시적인 것'이 바람직하게 소통되게 하기 위한 일체의 의도적 과정 및 결과이기 때문이다.

다섯째, 가치 탐구 학습이다. 여기서는 '자료 섭렵'→'긍지 갖기'→'행동'→'내면화'의 심층적 순서를 취한다. 시 교육의 실천 방향은 제도 교육에서 시의 교수-학습을 위한 설계와 실행, 그리고 평가 및 송환을 포함하는 구체적 과정을 의미한다. 시 제재 수업의 일반 절차 모형은 계획 단계, 진단 단계, 지도 단계, 평가 단계, 내면화 단계 등을 포함하는데, 이들 단계 사이에는 송환 작용이 일어난다. 특히 내면화 단계는 다른 영역 수업의 절차 모형과는 달리, 시 교육 수업의 가장 커다란 특징이다. 학습자의 삶에 내면화되는 가능성을 지니고 있는 것이 바로 문학적 가치이기 때문이다.

여섯째, 반응 중심 학습이다. 여기서는 '반응 형성'→'명료화'→'심화'→'창조적 수용'의 순서를 취한다. 시에 나타난 시대상을 이해하는 수업이 시와 현실 연관성을 중심으로 이루어진다면, 텍스트의 내용에 대한 창조적 수용을 목표로 하는 비평문 쓰기는 매우 중요한 기능이다. 예를 들어 시를 이해하고 감상하는 수업에서, 계획 단계는 수업 목표를 설정하고 평가 요목을 작성해야 한다. 진단 단계에서는 학생들이 가지고 있는 시 혹은 시인에 대한 사전 지식, 체험, 감수성 등을 확인하고 진단을 위한 도구를 마련한다. 지도 단계에서는 작품 전체에 대한 접근과 부분에 대한 접근을 한 후 이해와 감상을 종합적으로 재구성하는 절차를 거치도록 한다. 평가 단계에서는 계획 단계에서 수립한 목표를 확인하고 목표에 도달한 정도를 확인한다. 내면화 단계에서는 시적 체험의 수평적 확대와 수직적 심화를 도모해야 한다. 예컨대 시 작품에 대한 이해와 감상의 결과를 비평문으로 써 보는 것은 이해의 심도를 확인하는 것이라 할 수 있다. 또한 창조적 수용의 경우, 시적 체험의 온전한 실현을 도모하는 측면에서 작품의 생산에 해당하는 활동을 목표로 설정할 수 있다. '시적인 것'에 참여하는 주체들이 작품을 생산하고 수용하면서 시적 문화를 이루어나갈 수 있도록 하기 위해서는 '시적인 것'의 각 부분이 통합적으로 고려되는 수업이 이루어져야 한다. 이 점에서 창작 수업은 전문 시인을 기르는 것이 아니라 학습 주체들이 각 방면의 시적 능력을 길러준다는 데 목표를 두어야 한다. 특히 시 창작 수업은 시를 써보고, 그것을 상호 감상할 수 있도록 하는 방법이 좋다. 낭송이나 다른 장르로의 변형도 좋은 방법이다.

이러한 모든 과정은 물론 유아 교육, 초등 교육, 중학교와 고등학교 단계를 포함하는 중등 교육으로 대상 차원을 설정할 수 있다. 각 단계별로 작품에 대한 인지 능력과 생산 능력이 다르기 때문에 단계를 구분하여 거기에 적절한 교육을 해야 한다. 같은 '시'라고 하더라도 초등학교 학생들이 읽기에 적합한 것과 고등학교 학생이 읽기에 적합한 것은 그 내용이나 구조가 분명히 다를 것이기 때문이다. 따라서 우리는 이러한 교수 방법의 장단점을 충분히 숙지하고 감안하여 개개의 텍스트별로, 학습자들의 수준이나 단계별로 효율성있게 적용하여야 할 것이다.

5. 교육적 가치와 문학적 가치의 상충과 통합

흔히 문학 교육의 목표는 세 가지로 정리된다.[4] 언어 사용의 특수한 한 양상으로서의 문학적 화용을 고구하는 것, 인류의 탁월한 문화적 유산인 문학 작품에 대한 이해를 돕는 것, 학습자의 자기 인식을 계발하는 것 등이 그것이다. 여기에 우리는 다양한 정서적 경험의 축적, 상상력의 계발, 타자들의 목소리 수용, 현실적 가치의 재해석, 위대한 정신에 대한 동경, 심미적 경험과의 조우, 미적 형식과 양식에 대한 특수한 체험 등을 부가할 수 있을 것이다. 물론 이 모든 것들은 명료하게 변별되는 배타적 기능이 아니라, 하나로 통합되어 교육적 좌표가 되는 상호 연관적인 것이다.

---

4) Ronald Carter & Michael N. Long, *Teaching Literature*, Longman publ., 1991, p.2. 여기서는 김상욱, 「전후소설의 교육적 해석방법론」, 구인환 외 『한국전후문학연구』, 삼지원, 1995, 382면에서 재인용.

이러한 목표들을 이루려면, 삶의 진실을 여러 각도에서 반영하고 형상화한 우수한 문학적 정전(正典)들이 교육 자료로 망라되어야 한다. 그러나 우리는 작가나 작품을 교육 자료로 선정하는 일에서, 교육적 가치와 문학적 가치가 상충을 일으켜 특정 작가나 작품이 교육 자료로 채택되지 못하는 경우를 쉽게 목도할 수 있다. 그동안 학교 교육에서 늘 외면당해왔던 범주는 다음과 같다. 첫째, 이념적 성향의 문제에 노출된 경우이다. 그 하나가 사회주의적 전망을 가지고 문학 행위를 했던 문인들(임화, 이기영)과 그들의 창작적 실천이었다면, 반대편의 하나가 바로 친일(親日)로 상징되는 도덕적 결여 형식의 문학적 실천들(이광수, 서정주, 김동환)이다. 둘째는 난해성의 전통이다. 소의 아방가르드라든가 형식 실험에 매진한 문학 전통이 그것이다. 예컨대 이상의 여러 난해 시편들은 학습자들의 지적·문화적 수용 능력의 부족 때문에 대부분 교육 과정에서 배제된다. 셋째는 성적 기표가 드러나는 작품의 경우이다. 예컨대 김수영의 「거대한 뿌리」는 비속성이 노출된 몇몇 어휘 때문에(오로지 그것 때문에!) 중고등학교 문학 교육 대상으로는 채택되지 않는다. 반면 학교 교육에서 한국문학의 주류 형식으로 과대 평가되어왔던 문학적 경향으로는 첫째 순수문학의 전통, 둘째 저항문학의 전통, 셋째 전통 그 자체, 넷째 성장소설적 경향 등이다. 이는 문학적 가치와 문학사적 가치, 그리고 문학적 가치와 교육적 가치의 괴리를 그 안에 내장하는 사례들이다. 또한 그것은 교육 수용자의 연령이나 문화적 경험의 정도에 따라 혹은 특수한 근대사의 경험에 따라 교육 자료가 취사 선택될 수밖에 없는 한계를 말해주는 것이기도 하다.

이처럼 교육적 가치는 성적 기표의 노출이나 국시(國是)에 반(反)하는 이념적 지향들 혹은 난해한 어휘나 형식 등을 배제하고 나서 성립되는, 문학적 가치보다 철저하게 사후적(事後的)인 것이다. 여기서 선호되는 작품들이란, 청소년(혹은 청년)기의 감수성과 잘 융화될 수 있는 작품들, 민족주의적 열정이 짙게 반영된 작품들, 특정 이념에 편향되지 않은 순수 서정의 작품들이다. 이들의 문학적 가치야 물론 존중되어야 하겠지만, 앞의 것들이 배제되는 논리와 이들이 선택되는 논리가 동전의 양면을 이루는 것이라면, 이들 역시 온전한 문학적 가치의 결과로 선정된 것이라고 단언하기는 어렵다. 요컨대 교육적 가치와 문학적 가치가 정확하게 일치되지 않는다는 데 문학 교육의 또 하나의 딜레마가 숨어 있는 셈이다.

여기서 우리는 문학 교육의 또 하나의 딜레마를 확인하게 되거니와,[5] 이처럼 확연하게 통합되지 않는 두 가지 가치의 일정한 괴리 현상 역시 비평적 평가와 반성의 지평에 놓고 사유해야 한다. 다시 말해서 비평은 교육적 가치가 대체로 교육 제도나 관행의 문맥에서 결정되는 것에 일정한 항체를 부여하여, 꾸준히 이러한 제도적인 문학 현상에 대한 평가와 반성, 그리고 대안 마련의 기능을 해야 한다. 이는 방법론적으로 교과서 수록 작품의 적절성에 대한 평가를 함의하기도 하고, 더 나아가 우리 사회의 전체적인 문학 지형 안에서 교육적 가치가 형성되고 관철되는 통로 이를테면 그것의 생산, 분배, 소비 구조에 대한 전체적인 성찰을 함의하기도 한다.

6. 시 교육 과정에서 텍스트의 의미화 과정

독자의 시 읽기는 시의 정서와 형상을 체험하고 육화하는 내면화 과

5) 물론 이를 두고 청소년과 대학생을 나누어 해당 시기에 적절한 문학 작품의 목록을 짜서 그것을 순차적으로 가르쳐야 한다고 하면 논리적으로 무방하다. 그러나 아직도 우리 교육 현장에서 문학적 가치가 탁월한 작품보다는 가르치기에 무리가 없고 용이한 작품들이 선별되는 관행이 불식되고 있다고 보기는 어렵다는 점에서, '무엇'을 교육의 정전으로 삼아서 가르쳐야 하는가는 여전히 미해결의 상태로 남는 과제이다.

정이다. 이때 독자의 체험은 실재 세계의 경험과는 달리 언어적 상징으로서의 체험을 말한다. 따라서 시의 담론과 소통하는 과정에서 독자가 갖는 가치의 내면화[6] 양상은 미완결의 가변성을 갖는다고 할 수 있는데, 시의 수용은 미세하고 비가시적인 정신 작용의 성격을 지니기 때문이다. 그리고 독자의 시 읽기는 심미적 속성을 지니며, 정보의 획득보다는 정서적 울림의 인식을 추구하는 행위라고 할 수 있다.[7] 따라서 독자는 시 읽기 과정에서 남다른 상상력을 통해 시의 의미를 스스로 창출하는 비판적 · 주체적 시 읽기를 수행한다. 시 텍스트에 대한 독자의 의미화 실현 정도는 세계에 대한 인식과 세계에 대한 비판을 바탕으로 한 구성적 능력으로서의 상상력의 개입 정도와 비례하며,[8] 이러한 상상력의 작용에 의해 독자는 시와 자신의 삶을 관련지어 자신의 삶의 본질을 규명해간다. 이러한 독자의 시 읽기는 삶의 본질과 의미에 대한 질문을

---

6) 내면화는 본래 블룸(Bloom) 등이 정의적 영역의 정신 기능들을 세목화하는 과정, 즉 정의적 영역의 교육 목표 분류 체계에서 나타낸 개념이다. 이들은 내면화 과정을 어떤 대상(현상) 감지에서 세계관 형성에 이르기까지의 행동 변용이라는 관점에서 설명한다. 이는 문학 경험이 상상력의 변용에 의해 수용자로 하여금 비평적 · 창조적 주체로 나아가게 하는 문학 수용의 내면화 기제와 상동성을 가진다. 이러한 '내면화'는 '수용'의 하위 범주적 성격을 지니는 것으로 이념태로서의 '수용' 개념을 구체적 작용 개념으로 설명하는 것이다. 이는 수용자(독자, 학습자)의 정신적 과정을 구체적 국면에서 설명할 수 있도록 하며, 수용자와 텍스트와의 상호 교섭적인 양상을 보다 구체적 국면에서 드러낼 수 있는 개념이다(박인기, 『문학교육과정의 구조와 이론』, 서울대출판부, 1996, 133면).

7) 이대규, 『문학교육과 수용론』, 이회문화사, 1998, 360면.

8) 구성적 능력으로서의 상상력을 바탕으로 한 독자의 시 읽기는 '인식적 상상력-조응적 상상력-초월적 상상력'의 작용이 개입되는 구조로 설명될 수 있을 것이다. 인식적 상상력(imagination of awareness ; ordering power)은 세계에 대한 형식화 기능으로서 작품을 통해 세계상을 인식하고 세계를 열어 보이게 하는 정신 능력을 뜻한다. 이는 언어의 기능 중 의미 공유와 관련되는 사항이다. 조응적 상상력(imagination of world viewing awareness ; critical consciousness)은 현실에 대한 인식 · 비판 기능으로서, 문학을 통한 세계와의 상호 교섭적 작용 능력을 뜻한다. 언어의 기능상 의견 조정이라는 기능과 연관되는 사항이다. 초월적 상상력(imagination of world making ; vision)은 가능한 모델 창조의 기능으로서, 세계를 이상에 따라 재구성하는 기능을 말한다. 이는 언어 기능으로 본다면 이념 실천과 연관되는 기능이다(구인환 외, 『문학교육론』, 삼지원, 2001, 76~86면 참조).

해나가는 자기 성찰적 성격을 갖는다.

그 점에서 독자는 시 읽기를 통해 발견적 경험과 교섭적 경험을 하게 된다. 발견적 경험은 텍스트 내적 세계를 독자 자신의 인지 스타일에 따라 자유롭게 받아들이는 일차적인 경험으로 발견적 읽기에 해당된다. 이는 시의 장르적 특성이나 사회적·문화적 맥락으로부터 비교적 자유로운 반응으로서의 텍스트 경험을 뜻한다. 이 경험은 정보적 능력, 자연스러운 감수적 태도, 인식적 상상력의 수준에 부합되는 경험 공간에 해당된다. 한편 교섭적 경험은 독자의 시 읽기가 텍스트에 대한 비평적 활동을 통해 시의 문법이나 관습, 시 텍스트를 둘러싸고 있는 사회적·문화적 맥락과 왕성한 상호 작용을 하는 것으로 구성적 읽기를 통해 구체화된다. 이 경험은 독자의 해석적·비평적 능력 등에 부합되는 문학적 경험을 의미한다. 발견적 경험과 교섭적 경험은 독자의 시 읽기 과정에서 상호 작용을 하며, 수준 높은 독자일수록 교섭적 경험이 보다 강하게 작용한다.[9)]

이러한 주체적 시 읽기 곧 시 교육 과정에서의 의미화를 실현하기 위해서는 학습자 스스로의 비평적 기능이 강조되어야 한다. 특히 주체적 시 읽기는 시 작품 자체에 대한 비판적 재해석뿐만 아니라 그 사고의 결과를 수용자 스스로의 논리와 감각으로 된 글쓰기로 연결함으로써 완성된다고 할 수 있기 때문이다. 이는 비평적 글쓰기의 교육적 수용이라고 할 만한 것으로, 수용자들의 이해 기능과 함께 표현 기능을 높이는 효과를 얻을 수 있는 방안이다.

> 비평적 에세이라는 개념이 있다. 문학 작품에 대해 자신이 사고한 바를 깊이 있게 써나가는 글이다. 일정한 형식이나 절차를 필요로 하지 않는 글쓰기의 유형이다. 흔히 말하는 '쓰기'의 부담에서 벗어

---

9) 이대규, 앞의 책, 361면.

> 나기 때문에 자유로운 사고활동이 이루어진다. 작품의 어떤 한 면모에 대해 이런저런 생각들을 외곬으로 파고들면 된다. 주인공의 말 한마디에 깊은 인상을 받아 그것과 관련된 자신의 이야기를 하염없이 늘어놓아도 좋고 사건의 진행과정에 스치듯 등장하는 엑스트라의 행위나 존재에 대해 물고 늘어져도 좋은 것이 비평적 에세이다. 다만 중요한 것은 그 내용이 얼마나 설득력을 지니고 있는지의 여부이다. 교사는 해당 작품의 어떤 점에 대해 그와 유사한 방식으로 자신의 생각을 정리해서 말해주고 학생들이 쓴 것에 대해 어떤 점에서 설득력이 있고 없는지를 같이 이야기해 줄 수 있으면 충분하다고 본다. 이런 점에서 문학교육에서 필요한 문학사는 양식사나 자료사보다는 의식사나 생활사의 성격에 가까운 것이 바람직하다고 본다.[10]

여기서 우리가 눈여겨볼 수 있는 대목은, '비평적 에세이'라는 글쓰기 모형에 대한 강조이고, 또 하나는 "문학교육에서 필요한 문학사는 양식사나 자료사보다는 의식사나 생활사의 성격에 가까운 것"이라는 견해이다.

먼저 이른바 '비평적 에세이'로 자신의 문학 교육 결과를 정리하고 표현하는 것은, 아마도 문학 교육의 최종적 모형이라고 할 수 있을 것이다. 비평적 행위라는 것이 대상에 대한 전체적이고 구조적이고 반성적인 해석·평가 행위임에는 틀림없으나, 그 결과는 결국 학습자의 언어로 나타나야 한다. 그때 그들의 언어는 텍스트에 이론적 체계를 부여하려는 '랑그'가 아니라, 비평하는 사람의 자의식을 드러내는 '빠롤'이 된다. 그러나 비평적 에세이가 말 그대로 체계와 문법의 완결성을 지닌 비평문이 될 필요는 없다. 위에서 언급된 것처럼 수용자의 반응과 그

---

10) 김동환, 「현대문학교육의 목표와 방법의 문제」, 『민족문학사연구』 12호, 민족문학사연구소, 1998, 70~71면.

결과를 자신의 언어로 남기는 지성적 훈련의 과정 자체가 문학 교육의 한 좌표가 되어야 한다는 뜻에서, 그것은 문학(문학 현상)에 대한 수용자의 반응과 자의식이 표현되는 최소 요건을 갖추면 된다.

또 하나는 문학 교육의 자료가 되는 문학사의 성격인데, 이는 시 작품 자체의 역사를 통시적으로 이해시키는 교육과 시 작품을 매개로 하여 일정한 문화적·역사적 경험을 환기시키는 교육으로 나누어볼 수 있을 것이다. 이를테면 김수영을 대상으로 하더라도, 이 시인의 작품 전체를 통시적으로 재구하여 모더니즘의 시적 지향이 어떻게 현실과 교섭하면서 풍요로운 시세계로 진화해갔는지를 가르치느냐, 아니면 김수영의 여러 작품을 경험함으로써 당대의 풍속을 이해하고 나아가 자신과 세계의 관련성을 내면화하는 방향을 취하는가의 문제이다. 이 가운데 후자의 경우가 바로 문학사를 의식사나 생활사의 모형으로 가르칠 수 있는 태도인데, 우리는 이미 이 같은 방법이 문학 자체의 실증적이고 역사적인 성격(양식사나 자료사)을 간과할 가능성을 지적한 바 있다.

이러한 불균형을 해소하는 데도 비평적 글쓰기는 유효한 수단이 된다. 비록 초보적일지라도 대상 작가나 작품에 대한 자료를 객관적으로 인지시키고 그에 대한 수용자들의 반응을 엮어 자신들이 스스로 문학 교육의 반응을 언어화할 경우, 그것은 문학의 인지 기능과 수용 기능을 결합시키는 주요한 방법이 될 것이다.

7. 시 교육에서 비평의 역할과 의미

알다시피, 문학은 지식의 대상이 아니라 체험의 대상이다. 교육의 전수적 기능보다는 매개적 기능이 강조되어야 하는 까닭은 이러한 논리 위에서 찾을 수 있다. "문학은 우리를 가르치지 않는다. 다만 감동을 주어 우리를 변화시킬 뿐"이라는 괴테(Goethe)의 말은 이러한 차원의 가장 적실한 사례이다. 텍스트의 온전한 이해와 수용을 토대로 한 수용자의 심미적 고양과 인식의 확장이 다 그러한 언급들의 목표가 됨은 물론이다. 이는 문학을 자아 실현의 문화 체험 또는 문화 활동이라는 관점에서 바라보아야 문학의 실상을 온당하게 파악할 수 있다는 관점을 자연스럽게 초래한다.

그러나 우리는 시 교육에서 수용자들의 주체적 반응 못지않게, 시 자체의 특수성을 인지하는 기능이 부가되어야만 하는 자체의 모순을 이야기한 바 있다. 이는 마치 철학 교육이 도덕 교육이 될 수 없는 것과 같은 이치이다. 그럼에도 불구하고 시 교육의 최종적 목표는 시적인 것을 통한 학습자들의 수용 능력의 극대화에 있을 것이다. 따라서 시 교육은 시 작품에 대한 "문예 미학적인 분석과 학습 독자에 대한 심리적 해명이 두 축을 이룬다."[11]

문학 교육의 전반적인 문제이겠지만, 시 교육에서 시인의 생애와 의도를 중심으로 시를 해석하거나 텍스트에 대한 구조적 분석으로 해석을 확정짓는 양극의 편향은 학생들의 사고를 억제하는 일[12]일 것이다. 이 점에서 시에 대한 비평적 객관성과 수용자의 체험적 반응이라는 요소의 결합은 매우 중요한 균형 감각의 요건이 된다. 그래서 이상적인 독자를 "언제 어떤 텍스트가 주어지더라도 자신의 '독법'에 따라 이해하고 가치를 판단하며 그것들을 내면화할 수 있는 문학적 능력을 지닌 독자"[13]로 규정할 경우, 우리는 시 교육의 비평적 위상이 비평적 평가와 함께 비평적 글쓰기 모형으로의 유도까지 포함하게 되는 것임을 승인할 수 있게 된다.

또 하나의 시 교육의 문제점은, 거기에 '국어의 이해와 표현의 한 양

11) 김중신, 『소설감상방법론 연구』, 서울대학교출판부, 1995, 6~7면.
12) 박호영, 「비유와 이미지에 대한 시 교육의 방향」, 『시안』 1999 봄, 50면 참조.
13) 김동환, 앞의 글, 74면.

식'과 '시의 이해와 감상을 통한 상상력의 증진'이라는 동상이몽이 개재한다는 사실이다. 국어 자료로서의 시와 예술적 체험의 자료로서의 시가 상호 길항하며 우리의 교실을 규정하고 있는 것이 현실이기 때문이다. 이 같은 복합적 성격에 대해서도 깊은 성찰과 통합의 안목이 요구된다 할 것이다.

> 국어교육의 관점에서 시 교육을 말하면, 시는 국어 활동 즉 말하기/듣기, 쓰기, 읽기의 자료이며, 자료로 제공되는 시와 시에 대한 지식이나 시의 속성은 국어 활동의 원리와 지식으로 작용해야 된다. 이런 특성은 문학 교육의 관점에서도 마찬가지다. 시를 교육한다는 것은 문학의 본질, 문학사적 지식, 문학의 구성 요소 등과 같이 전통적인 문학교실에서 교수-학습되는 내용을 교수-학습하는 활동이다.[14]

다시 말하지만, 시를 읽어내는 능력과 시에 대한 흥미는 고스란히 비례한다. 따라서 시에 대한 흥미가 없으니까 시 교육이 어렵다거나, 지식 위주의 교육이 시에 대한 흥미를 반감시킨다든가 하는 것은 오류로 가득찬 순환 논증일 뿐이다. 따라서 시 교육에서 인지적 영역과 심미적 영역, 정의적 영역은 통합되어야 하고, 교육은 비평적 감수성에서 발원하는 반성과 평가 기능을 극대화하여 그것을 수용자들의 인지 기능과 수용 기능을 결합시키는 데 중요한 역할을 담당해야 한다.

이처럼 우리는 시 교육에서 비평의 역할을, 전문적이고 자각적인 문학 '연구'와 대중적 실천으로서의 문학 '교육'을 매개시키고 통합시킬 수 있는 기능, 교육적 가치의 형성 과정에 대한 비판적 사유를 통해 문학적 가치를 회복하여 재조정하는 기능으로 설명하였다. 이는 비평 특

---

14) 윤여탁, 「시 교육과 사고력의 신장」, 김은전 외, 『현대시 교육의 쟁점과 전망』, 월인, 2001, 37면.

유의 균형 감각과 비판적 기능이 시 교육에서 언제나 항체 역할을 해야 한다는 요청에서 도출된 일반론적 견해이다.

여기서 한 발 더 나아가 시 교육에서 비평의 역할은 학습자들의 비평적 글쓰기 과정에까지 이르러야 한다. 다시 말하면 비평적 사유와 비판 기능 못지않게 사물을 인지하고 체험하고 판단하는 일련의 사유 과정을 자신의 언어로 치환하는 능력을 제고시키는 데 시 교육의 또 하나의 좌표가 있는 셈이다.

현대시와 사회성 교육

— 시에서의 '참여'와 관련하여

1. 주체의 형성과 '사회성' 범주

문학 교육은 학습자들로 하여금 문학 현상에 적극적이고 자발적으로 참여하도록 유도해야 하는 불가피한 과제를 안고 있다. 그래서 교사가 교수-학습에 임하는 방식은 학습자와 더불어 상호 주관적으로 설정되어야 한다. 왜냐하면 교사에 의해 전일적으로 주어지는 가치 체계보다는 학습자 스스로 새로운 가치에 눈떠가는 과정 자체가 문학 교육의 핵심적 관건이 되기 때문이다. 아닌게 아니라 최근 문학 교육의 방향은 학습자의 사고력과 창의성 증진을 목표로 하여, 문학 현상에 대한 단순 이해보다는 텍스트를 학습자 자신의 경험과 매개하고 그 결과를 학습자 스스로의 언어로 환원해보는 쪽으로 현저하게 정향되고 있다. 이러한 방향은, 물을 것도 없이, 학습자 스스로 교육의 수동적 대상이 아닌 능동적 주체가 되게 하는 이점을 선명하게 가진다. 말하자면 이는 '교사(전수자)→학습자(수용자)'라는 단선적이고 일방적인 교육의 회로를 다소 중층적이고 대화적인 방향으로 유도하여, 학습자의 자기 인식 및 세계 해석의 기능을 극대화하려는 데 목표를 둔 교육 방향이라고 할 수 있다.

그러나 이와 정반대 방향에서 제기되고 있는 반론 또한 일정한 설득력을 갖는다. 이는 텍스트를 학습자의 경험과 매개하고 자신의 언어로 치환하는 과정 이전에, 보다 더 선결적으로 구비해야 할 학습자의 인문학적 소양에 대한 새삼스런 강조로 나타난다. 말하자면 그것은 텍스트를 둘러싼 문학 현상에 대한 실증적·역사적 지식의 명료한 축적이 선결되어야만 문학 현상의 해석·평가·내면화에 이르는 순서를 학습자가 적절하게 감당할 수 있다는 논리이다. 물론 이미 검증된 지식을 주지시키는 교육이 다양한 사고력을 억압하고 감수성을 획일화시키는 폐단을 갖는 것은 사실이지만, 인문학이라는 것이 기본적으로 축적의 원리로 습득·확충된다는 점에서 실증적이고 역사적인 사실의 인지는 매우 중요한 사항이라고 할 수 있다.

따라서 우리는 문학 교육이, 이 같은 상호 길항적인 방향 이를테면 독자(학습자)들의 정서적·경험적 텍스트 수용에 대한 강조와, 문학(문학 현상)을 하나의 역사적 산물로 인지하고 그것을 사실성의 차원에서 받아들이는 것에 대한 강조의 두 측면을 통합해야 하는 과제를 떠안고 있다고 말할 수 있다. 특히 한국 근대(현대) 문학을 대상으로 하는 문학 교육에서 문학은 '역사'이자 '문학'이라는 양면적 속성을 갖는데, 그래서 문학을 하나의 '역사적 산물'로 인지하는 일과 '현재적 경험'의 매개체로 활용하는 일 사이의 균형 감각은 매우 절실한 것이다. 이 같은 객관적 '인지' 기능과 주체적 '활용' 기능의 상보적 극대화를 꾀하는 일이야말로 우리 시대의 문학 교육이 궁극적으로 지향해야 할 좌표가 됨은 현재까지는 분명해 보인다.[1] 이러한 균형 감각은 이미 제7차 교육 과정상의 문학 영역의 교육 목표에도 잘 나타나 있다.

> 문학의 수용과 창작 활동을 통하여 문학 능력을 길러, 자아를 실

1) 유성호, 「시 교육에서 비평의 위상과 역할」, 『국어교육』 108호, 한국국어교육연구학회, 2002, 516면.

현하고 문학 문화 발전에 능동적으로 참여하는 바람직한 인간을 기
른다.
가. 문학 활동의 기본 원리와 문학에 대한 체계적인 지식을 이해한다.
나. 작품의 수용과 창작 활동을 함으로써 문학적 감수성과 상상력을
기른다.
다. 문학을 통하여 자아를 실현하고 세계를 이해하며, 문학의 가치
를 자신의 삶으로 통합하려는 태도를 지닌다.
라. 문학의 가치와 전통을 이해하고 문학 활동에 능동적으로 참여하
고 문화 발전에 기여하려는 태도를 지닌다.[2)]

이처럼 교육 과정에 나타난 교육 목표는 문학 교육을 문학 현상의 이해·감상 차원에 국한시켰던 관점에서 벗어나 학습자의 능동적 참여와 가치 심화에 역점을 두고 있다. 이 관점은 학습자의 수동적 수용을 지양하고 학습자가 문학 주체로서 자신의 가치관을 바탕으로 문학을 향유하고 실천하며 나아가 문화 발전에 능동적으로 참여함을 목적으로 하는 것이다.

학습자가 문학 주체로서 문학을 향유하고 문화 발전에 능동적으로 참여하기 위해서는 문학의 본질에 대한 지식을 주체적으로 수용하는 태도, 사물과 세계에 대한 창의적 감각, 이를 통한 문학적 가치의 발견 등이 필요하다. 이 과정에서 가장 본질적으로 학습자에게 작용하는 기제는 학습자의 '가치관'일 터인데, 이때 '가치관'이란 사물과 세계를 이해하고 해석하고 평가하는 일련의 태도 및 가치 기준을 총칭하는 것이다. 특히 문학 교육에서 근본적으로 지향하는 것이 주체로서의 가치있는 삶이라는 점을 전제한다면, 학습자의 가치관에 어떠한 충격과 변형을 주고, 그에 알맞은 내용 체계를 설정하고, 교수-학습의 구체적 방안

2) 교육부, 『국어과 교육과정』, 교육부 고시 제1997-15호(별책 5), 1997. 12.

을 강구하는 것은 문학 교육에서 더없이 중요한 일일 것이다. 그래서 이 문제는 문학 교육에 대한 교육 철학적 관점을 통해서만이 접근 가능한 것이기도 하다.

이 글은 이러한 균형 감각을 토대로 하여, 우리 시 교육에서 '사회성' 증진이라는 지표에 대해 생각해보려 한다. 말할 것도 없이, 시 교육 역시 '인지'와 '반응'이라는 두 가지 기능을 극대화하는 쪽으로 이루어져야 한다는 점에서, 시에서의 '사회성' 교육 또한 '인지'와 '반응'의 양면성을 증폭하는 쪽으로 방향을 잡아야 한다. 이때 중요한 것이 학습자가 이른바 '자기 형성적 주체(self formative subject)'[3]로 성장하는 것을 문학 교육이 도와야 한다는 것인데, 왜냐하면 학습자의 올바르고 자율적인 주체 형성이야말로 인지와 반응 두 측면이 결합된 가장 궁극적인 교육 목표이기 때문이다.

여기서 말하는 '사회성(sociality)'이란 인간이 사회적 존재로서 가지게 되는 여러 속성을 폭 넓게 함의한다.[4] 좁은 의미의 '사회성'이 하나의 공동체 안에서 선택-배제되는 일종의 이념이나 정책 혹은 가치 판단과 연관된다면, 넓은 의미의 '사회성'은 보편적인 일련의 사회화 과정을 통해 획득하는 모든 관계론적 경험을 총칭하는 것이다. 전자에 따르면 '사회성'은 누군가가 특정하게 견지하는 의식이 되고, 후자에 의하면 '사회성'은 비록 상대적이긴 하지만 모든 인간이 견지하고 있는 보편적

3) '자기 형성적 주체'를 위한 시 교육은 '비판 의식(Critical consciousness)'의 형성을 교육적 목표로 삼아야 한다. 이러한 교육은 '비판적 사고(critical thinking)'를 통해 현실을 하나의 과정이나 변형으로 인식하게끔 한다. 그리고 학습자가 부단한 자기 성찰을 통해 새로이 자기 삶의 형식과 가치관을 형성하게 한다(Paulo Preire, *Critical Consciousness*, New York : Continuum, 1998, p.73). 선주원, 『소설 교육의 원리와 방법』, 새미, 2003, 17면에서 재인용.

4) 물론 '사회성'이란 여러 가지 층위를 가지는 개념이다. 그것은 텍스트의 내용 차원에서의 사회성, 학습자가 교육 과정을 통해 증진시키는 자질로서의 사회성, 교육적 장치로서의 사회성, 교육 행위 자체의 사회성 등으로 치환 가능한 개념이다. 여기서는 텍스트 안에 반영되어 있는 '사회성' 범주로 한정하여 사용한다.

속성이 된다. 이 글에서는 특정한 태도와 가치 판단이 수반되는 좁은 의미의 '사회성'을 중심으로 하여, 특히 이 같은 '사회성'이 첨예한 시적 주제로 나타나는 '참여(參與, engagement)'와 관련하여, 시 교육이 어떤 균형을 취해야 하는가에 초점을 두어 논의를 진행하고자 한다.

2. '참여'의 자장에서의 두 가지 분리 현상

잘 알려져 있듯이, 대개의 서정시는 창작 주체의 나르시시즘이 그 일차적이고 근본적인 동기로 작용한다. 또한 독자들이 서정시를 읽는 일차적 이유도 시적 발화와의 흔연한 동일화에 있다고 할 수 있다. 하지만 이러한 나르시시즘과 동일화를 넘어 시적 발화나 수용이 타자들의 경험과 욕망을 포괄하지 못한다면, 그것은 거울로 사면이 이루어진 방 속에 갇힌 것처럼 무한 반사 운동을 하는 자기 회귀적 양식에 불과하게 될 것이다. 따라서 타자의 삶에 대한 깊은 배려와 관심, 그리고 그것을 공동체의 차원 혹은 전체성의 차원에서 사유하는 것은 우수한 서정시의 심층적 동기이자 존재 이유가 되고, 이러한 타자성에 대한 인식은 서정시를 단순한 '자기 표현'의 발화 양식이 아닌 타자(사물)와의 교섭을 통해 세계를 인식하고 판단하는 양식으로 인지할 수 있는 시각을 제공한다. 그동안 근대적 주체의 '자기 표현' 양식으로 한정되어 이해되었던 서정시는 이때 비로소 자기 권역을 '사회성'의 차원으로 확장하게 된다.

따라서 그동안 우리 문학 교육에서, 비록 면밀한 개념적 적용은 아니었다고 하더라도, 시적 서정을 탈(脫)사회성과 어느 정도 등가로 규정해 온 것은 매우 문제적이라고 할 것이다. 이는 시의 현실적 효용이라는 실용론적 관점과 시의 현실 반영이라는 반영론적 전제를 배제하면서,

정치 현상과 전혀 매개되지 않는 탈(脫)사회적 자기 표현을 서정성의 본령으로 여기게끔 하는 인식 관행을 형성해왔기 때문이다.

하지만 우리 시의 역사를 들여다볼 때, 사회 현실에 대한 비판적 대응물로서의 시, 객관 현실의 전체성에 대한 인식에 기초하여 구체적인 생활 현실을 묘사한 시, 생의 순간적 고양을 표현하면서도 서정적 주체의 당대적 현실 인식을 그 정서의 울타리 안에 담아낸 시들을 충분하게 목도할 수 있는데, 이는 '서정성'과 '사회성'이 서로 대척적 지점에 있는 것이 아니라 상호 통합적 실재로 나타날 수 있다는 유력한 실례라고 할 것이다. 그만큼 시적 서정의 지평은 탈사회성이나 사인성(私人性) 차원에서만 형성되고 귀착되는 것이 아니라, 사회적 맥락에서 발원되고 구현되는 것이기도 하다. 이러한 미학적 전제 위에서 우리는 '참여'라는 자장으로 수렴될 수 있는 시사적 개관을 다음과 같이 그릴 수 있다.

조선 시대의 서사 한시, 사설시조
애국 계몽기의 진보적 시가(신채호 등)
신경향파 시와 프로시(김석송 · 이상화 · 임화 · 박세영 등)
1930년대 후반의 진보적 시문학(이용악 · 오장환 · 백석 · 안용만 등)
해방 직후의 조선문학가동맹 계열의 시(김상훈 · 상민 · 유진오 등)
1950~60년대 이른바 '참여시'(김수영 · 박봉우 · 신동문 · 신동엽 등)
1970년대의 이른바 '민중적 서정시'(김지하 · 고은 · 신경림 · 정희성 · 조태일 등)
1980년대의 '노동시', '농민시', '분단시'(김남주 · 박노해 · 백무산 등)

조선 시대에 창작된 한시(漢詩) 중에서 서사적 경향을 현저히 보여주는 작품들 가운데, 특히 후기의 서사 한시는 봉건 체제의 모순 및 그로 인한 민중들의 고난에 찬 삶을 주요한 시적 주제로 삼고 있다. 그들은 시의 심미성보다는 역사성 · 사회성을 줄곧 추구한 것이다. 이는 유가(儒家)의 오랜 경전인 『시경(詩經)』에 표현된 '풍간(諷諫)'의 정신(시를 통해 위정자의 정치의 득실을 비판하는 정신)이 창조적으로 계승된 것인데, 이 같은 정신이 애국 계몽기에도 이어져 민족사의 실상에 주목하는 진보적 시가(창가, 개화 가사, 우국 한시 등)를 산출해내는 문학사적 자양이 된다. 이어 국권을 상실한 일제 시대에는 현실 지향의 참여 정신이 어느 시기보다 풍요롭고 적극적으로 전개된다. 1920년대의 김소월과 한용운에 의해 싹트게 된 민족 현실의 전체성에 대한 인식은 카프의 사회주의적 지향을 거쳐 백석, 이용악 등에 의해 민족사의 전체성을 반영한 뛰어난 서정 시편들을 얻게 된다. 이 시기는 자본제적 생산 양식이 전면화됨으로써 전체로서의 사회를 인식하는 데 필요한 조건이 성숙한 시기로서, 시적 언어의 독자성에 대한 뚜렷한 자각, 미적 형상화의 중요성에 대한 인식, 자유시 형식의 완성을 위한 노력, 일상 언어의 시어화 등이 선명하게 자리를 잡아 현실 지향의 시문학의 예술적 개화를 가능케 하였다.

해방 후에 조선문학가동맹을 중심으로 하여 이루어진 시운동은 남북 분단으로 인하여 일정한 좌절을 경험하게 되는데, 이때부터 남한의 시는 급속하게 시의 현실 지향성을 잃어가게 된다. 그 가운데 우리는 김수영이나 신동엽, 박봉우, 신동문의 시에서 자생적 참여의 시각과 만날 수 있다. 이들은 철저히 반공, 자본주의라는 원리로 수미일관하게 문단이 편성되어가던 시기에 대안적 언어 체계와 인식으로 민족사의 핵심적인 문제 제기를 보여주었다.

1960년대 이후 현실의 다양한 역학 관계를 구체적이고 통일적으로 관찰하여 시적 형상으로 온축해내는 시인들의 역사적 상상력은 분단기를 관통하면서 이른바 '민중적 서정시'라는 명칭으로 나타나게 되는데, 그것은 시의 소재나 대상을 당대의 민중으로 설정했다는 외재적 측면뿐만 아니라 주체들이 견지하고 있는 민중 지향성이라는 세계관에도 폭 넓게 연관되는 것이었다. 1970년대에는, 개발 독재의 일방적 추진과 민중의 각성이라는 이중적 성격의 시대를 살아가면서 시인들이 민중들의 구체적 삶을 노래하기 시작한다. 이들은 시에서의 '사회성'의 적극적 도입, 이야기의 반영, 대중성의 고취 등 많은 긍정적 성취를 이루었다. 그리고 1980년대 이후 등장한 노동 문학을 비롯한 참여적 열정들은 한 사회의 억압 구조를 심층에서부터 비판하고 사유하는 참여적 전범을 보여주었다.

이처럼 '참여'의 시사적 실재들은 '사회성'과 '서정성'이 근본적으로 하나의 육체 안에서 통합 가능함을, 그리고 서정시의 가장 넓은 편폭이 탈(脫)사회성이 아니라 사회성에 밀착했을 때 성취 가능한 것임을 알려주고 있다. 따라서 앞서 말했듯이, 우리 시의 면면한 '사회성'의 맥락은, 우리 시 교육에서도 '사회성(참여시)=비시', '탈사회성(순수)=시'라는 비역사적이고 사실에도 부합하지 않는 도식을 반성적으로 검토해야 함을 알려주고 있다.

사실 문학에서의 순수·참여 문제는 문학의 속성이 갖는 이원성에서 필연적으로 기인하는 범주에 속한다. 이때 이원성이란 상상적 기능과 인식적 기능을 말하며, 이 두 가지 기능 중 어느 쪽에 역점을 두는가에 따라 순수·참여론의 논의 가능성이 놓이는 것이므로, 원론상으로는 어느 쪽도 정당하고 동시에 어느 쪽도 부당하다. 따라서 이것은 단지 문학과 정치의 날카로운 긴장 관계에 대한 원론적 탐색이라는 긍정적 의의를 띨 뿐 그 자체로서 논의의 정당성을 띨 수는 없는 것이다. 그러므로 우리가 문학사의 '참여'를 거론할 때 그것은 분명 미학적·보편적 개념이라기보다는 당대에 붙여지고 또 그렇게 불러온 관행에 의한 시대적·역사적 개념이라고 할 수 있다.

그렇다면 이 같은 '참여'의 자장이 문학 교육 현장에서는 어떻게 수렴되고 배제되었는가. 순수 문학 주류사(主流史)의 영향 탓으로 '참여'의 자장은 모두 교육적 가치를 거세당하고 교육 영역에서 추방되었는가. 물론 그건 아니다. 오히려 이른바 '참여'로 귀납 가능한 시적 지향 가운데 민족적 자기 동일성과 민족 통합에 기여하려는 목소리는 적극적으로 교육 권역으로 수렴되어 재생산된 데 비해, 민족 내부의 계층적 이해 관계에 대한 참여는 지속적 경계가 있어왔던 것이 우리 문학 교육의 정전 채택의 관행이었다는 데 심각한 문제점이 있다고 할 수 있다.

먼저 민족적 자기 동일성의 탈환과 유지 그리고 민족 통합의 의지를 발화한 시편들은 적극적으로 문학 교육의 대상이 되어왔다. 특히 그동안 일본 제국주의에 대항한 민족주의 시편들은 이른바 '저항시(抵抗詩)'로 명명되면서, 정신사 차원의 시 교육의 유용한 제재로 채택되어왔다. 이러한 '저항시'에 대한 교육은, 시에서의 '참여'가 '민족(우리)/외세(타자)'라는 적대적 이분법 속에서 그 정당한 근거를 취해오게끔 하였다. 또한 저항 시편들은 저항이라는 행위이자 태도가 시 자체의 본령적 속성에서 도출된 것이라기보다는 예외적 개인의 도덕적 열정과 기품에 의해 가능했던 것임을 강조함으로써, 몇몇 시인에 국한된 시인론적 시각으로 수렴될 수밖에 없었다. 우리가 한용운이나 윤동주, 이육사의 시편에 과도한 문학사적 무게를 싣고, 그것을 문학 교육의 중요한 제재로 삼아왔던 것이 이 같은 사례에 해당할 터이다.

반면 민족 내부에서 비롯되는 계층적 참여에 대해서 문학 교육이 그리 열린 태도를 보였다고는 말하기 힘들다. 특히 일제 시대에 일정한 사회주의적 지향을 취했던 시적 흐름과 1970년대 이후 이른바 '민중적 상상력'을 바탕으로 폭 넓게 창작되었던 시적 흐름들은 교육적 대상에서 꾸준히 결락되어왔다. 사실 한국 근대 문학사에서 가장 완강하고도 지속적인 흐름을 이어온 미적 범주 가운데, 당대의 주류 정치 권력과 날카로운 대척점을 형성하면서 '참여'의 미적 실천을 추구했던 것이 이러한 흐름들일 것이다. 특히 근대 이후 우리 사회를 구성하고 있는 인적 범주를 계층 의식에 의해 구획한 '민중' 개념은, 우리 문학의 대(對)사회적 맥락의 양상을 보여주는 가장 대표적인 가치론적 준거 역할을 지속적으로 수행하였던 것이다.

이 가운데 해방 이후 펼쳐진 현실의 다양한 역학 관계를 구체적이고 통일적으로 관찰하여 형상화한 시인들의 이른바 '민중적 상상력'은, 분단 체제를 관통하면서 폭 넓은 민중 문학적 내용과 형식을 우리 문학사에 구체화한 바 있다. 그런 의미에서 우리가 살아온 분단기는, 시적 주체들이 경험적 구체성과 민중적 자기 긍정에 기반을 둔 참여 미학적 가능성을 심화·확충해온 시기로 기록될 만하다. 이 시기에 우리의 시적 주체들은 민중적 일상에 대한 천착을 바탕으로 자신들의 신원적 조건이기도 했던 소시민적 상황을 극복하면서 민중 지향적인 의식과 삶을 형상적으로 보여주게 되는데, 이러한 그들의 집념은 소재의 확대라는 외연적 변화 외에도 작가와 독자간의 의사 소통 구조의 근본적 변화라는 양상을 가져오기에 이른다.

따라서 이러한 맥락에 의해 창작되고 소통된 '참여'의 시적 자장은 삶의 구체성에 뿌리를 둔 '상황(situation)'을 중시하는 고유한 반영론적 독법(讀法)을 우리에게 요구하게 되었고, 우리는 '상황'을 중시하는 독법을 통해 시가 한 사회의 전체성 차원에서 어떤 특정한 가치를 옹호하는 시적 목소리를 낼 수 있다는 개연성을 경험하게 되었다.

결국 우리는 이 같은 창작과 소통의 가능성을 중심으로 하여, '사회성'이라는 범주가 '민족' 편향이 아닌 사회 내부의 갈등의 역학에 대한 비판적 사유까지 포괄하는 것임을 인지하여, 문학 교육의 좌표 및 대상으로 삼을 필요가 있다고 할 수 있을 것이다.

3. '동일화'와 '거리두기'의 효과

그동안 사회 문화적 맥락에서의 문학 교육을 강조한 기존의 연구 성과들로는 구인환 외, 김중신, 김대행 외, 우한용, 정재찬 등의 것이 있다.[5] 특히 사회 문화적 맥락에서의 문학 교육을 강조하는 이 연구들은

---

5) 구인환 외, 『문학교육론』, 삼지원, 1988.
김중신, 『문학교육의 이해』, 태학사, 1997.

문학 교육의 지향점을 '문학 문화의 고양'으로 설정하면서, 문학 교육을 문화의 장(場)에서 이루어지는 특수한 실천으로 보았다. 이러한 시각에 의할 때, 우리는 바람직한 자기 형성적 주체를 문학 교육의 도달점으로 상정할 수 있고, 문학 주체가 문화적 실천 양태인 시 텍스트를 이해 · 해석 · 평가하는 가운데 어떻게 가치관을 형성해가는가 하는 것을 매우 중요한 현안으로 삼을 수 있다. 이러한 '문학 문화'의 한 첨예한 속성으로서의 '사회성'은, 그러한 자기 형성적 주체의 성장 과정을 위해서라도 충실하게 교육 내용으로 활용되어야 할 것이다. 그렇다면 이 같은 '참여'적 속성을 대표로 하는 '사회성'의 경험을 학습자들은 어떻게 치러내는가.

원래 독자가 시를 읽는 과정은 시에 나타난 정서와 형상을 체험하고 육화하는 과정이다. 이때 독자의 체험은 실재 세계의 경험과는 달리 언어적 상징으로서의 상상적 체험을 말한다. 따라서 시적 담론과 소통하는 과정에서 독자가 갖는 가치의 내면화 양상은 사실에 대한 확정된 인지가 아니라 상징적 언어를 통한 미완결성과 가변성을 갖는다고 할 수 있다. 그리고 독자의 시 독해는 일종의 심미적 자기 성찰의 속성을 지니며, 정보 획득보다는 정서적 울림을 추구하는 행위라고 할 수 있다. 이때 정서적 울림의 절정은 시적 정서와 형상에 대한 독자의 '동일화(identification)'에 의해 형성, 심화된다.

하지만 그와 반대로 독자는 시적 의미에 대한 일종의 '거리두기(distancing)'를 통해 비판적 시 읽기를 수행할 수 있다. 말하자면 시에 나타난 화자의 세계 해석이나 태도에 대해 일정한 판단 유예를 하고 난 후, 그것을 다시 주체적으로 판단하여 비판적으로 수용하는 가정이 그

김대행 외, 『문학교육원론』, 서울대학교출판부, 2000.
우한용, 『문학교육과 문화론』, 서울대학교출판부, 1997.
정재찬 외, 『문학교육과정론』, 삼지원, 1997.
정재찬, 『문학교육의 사회학을 위하여』, 역락, 2003.

것이다. 이때 학습자는 시 텍스트에 형상화된 것을 이해하고 수용하면서 자기 성찰을 해가는데, 이러한 학습자의 자기 성찰은 시 텍스트의 논리에 동일화되는 과정이 아니라, 거기에 대한 비판적 거리두기를 통해 자신의 삶이 갖는 생성적·비판적 본질을 인식하는 과정이 되는 것이다.

따라서 모든 시 독해 과정은 학습자가 '자기 형성적 주체'로서 시 텍스트에 대한 동일화와 거리두기를 이중적으로 수행하는 데서 구체화된다. 시 텍스트에 대한 학습자의 해석은 학습자가 자신에 대한 자기 해석(self-interpretation)에서 절정을 이루고, 이를 바탕으로 학습자는 자신의 삶의 본질을 더 잘 이해할 수 있게 된다. 또한 이때 독자는 시 독해 과정에서 고유한 상상력을 통해 시의 의미를 스스로 창출하는 비판적·주체적 시 독해를 수행할 수 있다. 또한 시 텍스트에 대한 독자의 의미화 실현 정도는 세계에 대한 인식과 세계에 대한 비판을 바탕으로 한 구성적 능력으로서의 상상력의 개입 정도와 비례하게 되며, 이러한 상상력의 작용에 의해 독자는 시와 자신의 삶을 관련지어 자신의 삶의 본질을 규명해가는 것이다.

그 점에서 독자는 시 독해를 통해 발견적 경험과 교섭적 경험을 동시에 하게 된다. 발견적 경험은 텍스트 내적 세계를 독자 자신의 인지 스타일에 따라 자유롭게 받아들이는 일차적인 경험에 해당된다. 이는 시의 장르적 특성이나 사회적·문화적 맥락으로부터 비교적 자유로운 반응으로서의 텍스트 경험을 뜻한다. 이는 정보적 능력, 자연스러운 감수적 태도, 인식적 상상력의 수준에 부합되는 경험 공간에 해당된다. 한편 교섭적 경험은 독자의 시 독해가 텍스트에 대한 비평적 활동을 통해 시의 문법이나 관습, 시 텍스트를 둘러싸고 있는 사회적·문화적 맥락과 왕성한 상호 작용을 하는 것으로 일종의 구성적 읽기를 통해 구체화된다. 이 경험은 독자의 해석적·비평적 능력 등에 부합되는 문학적 경험을 의미하는데, 발견적 경험과 교섭적 경험은 독자의 시 독해 과정에서 상호작용하며 수준 높은 독자일수록 교섭적 경험이 훨씬 강력하게 작용하게 된다.

따라서 동일화와 거리두기 사이의 적절한 균형을 통한 주체적 시 독해에는, 학습자 스스로의 비평적 기능이 강조되게 마련이다. 특히 주체적 시 독해는 시 작품 자체에 대한 비판적 재해석뿐만 아니라, 그 사고의 결과를 수용자 스스로의 논리와 감각으로 된 비평적 글쓰기로 연결함으로써 완성된다고 할 수 있는데, 이때 비판적 시 독해는 시 텍스트에 대한 학습자의 표현 활동 곧 일종의 비평적 글쓰기를 통해 보다 풍부하게 이루어질 수 있다. 이는 수용자들의 이해 기능과 함께 표현 기능을 높이는 효과를 얻을 수 있는 방안으로서, 우리는 이러한 방법을 통해 동일화와 거리두기가 통합된 총체적인 시 교육에 접근할 수 있게 되는 것이다.

결국 시적 발화의 진정성과 전언(傳言)에 대한 폭 넓은 인지와 정의적 영역에서의 수용 및 심미 체험을 목적으로 하는 시 교육에서는, 교육을 '사회성' 경험 혹은 문화적 실천이나 재생산의 관점에서 규정할 필요가 더욱 절실해진다. 이는 시가 '사회성'을 적극적으로 체현하면서도 예술적 자율성을 포기하지 않는다는 역설에 대한 미학적 승인과도 깊이 연관된다. 또한 시 교육은 텍스트의 논리적 분석을 넘어서, 텍스트의 의미가 개인적인 가치로 내면화되면서 객관적 정신을 실현하여 문화를 향유할 수 있게 해주는 문화 실천 및 재생산이 되어야 한다.

이때 우리는 시 교육을 통해 형성된 학습자의 '가치관'을 중요하게 생각하게 되는데, 이는 가치관이 가설적 구성 개념이며 매개적 구실을 하는 변인이 되기 때문이다.[6] 그래서 '가치관'을 시 교육과 연관지어 말한다면, 가치관은 학습자가 행하는 사회적 행동을 중개할 뿐만 아니라, 텍스트에 대해 학습자가 갖는 반응적 이해로서의 연쇄 과정에 개입하는 동

---

6) 박용헌 · 문용린, 『정의의 교육』, 방송대학교출판부, 1993, 32면.

기적·지각적·평가적 기능을 담당하는 실체라고 해야 할 것이다.

그런데 기존의 문학 교육에서는 '가치관'을 일종의 태도 영역으로 범주화해서 다루어왔다. 그러나 가치관과 태도는 엄연히 그 층위가 다르다. 물론 태도와 가치관 사이에는 공통점과 차이점이 있지만, 태도는 가치관에 비해서 보다 개인적인 측면에 연결되는 개념이다. 따라서 태도와 가치관은 모두 경험과 학습을 통해서 형성된 정의적 특성이며 행동의 반응 경향과 양식을 결정하는 매개적·평가적 특성이며 또한 외현된 행동으로 유추되는 가설적 구성 개념이라는 점에서 공통점을 갖는다. 하지만 태도는 특정 대상에 대한 긍정 내지 부정적 반응 성향인 것에 비해 가치관은 그 같은 반응 성향에 대한 타당성 여부를 판단하는 기준으로서의 의미를 포괄적으로 갖는다. 따라서 가치관은 태도보다 더욱 넓은 의미를 갖는 개념으로서 보다 포괄적이고 더욱 지속적이며 일반화되어 있는 특성이다.

이 같은 가치관의 내면화는 시 교육에서 '감수→반응→가치화→조직화→성격화' 등의 과정을 거친다. 이러한 시 교육에서의 가치관의 내면화 과정에 따라 그동안 교육 범주에서 불균형을 이루었거나 폄하되어 왔던 '사회성' 범주는 학습될 수 있을 것이다.[7] 차례대로 보이면 다음과 같다.

1. 감수(receiving) : 이것은 어떤 현상이나 자극에 대하여 주의를 기울이는 행동으로서 학생들의 주의를 끄는 단계의 행동이다. 이 행동은 현상이나 자극에 대해 단순히 그 존재를 받아들이는 행동으로부터 이를 선택하고 주의를 집중하는 단계로서 가장 낮은 정의적 행동이다. 특정한 시 텍스트에 나타난 서정적 주체의 현실 인

7) 가치관의 내면화 과정 5단계는 Bloom의 정의적 특성의 내면화 과정 5단계를 적용한 것이다(블룸 외, 임의도 외 역, 『교육목표 분류학II : 정의적 영역』, 교육과학사, 1983, 231~251면).

식의 방향과 태도에 대하여 인지하게끔 하는 단계라고 할 것이다.

2. 반응(responding) : 이 행동은 어떤 자극이나 특수한 현상에 대해서 단순히 감지하거나 수용하는 것으로 끝나지 않고 적극적으로 반응하는 것이다. 특정한 자극이나 현상에 대해서 단순히 피상적으로 반응하는 것으로부터 시작해서 적극적으로 자진해서 반응한다. 특정 텍스트에 나타난 사회성의 방향에 대하여 동일화의 반응을 보이거나, 거리두기를 통한 가치 유예를 수반한다.

3. 가치화(valuing) : 이것은 현상이나 사태에 대해 감수의 수준을 넘어서서 의의와 가치를 부여하여 내면화하는 행동 수준을 말한다. 어떤 가치의 인정뿐만 아니라 적극적인 자세로 그 가치를 추구하는 행동을 말하는 것이다. 이때 가치화는 앞서 말한 동일화된 내용의 적극적 옹호나, 판단 유예된 가치에 대한 적극적 판단을 동반한다.

4. 조직화(organizing) : 이 수준의 영역은 여러 가지 다른 종류의 가치를 통합하고, 자기 나름대로 일관성있는 가치 체계를 확립해 나가는 단계이다. 이 단계의 주요한 행동 특징은 여러 가지 종류의 가치들을 서로 비교하고 관련짓고 분석하여 이를 체계적으로 종합해가는 것이다. 이때 가치관이 조정되고 확장되며 일종의 자기 형성적 주체의 성장 과정이 수반된다.

5. 인격화(characterizing) : 이 행동 수준은 특정 가치관이 한 개인의 생활을 지배하고 생활화하게 됨으로써 그 개인의 독특한 생활 방식을 형성하게 되는 단계이다. 서정시의 가장 중요한 본령이 사회성의 발현과 충격에 있다는 점을 통해 다른 시를 독해할 때도 이 같은 지평을 참고하고 확장하는 경험을 갖게 된다.

이러한 일련의 과정은 기본적인 발아 과정에서부터 비교적 고차적인 평가 과정을 따라 가치관이 형성되고 발전되어감을 보여주는 사례라 할 것이다. 특히 조직화와 인격화의 단계에서 자기 형성적 주체는 사회성의 가장 최종적 형식인 실천적 의지에까지 다다르게 된다고 할 수 있다. 이처럼 학습자는 텍스트를 읽어가는 과정에서 텍스트에 대한 인지와 반응을 지속적으로 행하면서, 텍스트의 심층적 내용에 대하여 "형성 과정 중에 있는 의미(meanings-in-motion)"를 증진시키게 된다. 이러한 의미 증진은 문학적 사고와 문학 능력이 텍스트에 대한 학습자의 인지와 반응의 양상에 따라 변화하는 특성을 지닌다는 점 그리고 이 특성들이 실제 교수-학습 현상에서 학습자와 교사, 학습자와 동료 학습자 사이의 상호 작용으로 확장되어 드러난다는 점을 나타내준다.

결국 시 교육은 문학 현상[8]에 대한 설명으로 끝날 수 있는 것이 아니다. 시 교육은 문학 현상에 대한 학습자의 자기화 혹은 내면화 과정이 더없이 중요하기 때문이다. 따라서 시 교육에서 학습자는 시 텍스트에 대한 소통 주체로서 자신의 수용을 통해 언어적 실천을 하는데, 이러한 언어적 실천을 통해 학습자는 시 텍스트의 수용과 이해를 실현하고 이를 통해 텍스트의 세계를 자기화하는 가운데 자기 형성적 주체로 성장할 수 있는 것이다.

4. 맺음말

물론 시 텍스트에 대한 학습자의 의미 형성을 위한 최선의 교수-학습 방법은 있을 수 없다. 하지만 수용 조건과 문학 능력에 따라 학습자

8) 문학 현상이란 문학이 우리의 삶과 문화(또는 교육) 속에서 실제로 존재하고 작용하는 일체의 과정과 모습을 일컫는 말이다. 즉, 문학의 존재와 소통은 문학 텍스트를 중심으로 이루어진다는 것을 전제로, 문학 텍스트가 생산되고 수용되는 일련의 작용 과정을 의미한다(서울대학교 국어교육연구소, 『국어교육학사전』, 대교출판사, 1999, 311면).

가 보다 더 풍부한 시적 경험을 할 수 있도록 하는 방법들이 불가능한 것은 아니다. 문학 능력이 부족하거나 형성중에 있는 학습자는 시 교수-학습 활동에 그다지 적극성을 보이지 않거나 자신의 삶과 관련지어 시적 경험을 수행하는 활동에 적극적으로 참여하지 않는다. 따라서 문학 능력이 부족한 학습자는 시 텍스트에 대한 이해를 통한 자신의 상상력 향상을 역동적이고 응집성있는 것이 아니라 작품의 내용을 수동적으로 받아들이는 것으로 생각한다. 그 결과 문학 능력이 미숙한 학습자의 상상력은 텍스트가 어렵거나 자신의 삶과 별 관련성이 없을 때는 쉽게 손상되게 마련이다.

그러므로 문학 능력이 부족한 학습자의 상상력은 교사 혹은 동료 학습자와의 교호(交互)에 의해 향상될 필요가 있다. 반면에 기존의 시적 경험이 풍부하고 문학 능력이 향상된 학습자는 보다 더 활동적으로 자신의 상상력을 형성하고, 자신의 문학 능력에 따라 시 텍스트의 내용을 이해하고 해석하여 새로운 의미화를 실현할 수 있다. 이러한 의미화 실현은 학습자가 텍스트의 내용에 대한 이해와 해석을 바탕으로 자기 성찰과 자기 형성을 가능하게 할 것이다.

하지만 이러한 원론적인 방향 설정에도 불구하고 시 교육에서의 '사회성' 범주는, 예술을 사회적 생산물로 이해한다는 전제 아래 특정한 맥락에서 특정한 집단이 부가하는 가치를 다양한 형식·장르·스타일 등이 어떻게 내포하게 되는가 하는 점도 해명되어야 한다[9]는 과제를 안는다. 그리고 시에서 구현된 '사회성'의 내용을 어떻게 교육할 것인가 하는 문제도 중요하게 다루어져야 한다. 그래서 우수한 시편일수록 현실의 구체성을 통해 인간이 사회적 존재이고 나아가 특정한 가치를 옹호하는 일련의 태도를 표명하는 존재임을 알게 해야 한다. 다만 이 글에서는 이 같은 '사회성' 범주가 어떤 내용을 취해야 하는가 그리고

9) 자네트 월프(이성훈 외 역), 『예술의 사회적 생산』, 한마당, 1986, 18면.

어떠한 과정을 거쳐 가치관으로 성숙되어가는가 하는 데 초점을 맞추어 논의를 끌어왔을 뿐이다.

이는 일차적으로 개인의 성장이 개개인의 사적 차원의 문제가 아니라 그 개개인이 속한 사회의 갈등과 역학 속에서 규정되고 확장되는 것이라는 점을 유의한 결과일 것이다. 아울러 개인의 성장이 지식의 양적 축적보다는 질적 위계에 대한 변별력을 통해 가능한 것임을 암시하고자 한 거이기도 하다. 물론 시적 경험이 가지는 각급 학교별 위계나 그에 걸맞은 단계론적 지표에 대해서는 추후의 과제로 남겨둔다. 따라서 이 논문은 시 교육에서 가치 중립적인 인지 기능과 함께 수용자의 주체적 판단 기능을 중시해야 한다는 것, 그리고 이때 시의 참여적 속성에 대한 역사적·미학적 감각이 매우 중요한 가치를 발할 것이라는 점을 강조한 것이다.

화자의 양상에 따른 시 교육의 여러 층위

1. 머리말

최근 각급 학교에서 기획, 실천되고 있는 시 교육의 기율과 방법은 대체로 학습자들의 능동적인 창조력과 주체적인 수용력을 극대화하는 쪽으로 맞춰져 있는 듯이 보인다. 그래서인지 텍스트에 대한 미학적·역사적 이해 능력 못지 않게 시에 대한 개인적 반응이나 창작에 관련된 교육 프로그램의 비중 또한 점증되고 있는 형편이다. 말하자면 시를 고정된 고고학적 유산으로 대하는 것이 아니라, 늘 살아서 현재적 삶의 세부적 국면과 연관될 수 있는 실체로 가르치려는 방향이 주류의 위상을 얻고 있는 듯이 보이는 것이다. 이는 시에 대한 인지적 기능의 신장보다는 수용자들의 반응을 통한 시적 경험의 극대화를 꾀하려는 방향으로서, 매우 중요한 이행기적 속성을 띠고 있는 경향이라고 할 수 있을 것이다.

물론 시 교육의 가장 고유한 전제는, 말할 것도 없이, '시'와 '비시(非詩)' 사이의 준별을 통한 '시(적인 것)'의 범주 확정이다. 그동안 전통적으로 '시'는 '운문'과 개념적 등가를 이루면서, 곧바로 '산문'과 대립적 범주를 구성하는 것으로 설정되어왔다. 혹은 '소설', '희곡', '수필' 등

다른 장르종(種)들과 변별되는 독자적인 원리를 가지는 언어 양식으로서의 유난한 독립성이 강조되기도 하였다. 그 대표적인 변별적 자질로 우리는 시적 언어의 '상징성'이라든가 '함축성' 혹은 '운율성' 등을 강조하여왔다. 말하자면 시는, 산문적인 평면성으로 이해하기 어려운 입체적이고 함축적인 언어적 질서를 가진 다소 난해하고 응축된 언어적 실재라는 견해가 지배적인 위치를 점하고 있었던 것이다.

따라서 우리는 '시' 혹은 '시적인 것'과 소통할 때, 으레 '난해성'이라든가 '함축성'이라는 근원적인 소통 장애 요인과 마주치게 된다. 그러나 그 같은 소통 장애가 실은 시 장르의 고유한 특성이라는 점에 주목한다면, 불가피하게 따르는 시의 난해성이 시를 향수하는 데 꼭 걸림돌이 되는 것만은 아니다. 다시 말하면 온당한 이해력과 경험의 축적으로 난해성을 적극 풀어낼 경우, 우리는 이를 통해 '시적인 것'이 아니고는 경험하기 어려운 무언가를 시를 통해 경험하게 되는 것이다. 따라서 우리는 시적 언어의 특수성을 통해 시가 우리에게 전달해주는 보편적인 감동을 매개해야만 진정한 의미에서 시 교육이 이루어진다고 판단할 수 있다. 이러한 태도만이 수용자들의 적극적인 반응을 유도하려는 현재적 시 교육에서 그 효율성을 극대화할 수 있는 가장 유력한 방법이라고 할 수 있을 것이다.

시적 언어의 특수성을 통한 시적 감동의 경험은 시의 운율, 이미지, 비유, 상징, 역설, 어조 등등 여러 가지 요소들의 매개를 통해 가능하다. 그러나 이 글에서는 개별 시편에 설정되어 있는 '화자(話者)'의 양상에 접근함으로써 온당한 시적 감동의 실체를 경험할 수 있다는 전제 아래, 한국 현대시의 거장(巨匠)인 정지용, 윤동주, 서정주의 대표적 시편에 나타나는 '화자' 설정 양상을 통해 얻을 수 있는 시적 감동의 고유한 속성에 대해 알아보려 한다. 이는 물론 시 교육의 대상이나 방법에 대한 새로운 방향이라기보다는 망각되고 부수화되었던 가치와 시각에 대한 새삼스런 복원이요 강조라고 해야 할 것이다. 이와 같은 접근법을 통해 성장기의 학생들에게 끼칠 수 있는 긍정적인 영향들에 대해서도 살피려고 한다.

2. 시 속에서 행하는 화자의 상상적 노동-정지용의 시

정지용(鄭芝溶)은 우리 현대시사에서, 감각적 충실성과 선명한 이미지 구축을 통해 1930년대 한국적 모더니즘의 절정을 보여준 시인으로 평가받고 있다. 또한 그는 언어 예술로서의 시 장르에 대한 근대적 자각을 거의 최초로 완성한 시인이기도 하다. 그렇기 때문에 그의 시편들은 정서의 풍부함보다는 감각의 정밀성으로 평판이 높고, 생활과의 밀착성을 드러내기보다는 하나의 미적 형상물로서의 완성도로 적극 상찬되었다.

고등학교 국어 교과서에도 실려 있는 그의 대표작 「유리창 1」 역시 감정의 절제, 선명한 이미지 구축으로 높이 평가받고 있는 작품이다. 또한 이 시편은 사랑하는 자식을 잃은 상실감에도 불구하고 감상의 범람으로 귀착되지 않고 뛰어난 절제의 정신을 보여줌으로써 사람들의 많은 사랑과 관심을 받아온 작품이기도 하다.

그러나 이 작품을 대상으로 하여 학생들과 소통할 때, 우리는 이 작품이 참척의 슬픔을 절제하고 그것을 선명한 이미지로 객관화함으로써 모더니즘의 속성을 실천적으로 구체화했다는 평가보다는, 화자가 '슬픔'을 안으로 다스리는 상상적 노동을 통해 궁극적으로는 죽은 아들을 떠나보내는 제의(祭儀)적 속성을 이 작품에 구현하고 있음을 공감시키는 일이 중요하다고 할 수 있다. 특별히 이 작품에 설정된 화자의 속성 곧 자전적(自傳的)인 화자와 미학적이고 허구적인 화자의 결합을 통해 개별적 진정성과 보편적 감동을 동시에 보여주는 성격에 주목할 경우, 이 작품의 미적 진폭은 그만큼 커진다고 할 수 있다.

> 유리에 차고 슬픈것이 어린거린다.
> 열없이 붙어서서 입김을 흐리우니
> 길들은양 언날개를 파다거린다.
> 지우고 보고 지우고 보아도
> 새까만 밤이 밀려나가고 밀려와 부디치고,
> 물먹은 별이, 반짝, 보석처럼 백힌다.
> 밤에 홀로 유리를 닦는것은
> 외로운 황홀한 심사 이어니,
> 고흔 폐혈관이 찢어진 채로
> 아아, 늬는 산ㅅ새처럼 날러 갔구나!
>
> —「유리창 1」 전문[1)]

작품의 1행은 화자가 바라보는 유리창 표면에 "차고 슬픈것"이 환영(幻影)으로 어른거리고 있음을 알린다. 사전 정보에 의하면 그것은 화자의 죽은 아들의 환영이 틀림없겠지만, 굳이 그렇지 않더라도 누군가를 잃어버린 상황이라는 시적 문맥은 어렵지 않게 파악된다. 따라서 이 시의 첫 행은, 죽었으나 곁을 떠나지 않고 유리에 어른거리는 "차고 슬픈것"에 대한 감각으로 시작되고 있다. 그 "차고 슬픈것"에 화자는 다가가서 "입김을 흐리"운다. "입김"은 찬 것에 온기를 부여하는 행위이다. 그래서인지 그 "차고 슬픈것"은 화자의 온기를 받아 "길들은양 언날개를 파다거린다." 얼어 있는 날개가 파닥거리는 순간은 그 자체로 해빙(解氷)의 한 과정이거니와, 그 "언날개"의 주인은 화자가 불어넣은 온기를 통해 날개를 파닥이고 있는 것이다. 여기서 우리가 주의해야 하는

1) 정지용, 『정지용전집』, 민음사, 1988. 앞으로 정지용의 시 인용은 이 전집에 의거함.

것은 바로 "날개"의 이미지이다. 화자는 죽은 자식을 "날개"를 가진 존재로 그리고 있다. 그러면서 그 "날개"가 지금은 얼어붙어 날지 못하는 상태로 상정하고 있는 것이다.

이와 같은 시의 도입부를 염두에 둘 때, 시의 마지막 행에서 날아가는 "산ㅅ새"의 이미지는 자연스럽게 앞의 "언날개"의 이미지와 연결된다. 그것은 얼어 있던 날개에 온기를 부여받아 그 힘으로 날아가는 산새의 모습으로 이어진다. 따라서 이 시는 유리창에 어린 "차고 슬픈것(자식의 영상)"을 정성스레 녹이고 닦아 결국 "산ㅅ새"로 날려보내는 제의적 과정을 담고 있는 작품이다. 그래서 화자는 죽은 자식을 떠나보내는 상징적 의식(ritual)을 수행하고 있는 것이다. 그 과정을 화자는 고요함[靜]에서 움직임[動]으로, 차가움[寒]의 이미지에서 따뜻함[溫]의 이미지로, 감정을 참아내는 것[忍]에서 결국 발산(아아,)하는 과정으로, 결빙(結氷)의 상황에서 해빙(解氷)의 상태로 치밀하게 묘사하고 있다. 그 사이사이에 입김을 불고 밤새도록 유리를 닦는 황홀하고도 외롭고도 정성스러운 노동의 과정을 개입시킴으로써, 그리고 글썽거리는 눈과 "별(보석)"을 상응시키면서 화자는 정성을 다해 죽은 자식의 "언날개"를 녹여 "산ㅅ새"로 날려보내고 있는 것이다. 따라서 "고흔 폐혈관이 찢어진 채로" "산ㅅ새"가 되어 날아간 아들은 그 스스로 날아간 것이 아니라, 아버지의 외롭고도 황홀한 노동을 통해 날아갈 힘을 얻은 것이다.

결국 이 작품은 자전적인 화자의 상실감과 미학적인 화자가 수행하는 제의적 과정을 결합시켜 "입김을 흐리우"고, "지우고 보고 지우고 보"고, "밤에 홀로 유리를" 닦는 상상적 노동 행위를 통해 "외로운 황홀한 심사"에 도달하고, 종국에는 정지용에게서는 극히 이례적인 "아아"라는 감탄사와 "!" 같은 감탄 부호의 표현을 통해 오래 참아왔던 감정을 폭발시키며 이별을 완성하는 부정(父情)의 깊이를 보여주고 있는 것이다. 그래서 이 작품은 지나치게 감상이 과잉되는 경향과 지나치게 정서가 배제되는 사물화의 두 편향을 동시에 경계하면서, 화자의 감각과 정서의 미세한 변화 과정을 잘 전달해주는 명편(名篇)이라고 할 수 있다.

따라서 시 교육의 차원에서 이 작품에 대한 공감을 나눌 경우, 우리는 시인 스스로의 슬픔의 절제라는 평면적인 주제를 넘어, 화자의 관념적 노동 행위를 중심으로 삼을 필요가 있다. 그럼으로써 우리는 이 시가 자전적 토대 위에서 하나의 상상적 허구를 구축한 시편임을 경험하게 되는 것이다.

다음 작품 역시 허구적 화자를 통한 상상적 노동이 미학적으로 완성되는 과정을 보여주고 있다.

바다는 뿔뿔이
달어 날랴고 했다.

푸른 도마뱀떼 같이
재재발렀다.

꼬리가 이루
잡히지 않었다.

흰 발톱에 찢긴
산호보다 붉고 슬픈 생채기!

가까스루 몰아다 부치고
변죽을 둘러 손질하여 물기를 시쳤다.

이 앨쓴 해도에
손을 싯고 떼었다.

찰찰 넘치도록
돌돌 굴르도록

희동그라니 바쳐 들었다!
지구는 연닢인 양 옴으라들고……펴고……

—「바다 2」 전문

이 작품의 앞부분은 생동감 넘치는 바다의 순간적인 인상을 시각적 이미지로 묘사하고 있다. 바다는 화자의 시각에 의해 직접적으로 선명하게 표상됨으로써 하나의 독자적인 공간성을 획득하고 있다. '푸른 도마뱀떼' '흰 발톱' '붉고 슬픈 생채기' 등 색채어의 등장은 바다의 시각적 이미지를 더욱 선명히 해주고 있다. 특히 푸른 파도의 빠른 움직임이 '푸른 도마뱀떼'에 비유되어, 파도의 동적 이미지가 시각 이미지를 통해 인상적으로 처리되었다. 바다의 이미지로 '도마뱀떼' '흰 발톱' '연닢' 등의 이미지가 채택되었는데, 이들은 바다와 직접적인 관련이 없는 것들로 이 작품만의 독창적인 이미지라고 해야 할 것이다. 이러한 예는 「바다1」에서도 찾아볼 수 있는데, "해협(海峽)이 천막(天幕)처럼 퍼덕이오", "'흰 연기 같은/바다"에서도 '천막' '흰 연기' 등의 간접 이미지는 바다를 새롭게 인식하게 해주고 있다. 그러나 아무리 감각의 새로움이 이 작품의 중요한 점이라고 하더라도, 이 작품을 이해시킬 때 가장 중요하게 초점화되어야 할 부분은 역시 화자의 상상적 노동이다.

먼저 1~4연에서는 '바다'의 사실적 외관이 참신하게 묘사되고 있다. 물론 여기서 '바다'는 시인의 상상이 축조해낸 관념적 대상일 수도 있다. 말하자면 사실적 바다가 아닌 시인의 전언을 위한 관념적 등가물일 가능성도 배제할 수 없다. 그러나 더욱 중요한 것은, 화자가 바다를 잡으려고 했으나, 바다는 잡히지 않는다는 상황 설정이다. 화자가 잡으려고 하자 "바다는 뿔뿔이/달어 날랴고 했"고, "푸른 도마뱀떼 같이/재재"

바른 동작으로 움직여 "꼬리가 이루/잡히지 않"았던 것이다. 그래서 "힌 발톱에 찢긴/산호보다 붉고 슬픈 생채기!"는 파도에 쓸린 해안의 외관일 수도 있겠지만, 상징적으로 바다를 잡으려다가 실패한 화자의 생채기이기도 하다. 잡으려는 욕망이 좌절되고 난 후의 생채기이기 때문에 "슬픈"이라는 관형어가 삽입되었을 것이다.

여기서 화자는 하나의 관념적 노동을 준비한다. 그 노동이 시작되는 곳이 5연이다. 화자는 바다를 "가까스루 몰아다 부치고/변죽을 둘러 손질하여 물기를 시쳤다." 이는 달아나려는 바다를 겨우 몰아붙여 변죽을 둘러 가둬놓는 운동이다. 그 지난한 작업을 마치고 난 후 화자는 손질하여 물기를 씻고, "이 앨쓴 해도에/손을 싯고 떼었다." 다시 말하면 자신의 노동이 배인("앨쓴") 해도(海圖)를 완성한 것이다. 그 변죽을 두른 해도는 하나의 그릇(잔) 이미지를 띠면서 그 안에 바다를 담아 놓게 된다. 화자는 그 안에서 바다가 "찰찰 넘치도록/돌돌 굴르도록" 한 것이다. 그리고 나서 그 그릇을 "희동그라니 바쳐 들"게 되는 것이다. 실제적으로 불가능했던 바다의 포획이 관념에서 완성되는 순간이다. 그 그릇("지구")은 "연닢인 양" 수축과 팽창의 운동을 거듭하는 상상적인 자족적 실체로 거듭나고 있다.

그렇다면 화자는 이 같은 노동을 통해 무엇을 노리고 있는 것일까. 바다를 어렵사리 빚은 잔(그릇)에 가두어놓고 받들고 있는 형상은 무엇을 상징하는 것일까. 시를 "잘 빚어진 항아리(The well wrought urn)"라고 말한 이는 미국의 신비평가 클리언스 브룩스(Cleanth Brooks)였다. 화자는 이 작품에서 잡히지 않는 '언어("바다")'를 잘 빚어진 항아리에 담음으로써 미학적 실재를 완성해가는 지극한 노동의 과정, 곧 시작(詩作) 자체의 과정을 메타적으로 보여주고 있는 것이다. 다시 말해서 허구적 화자가 행하는 노동 곧 잡히지 않는 바다를 인위적으로 몰아붙여 그것을 잘 빚어진 항아리에 담는 과정 자체가 정지용이 생각해왔던 시적 언어의 속성이라는 뜻이다.

이상 「유리창 1」, 「바다 2」 두 작품을 통해 우리는, 모더니즘이라는 거대한 이론적 틀로 정지용의 시편들을 설명하는 방식을 지양하고, 자전적이며 동시에 허구적인 화자 스스로 지극한 노동과 정성을 통해 한 편의 제의(祭儀)와 시작(詩作)을 완성하고 있는 과정을 알 수 있었다. 정지용의 시를 모더니즘의 기율을 충족시키고 있는 실체로 경험하지 않고, 자전적인 화자의 경험에 토대를 두면서 허구적이고 미학적인 화자에 의해 수행하고 있는 상상적 노동에 동참함으로써 개별 시편의 보편적 감동에 비교적 풍부하게 다가갈 수 있었던 것이다.

3. 자전적 화자가 행하는 자기 성찰-윤동주의 시

윤동주(尹東柱)의 텍스트들은 시인과 화자의 근거리로 인해, 시인 자신의 언어와 화자의 언어 사이의 균열이 최소화되어 있는 것으로 널리 알려져 있다. 특히 윤동주의 시는 미학적 화자를 따로 설정하기보다는 시인 자신이 직접 발화의 주체로 나섬으로써 고백적 어조를 동반하고 있다. 따라서 우리가 윤동주의 시를 접할 때는, 화자와 청자 사이의 동일화 효과를 배가하여 공감을 만들어낼 필요가 있다. 이런 세계는 수용자가 발화자의 목소리를 엿듣는 방식 곧 독특하게 구조화된 독백으로서 "서정 양식의 원형"[2]이라고 할 수 있다.

윤동주의 시가 보편적인 감동을 주는 근원적인 까닭은, 취할 것이 물론 많겠지만, 그 핵심에 바로 시편 구석구석에서 고독하게 빛나고 있는 그의 '부끄럼'과 '자기 성찰'의 힘과 아름다움이 있기 때문일 것이다. 그래서 궁극적으로 윤동주 시의 화자와 청자는 모두 윤동주 자

2) 김준오, 『문학사와 장르』, 문학과지성사, 2000, 189면.

신이기도 하다. 먼저 그의 대표작으로 줄곧 거론되는 「서시(序詩)」를 읽어보자.

죽는 날까지 하늘을 우러러
한 점 부끄럼이 없기를,
잎새에 이는 바람에도
나는 괴로워했다.
별을 노래하는 마음으로
모든 죽어가는 것을 사랑해야지
그리고 나한테 주어진 길을
걸어가야겠다.

오늘 밤에도 별이 바람에 스치운다.[3)]

아마도 우리가 서정시를 자기 표현의 발화 양식으로 인정하는 한, 이 작품은 한국 시문학사에서 하나의 정상 시편으로 그 위치를 굳건히 지켜갈 것이다. 어조(語調)와 시적 구성에서 매우 단아하게 짜여진 자기 고백의 시편이기 때문이다. 섬세하고 꽉 짜여진 자기 고백적 양식을 띠고 있는 이 시는 그래서 윤동주의 시 정신과 내적 치열성을 웅변적으로 보여주는 작품이다. 그 '시 정신'이란 다름 아닌 신실한 신앙에서 우러나오는 윤리적 · 실존적 감각이라고 달리 표현할 수 있는데, 이 시 역시 그런 면에서 어김없이 그의 실존 감각과 윤리적 의지가 결합하여 표출된 작품이라고 할 수 있다.

이 작품은 구조적으로 전체가 '자연 현상'의 이미지와 '화자'의 정서 또는 관념이 각각 대등하게 결합된 형태로 이루어져 있다. 또한 시제를

3) 윤동주, 『하늘과 바람과 별과 詩』, 정음사, 1983. 앞으로의 윤동주 시 인용은 이 시집에 의거함.

중심으로 볼 때, 과거(괴로워했다), 미래(걸어가야겠다), 현재(스치운다)의 세 단락으로 구성되어 있다. 이 시에 나타난 이러한 시적 구조의 완결성과 화자의 도덕적 진정성 그리고 사물과 인간과 우주까지 넘나드는 시적 상상력의 활달함은 이미 여러 논자들에 의해 논증된 바 있다. 이러한 그의 창조적 상상력과 실존적 감각의 결합은 「서시」 외에도 많은 작품들에서 모두 한결같은 빛을 발한다.

이 작품에서 그가 노래하는 "죽는 날까지 하늘을 우러러/한 점 부끄럼이 없기를,/잎새에 이는 바람에도/나는 괴로워했다"는 발화에서 우리가 경험할 수 있는 것은 "한 점 부끄럼이 없"이 사는 시인의 윤리적 자존심이 아니다. 오히려 그것은 "한 점 부끄럼이 없기를" 끊임없이 괴로워하는 자아의 자기 성찰적 행위에서 생겨난다. 그러한 양심의 가치는, 윤리적 완성이나 종교적 탈속(脫俗)을 이룬 자가 보이는 넉넉한 품과는 전혀 다른, 다시 말해서 세계내적 존재로서의 인간의 모순, 한계, 실존적 운명 같은 것을 "죽는 날까지" 짊어지고 갈 수밖에 없는 모습을 정직한 고백으로 보여주었다는 데 있다. 그래서 화자는 "별을 노래하는 마음으로/모든 죽어가는 것을 사랑해야지" 하는 운명애(運命愛)와 "그리고 나한테 주어진 길을/걸어가야겠다."는 삶의 불가항력적 운명, 그럼에도 불구하고 내면에서 간단없이 솟아나는 생의 의지를 노래하는 것이다. 그 시적 화자를 사이에 두고 "하늘과 바람과 별"은 둘째 연에서 서로 화창(和唱)하며 서로 갈등하면서 흔들리는 이 세계를 함께 걷고 있는 것이다.

이 작품에 나타난 그의 시 정신은 이처럼 자기 성찰과 운명애 그리고 세계와 마주서 있는 자신에 대한 실존적 의식 등으로 읽을 수 있다. '자기 연민'과 '자기 긍정(운명애)'이라는 일견 모순되어 보이는 두 가지 의식은 비극적 존재로서의 자기 실존에 대한 승인과 그에 대한 저항이라는 이중적 태도를 필연적으로 낳게 된다. 그런 점에서, 이 시편은 그의 또 다른 대표작 「자화상(自畵像)」의 구조 곧 '자기 확인-자기 혐오

－자기 연민－궁극적 자기 긍정'이라는 회로를 공유하고 있는 작품이라고 할 수 있다. 그렇다면 이처럼 고백적이고 자전적인 화자가 들려주는 내용을 통해 우리가 얻을 수 있는 시적 경험은 무엇인가. 그것은 시를 하나의 미적 대상으로 분석하는 것이 아니라, 화자의 고백과 자신의 삶을 견주면서 내면화하는 과정에서 극대화될 수 있다. 우리는 그 내면화의 핵심을 '부끄럼'과 '자기 성찰'의 힘과 아름다움이라고 말할 수 있을 것이다.

요컨대 윤동주는 우리에게 '부끄럼'의 시적 의미를 온몸과 언어로 각인시켜준 시인이다. 윤동주가 보여준 부끄럼은, 자신의 행위가 남(타자)의 시선에 어떻게 인식될까를 두려워하고 경계하고 계산하는 의식에서 생겨나는 어떤 정서적 결과가 아니라, 어디까지나 스스로의 내적 성찰과 기억을 중시하는 정신에서 유래하는 어떤 자질이다. 그런 의미에서 윤동주의 '부끄럼'은 타인의 시선보다는 자기 자신의 눈을 의식하는 정서요, 자기 스스로 설정해놓은 삶의 기율이나 기준에서 벗어나는 것에 대한 스스로의 반성적 행위이다. 거기서 남이 어떻게 여길까 하는 것은 부차적이 될 수밖에 없다.

윤동주는 이 치열하고도 충실한 그리고 정직한 자기 응시와 자기 입법으로서의 '부끄럼'을 가장 섬세하고 아름답게 보여준, 그래서 자기 확인이나 자기 성찰이 얼마나 성실한 내적 변증을 이루면서 한 사람의 삶에 개입해 들어오는가, 그리고 그 개입이 삶을 얼마나 순결하게 만드는가의 실증을 우리에게 보여준다. 당연히 우리가 회복해야 할 정서도 당연히 자기 성찰에 기반을 둔 '부끄럼'이다. '부끄럼'을 소녀 취향의 유약한 정서로 치부할 수 없는 까닭이 바로 여기에 있거니와, 그것은 섬약한 정서가 아니라 오히려 '자기 부정－자기 긍정'이라는 부단한 자기 성찰의 소산인 것이다.

그 '부끄럼'은 그의 시집에서 "무화과 잎사귀로"(「또 태초의 아침」) 가리는 아담과 하와의 원죄적 '부끄럼'으로, 또는 "돌담을 더듬어 눈물

짓다"(「길」) 생겨나는 생래적인 '부끄럼'으로, 또는 "인생은 살기 어렵다는데/시가 이렇게 쉽게 씌어지는 것은/부끄러운 일이다"(「쉽게 씌어진 시」)에서 나타나는 시인으로서의 자기 정체성 탐구로, 또는 "그때 그 젊은 나이에 왜 그런 부끄런 고백을 했던가"(「참회록」) 하는 인생론적 되새김질로 변형되어 간단없이 나타나고 있다. 이 '부끄러워'하는 자아가 바로 「서시」에 나타나는 화자의 모습이다. 그러니 그 '부끄럼'과 '괴로움'은 그의 생애를 통해 다음과 같이 '자랑스러움'으로 거듭나고 있는 것이다.

> 나는 무엇인지 그리워
> 이 많은 별빛이 나린 언덕 위에
> 내 이름자를 써 보고,
> 흙으로 덮어버리었습니다.
>
> 딴은 밤을 새워 우는 벌레는
> 부끄러운 이름을 슬퍼하는 까닭입니다.
>
> 그러나 겨울이 지나고 나의 별에도 봄이 오면
> 무덤 위에 파란 잔디가 피어나듯이
> 내 이름자 묻힌 언덕 위에도
> 자랑처럼 풀이 무성할 게외다.
>
> —「별 헤는 밤」 중에서

이처럼 윤동주에게 '부끄럼/괴로움/자랑스러움'은 하나의 육체를 이루는 정서의 안팎이다. 그래서 이 작품에서 그가 노래하는 "딴은 밤을 새워 우는 벌레는/부끄러운 이름을 슬퍼하는 까닭"이라는 대목이, "자랑처럼 풀이 무성"한 상태로 부활하고 있는 것이다. 이 시의 발상 구조는 '흙으로 덮어버림－봄의 도래－풀(잔디)의 재생'이라는 일련의 과정으로 짜여져 있다. 그런데 그와 같은 자연의 순환과 섭리에 그대로 대응되는 은유적 상관물이 바로 "(부끄러운) 내 이름자"이다. 윤동주는 이 시에서 흙 속에 피어나는 잔디를 통해 재생과 부활을 꿈꾼다. 그 재생과 부활은 물을 것도 없이 수난과 영광이라는 기독교적 보상 심리와 연결되어 있을 뿐만 아니라 개체적, 민족적 갱생이라는 의미의 두 층을 포괄하고 있다고 볼 수 있다. 마지막 연에서 화자는 현실적 시련을 자연의 순리처럼 받아들이며 견디겠다는 자세를 무덤 위에 돋아나는 '봄풀'의 이미지, 서러움과 생명력을 동반한 소망의 이미지로 표현하고 있는데, 내 이름자를 써서 흙으로 덮어버린 위에 자랑처럼 풀이 무성할 것이라는 의미는 "부끄럼" 그 자체를 순결한 자신에 대한 긍지로 삼고 있는 시인의 의식의 한 표현인 것이다.

이러한 독법(讀法)의 결과를 토대로 우리는, 때늦은 '후회'만 많고 깊은 '반성'은 없는 우리 시대('후회'와 '반성'의 차이는 자못 뚜렷하다. '후회'가 계산적 이성에서 나오는 감각이라면, '반성'은 '부끄럼'과 동시에 생겨나는 행위이다)에, 윤동주의 시가 우리의 반성 불감증을 치유하는 항체가 될 수 있으리라 믿는 것이다. 이러한 자기 완성을 향한 반성적 의식이야말로 윤동주의 시가 자기 회귀성이 강한 전형적인 서정 양식으로 기억되게끔 작용하는 가장 커다란 이유일 것이다.[4)]

따라서 우리는 윤동주의 텍스트를 놓고 시적 경험을 나눌 때, 시인 스스로 직접 발화의 주체로 나서는 경우를 상정하면서 그의 고백적인 반성적 의식과 수용자의 내면 상황을 견주면서 내면화하는 방향으로 유도해야 한다. 이때 윤동주의 시를 통한 시적 경험은 극대화된다고 말할 수 있다. 이는 경험적이고 자전적인 화자의 양상이 강한 시편들에서 택할 수 있는 방법으로서, 허구적 화자의 역할이 커서 고백성보다는 하

---

4) 유성호, 「현대시 교육에서 '자기성찰'의 중요성」, 『문학교육학』 12호, 문학과교육연구회, 2002. 6, 107~114면 참조.

나의 미학적 상황을 연출하는 데 초점이 가 있는 정지용 시의 수용 과정과는 일정한 차이를 빚는 것이다.

4. 허구적 화자가 들려주는 보편적 생 체험-서정주의 시

미당(未堂) 서정주(徐廷柱)의 시편들은, 그 형상적 다양성과 언어 예술적 풍부함에도 불구하고 '삶'과 '언어'의 일치라는 관점에 주로 기대왔던 우리의 교육 관행에 비추어 부적절한 교육적 제재로 평가될 수밖에 없었다. 더구나 그의 사후(死後)에 대두되었던 친일 경력 시비로 인하여 미당의 시편들은 문학적 가치와는 별도로 교육적 가치에서 하급의 제재로 취급받는 경우에 처하기도 하였다. 그러나 생애를 통해 단 한 번도 억압받는 이들의 편에 서본 적이 없는 이 시인이, 실제 창작에서는 이름없이 살아가는 이들의 눈물겨운 삶의 세부를 다양한 방식으로 표현했다는 점에 눈길이 미치면, 우리는 시를 교육하는 데 '화자' 혹은 '퍼소나' 이론이 접맥될 필요성에 다다르게 된다.

특별히 미당의 경우, 윤동주와는 거의 대척점에서, '탈(퍼소나)'을 쓴 화자의 허구적 성격이 매우 강하고, 나아가 그 허구성에도 불구하고 보편적 감동을 견지할 수 있는 시의 가능성을 제공하는 뜻 깊은 실례라고 할 것이다. 그런 뜻에서 그의 첫 시집 『화사집(花蛇集)』(1941)의 서시 격인 「자화상(自畵像)」은 그와 같은 접근을 가능케 해주는 시편이다.

> 애비는 종이었다. 밤이기퍼도 오지않었다.
>
> 파뿌리같이 늙은할머니와 대추꽃이 한주 서 있을뿐이었다.
>
> 어매는 달을두고 풋살구가 꼭하나만 먹고싶다하였으나 …… 흙으로
> 바람벽한 호롱불밑에

손톱이 깜한 에미의아들.

甲午年이라든가 바다에 나가서는 도라오지않는다하는 外할아버지의 숯많은 머리털과

그 크다란눈이 나는 닮었다한다.

스믈세햇동안 나를 키운건 八割이 바람이다.

세상은 가도가도 부끄럽기만하드라

어떤이는 내눈에서 罪人을 읽고가고

어떤이는 내입에서 天痴를 읽고가나

나는 아무것도 뉘우치진 않을란다.

찰란히 티워오는 어느아침에도

이마우에 언친 詩의 이슬에는

멫방울의 피가 언제나 서껴있어

볕이거나 그늘이거나 혓바닥 느러트린

병든 숫개만양 헐덕어리며 나는 왔다.

—「自畵像」 전문[5)]

시집의 권두에 실려 있는 이 시는 2연 16행으로 되어 있다.[6)] 1연에 등장하는 나오는 "애비", "할머니", "어매", "外할아버지" 등은 일차적으로 화자 자신의 가계(家系)를 이루는 핵심적 구성원의 사실적 재현으로 읽힐 수 있다. 이미 미당의 나이 스물셋에 이 작품이 씌어졌다는 후

5) 서정주, 『花蛇集』, 남만서고, 1941.

6) 물론 보기에 따라서는 3연으로 처리될 가능성이 높은 작품이다. 이는 6행과 7행 사이에서 연이 갈라서느냐 아니면 두 행이 한 연 속에서 이어지느냐 하는 문제인데, 실제 『花蛇集』의 맨 앞에 수록되어 있는 이 시를 읽어보면 6행에서 한 면이 끝나고 다음 면에서 7행이 시작됨으로써 그 분리 여부를 알 수 없게 되어 있다. 다만 민음사 판 『미당시전집』(1995)에서는 같은 연으로 처리하고 있고, 보통 2연으로 처리하고 있기도 하다. 그러나 구조상으로는 3연으로 읽는 것이 그 서술 구조의 정합성이나 화자의 목소리가 변화하는 과정으로 보아 어울릴 것 같다.

주(後註)를 보더라도 이 시의 시작 부분은 전기적 사실성에 바탕을 두고 있을 개연성이 높다. 그러나 "종"인 아버지, 늙은할머니, 가난한 어머니, 바다에 나가 실종되어버린 외할아버지 등의 체험적 가계는 서정주 개인사와 꼭 일치하지는 않는다. 앞의 정지용이나 윤동주의 시가 대부분 전기적 사실성을 기본적인 바탕으로 하고 있는 데 비해, 미당이 설정하는 시적 세부들은 허구적인 경우가 많다. 따라서 이 작품이 "발표 이후 근 50년의 풍화에도 불구하고 여전히 신선하며 충격적인 직접성"[7]을 유지할 수 있는 까닭은, 이 작품이 미당 자신의 진실한 개인사적 고백이기 때문이 아니라, 개인사적 사실성과 무관한 허구적인 보편적 감동을 매개하고 있기 때문이다.

아무튼 미당의 이 작품은 봉건적 가부장제로 인한 피폐함("늙은할머니"나 "손톱이 깜한 에미"는 모두 가계의 내력에 은폐되어 있는 '희생'의 표상이다)과 불우한 가족사로 스스로의 가계를 축약함으로써, 화자 스스로 "바람"처럼 그곳으로부터 일탈하여 홀로 서려는 근본적인 욕망을 보여주고 있는 시편이다. 그래서 이 시는 하나의 주체가 스스로를 일탈적으로 형성해가는 '입사(入社, initiation)' 과정을 상징적으로 보여주고 있다. 당연히 이 작품의 지향점은 저주받은 가계의 자손으로 태어나 일탈적인 홀로서기를 욕망하고 있는 허구적 화자에 의해 완성되고 있다. 그 과정은 "바람"이라는 매체가 상징하듯, 험난하고 불구적인 형식으로 이루어질 것임이 암시되고 있다.

이 시에서 "나를 키운건 팔할이 바람"이라는 표현은 반어적(反語的) 의미가 짙다. 여기서 "바람"이란 나를 "키운" 게 아니라, 온전하고도 원만한 성장을 가로막았던 어떤 외압이었을 것이니까 말이다. 따라서 그 '바람'에는 이중적 의미가 숨어 있는데, 그것은 그에게 가혹한 외적 고난이기도 했지만 그 안에서 스스로 키워낸 내적 동력이자 생명력이

7) 유종호, 「시인과 모국어」, 『사회역사적 상상력』, 민음사, 1995, 176면.

기도 했다. 한편으로 '바람'은 그의 삶을 이끌기도 했지만, 그 스스로 '바람'을 초래하기도 하였던 것이다.

'바람'에 의해 길러진 화자가 가장 처음으로 느끼는 자의식은 '부끄러움'이다. 그는 타자가 자신을 '罪人'이나 '天痴'로 보는 냉대에는 "아무것도 뉘우치진 않"지만, 그 스스로의 저주받은 주체임을 승인하는 데는 주저하지 않는다. 따라서 화자는 저주받은 자로서의 "부끄러움"에는 도달하지만, 다른 이들이 그에게서 읽고 가는 부정적 이미지들에는 "뉘우치진 않"는다. 마지막 연의 "이슬/피", "볕/그늘"의 대위(對位)는 그것을 깊이 상징한다. 이슬 속에 피가 섞인 상태, 볕과 그늘의 경계가 지워진 상태, 그것은 주체의 적(敵)이 대립적인 실체가 아니라 하나의 몸에 서식하고 있다는 아이러니를 떠올리게 하는 일종의 내적 모순의 동력이다. "이마우에 언친 詩의 이슬"과 그 안에 섞인 "몇방울의 피"는 그래서 양가적 의미를 띨 수밖에 없다.

"병든 숫개"는 자조적인 자기 인식의 한 변용적 표현인데, 앞서의 "종"의 유전(遺傳)된 모습이기도 하다. 그것은 병든 '육체', 병든 '자아', 병든 '개인', 병든 '삶'을 의미하지만, "헐덕어리며" 갈 수밖에 없는 화자에 의해서, '이슬'에 얹힌 '피'에 의해서, 거듭난 '정신'으로, '세계'로, '사회'로, '詩'로 확산, 진화될 것이기도 하다. 따라서 이 시의 화자가 거치는 정신의 역정 곧 '저주받은 가계 — 일탈의 홀로서기 — 피의 동력을 통한 자기 확산'의 과정은 철저하게 허구화된 화자의 미적인 편력에 의해서 보편적인 공감을 창출하고 있는 것이다.

이처럼 우리는 미당의 「자화상」을 통해 실재적이고 직접적인 시인의 육성보다는, 허구화된 화자를 통해 보편적 생 체험의 일단을 경험할 수 있게 된다. 이는 전기적 사실성에 바탕을 두되 미학화된 화자를 내세워 하나의 미적 실체를 구성해가는 정지용이나 직접 실제 시인이 발화의 주체로 나서는 윤동주와는 사뭇 층위가 다른 것이다.

5. 맺음말

그동안 우리는 시 교육에서 알레고리적 교훈으로의 귀착, 주제를 확정하려는 의미 지향의 독법, 개별 시편을 거대한 사조적 흐름으로 귀속시키려는 집착 등으로 인해 개별 시편의 미적 원리들을 매개로 한 풍부한 시 읽기에는 다소 미흡했던 게 사실이다. 특히 시 장르에서 '화자' 혹은 '서정적 주체'로 불리는 존재의 설정 양상에 따른 미적 전략과 소통의 양식에 대해서는 많은 인식을 할애하지 못했다.

화자는 시 속에서 상황과 반응을 육화하는 목소리이다. 그것은 때로는 고백적 · 자전적이 되기도 하고, 때로는 허구적 · 배역적이 되기도 한다. 그 한 극에 윤동주나 천상병이 있고, 다른 한 극에 미당이나 김춘수가 있다. 그 사이에서 허구적이지만 철저히 시인 자신의 인식이나 자전을 충실하게 깔고 있는 경우가 정지용이나 김수영일 것이다.

화자는 세계에 대한 시인의 태도를 드러내는 핵심적인 미적 전략 중의 하나이다. 화자와 청자는 현실적 경험을 상징적으로 허구화하는 문학적 책략의 하나로서 중요하게 다루어져야 하며, 여기서 중요한 것은 화자와 청자가 허구화되는 양상과 그 정도라고 할 수 있다. 화자는 "가능한 다양한 허구적 인물 가운데 하나"이며, "시적 진실성을 효과적으로 전달하기 위해 시인의 창조적 계획에 의해 선택된 장치"[8]이기 때문이다. 허구적인 화자를 설정할 경우, 그것은 실제 개성의 구속으로부터 벗어나 보편적인 실재를 언표하는 데 효율적이고, 자전적 화자의 경우는 고백성과 진정성이 중요한 전달 요소가 된다. 화자의 변이 양상에 따라 시의 수용 범위나 핵심은 얼마든지 달라진다.

이와 같이 우리는 현대시의 다양한 화자 설정에 따라 그에 알맞은

---

8) 장도준, 『현대시론』, 태학사, 1999, 195면.

독법(讀法)을 발견함으로써, 텍스트의 풍요로운 이해는 물론, 시적 언어의 특수성에 바탕을 둔 장르론적 이해에 도달할 수 있게 될 것이다. 그러한 코드에 맞게 교육 현장에서 초점을 맞추는 일이 독법의 효율성에서나 공감의 깊이에서나 중요한 척도로 기능하게 될 것이다.

대학의 교양 교육으로서의 시 교육

1. 문학 교육의 두 가지 측면

문학 교육은 교사[1]가 학습자들과 함께 문학 현상[2]에 대해 경험하는 폭 넓은 소통과 공유의 과정이다. 그만큼 교사에 의한 일방적 언어 전달 방식보다는 교사와 학습자가 함께 새로운 의미나 가치를 경험해가는 과정 자체가 문학 교육의 가장 종요로운 형식이자 내용이 된다고 할 수 있다. 그 점에서 최근 각급 학교 문학 교육의 좌표가 학습자의 사고력과 창의성 증진을 목표로 하는, 다시 말해서 학습자를 '주체' 개념으로 해석하고 상정하는 대화적 방향으로 이루어지고 있다는 점은 주목할 만하다. 하지만 이와는 달리 이미 검증된 지식을 주지시키는 교육이 불가피하다는 시각 또한 만만치 않게 남아 있다. 문학이라는 범주 자체

1) 교육을 주도하는 주체를 일러 '교사' 혹은 '교수(강사)'로 부를 수 있다. 초·중등학교에서는 '교사'라는 개념이, 대학에서는 '교수(강사)'라는 명칭이 보편적이다. 이 글에서는 모두 '교사(教師)'로 지칭하기로 한다.

2) '문학 현상'이란 문학이 우리의 삶과 문화(또는 교육) 속에서 실제로 존재하고 작용하는 일체의 과정과 모습을 일컫는 말이다. 즉 문학의 존재와 소통은 문학 텍스트를 중심으로 이루어진다는 것을 전제로, 문학 텍스트가 생산되고 수용되는 일련의 작용 과정을 의미한다(서울대학교 국어교육연구소, 『국어교육학사전』, 대교출판사, 1999, 311면).

가 근원적으로 '축적의 원리'에 의해 습득·전수·확충된다는 점에서, 일종의 '문학학(文學學)'에 대한 강조는 여전히 자연스런 존재 근거를 갖는 것이다.

물론 이러한 두 가지의 시각은 자연스럽게 단계별 교육 프로그램에 따라 그 중요성과 선차성이 결정되게 마련이다. 예컨대 초등학교 수준에서는 문학 고유의 역사적·미학적 특수성보다는 상상력이나 경험 혹은 가치관으로 수렴될 수 있는 범주에 영향을 끼치는 자료로 문학이 기능할 수 있다. 하지만 중등학교 수준에 이르면 문학 교육은 자연스럽게 문학의 특수성을 매개하는 쪽으로 그 중심이 현저하게 이동한다. 말하자면 전문적이고 특수한 문학 형식과 전통에 대한 인지가 필요하게 되고, 개별 작가나 현상에 대한 사실(史實)도 엄연한 숙지의 대상이 된다. 대학 교육에서 다루는 '문학'이 이러한 특수성과 고유성을 더 강력하게 감안하고 참조하게 되고 때로는 직접 그것이 교육의 대상이 되는 것은 그래서 불가피하다.

결국 우리는 문학 교육에서, 학습자가 문학 주체로서 문학을 향유하고 문화 발전에 능동적으로 참여하기 위해서는 문학 현상에 대한 지식을 정확하고도 주체적으로 수용하는 태도가 필요하고, 사물과 세계에 대한 인식과 이를 통한 가치 발견에 대한 욕망이 필요하다고 말할 수 있다. 이 과정에서 가장 본질적으로 학습자에게 작용하는 기제는 학습자의 '가치관'일 터인데, 이때 '가치관'이란 사물과 세계를 이해하고 해석하고 평가하는 일련의 태도 및 가치 기준을 총칭하는 개념이다. 특히 문학 교육에서 근본적으로 지향하는 것이 주체로서의 가치있는 삶이라는 점을 전제한다면, 학습자의 가치관에 어떠한 충격과 변형을 주고, 그에 알맞은 내용 체계를 설정하고, 교수-학습의 구체적 방안을 강구하는 것은 문학 교육에서 더없이 중요한 일일 것이다. 우리는 이러한 판단을 토대로 하여, 문학 교육의 지표를 '인지'와 '활용'이라는 두 가지 기능을 극대화하는 쪽에 두어야 한다고 말할 수 있는 것이다.[3]

이 글에서는 이 같은 균형 감각을 문학 교육이 수행해야 한다는 전제 아래, 대학에서 행해지는 문학 교육 가운데 '시 교육'을 사례로 하여 그것이 교양 교육으로서 어떤 주안점을 가지고 행해져야 하는지에 대한 생각을 펼치려고 한다. 다만 이 글은 세세한 방법론까지 적시(摘示)하지는 못하는 한계를 가질 것이고, 시 교육에서 어떤 점이 학습자들과 매개되고 공유되어야 하는지, 특히 대학에서의 시 교육이 어떻게 '교양'의 경험과 형성이라는 관점과 부합할 수 있는지에 한정하여 살피게 될 것이다.

2. 교양 교육과 문학 교육

일반적으로 '교양(教養)'이란 지식이나 성품으로 형성된 인간의 품위를 총칭하는 개념이다. 또한 인격을 향상시키기 위한 지(知)·정(情)·의(意)의 수련 곧 단순한 학식의 풍부함이나 전문가적 직업 생활 외에도 일정한 문화 이상(文化理想)에 부응하는 정신적 능력을 말하기도 한다. 이때 '교양'을 뜻하는 독일어의 Bildung은 이러한 정신적 능력이 교육이라는 후천적 과정에 의해 형성되어가는 것임을 강조해준다.[4] 이처럼 '교양'에는 내적 성장의 의미가 깊이 개입해 있다. 그런가 하면 '교양'은 특정 직업과 전문 분야를 초월하여 인간으로서 보편적으로 갖추어야 할 지식이나 기능을 뜻하기도 한다. 이때는 실용적인 목적에서가 아니라 정신적으로 풍요로워지기 위해서 고대 그리스인이 가졌던 엔키크

3) 유성호, 「현대시와 사회성 교육」, 『문학교육학』 13호, 한국문학교육학회, 2004, 13~14면.

4) 'Bildung(교양)'이라는 말은 'bilden(형성한다)'이라는 동사의 명사화로 일종의 자기 형성 과정을 함의한다.

리오스피디아 즉 일반 교육에 기원을 둔 것이 '교양'의 전통적 이상이 된다. 따라서 '교양'은 지식과 기술을 익히고 터득하는 것도 또 기존 사회 질서나 규범을 수동적으로 받아들이는 것도 아니고, 자신을 성숙한 인간으로 형성시켜가는 과정 일체를 뜻하는 것이다. 그렇다면 우리가 문학을 통해 경험하고 형성시켜갈 수 있는 '교양'의 내용은 어떤 것인가.

지금 시행되고 있는 제7차 국어과 교육 과정은 국어과의 성격을 "한국인의 삶이 배어 있는 국어를 창의적으로 사용하는 능력과 태도를 길러, 정보 사회에서 정확하고 효과적으로 국어 생활을 영위하고, 미래 지향적인 민족 의식과 건전한 국민 정서를 함양하며, 국어 발전과 국어 문화 창달에 이바지하려는 뜻을 세우게 하기 위한 교과"로 규정하고 있다. 말하자면 국어가 사용되는 맥락과 목적과 대상을 종합적으로 고려하면서 국어 사용 양상과 내용을 정확하고도 비판적으로 이해할 수 있는 능력을 효과적이고도 창의적으로 표현하는 능력과 태도를 기르는 데 중점을 두어야 한다는 것을 분명히 한 것이다. 그리고 이러한 능력과 태도를 함양하는 데 지식의 역할이 중요함을 강조하고 있다. 말하자면 제7차 국어과 교육 과정은 국어 사용 능력의 향상을 위해서 학습자가 반드시 알아야 할 지식의 교육이 학습자로 하여금 지식 생산 경험을 가지게 해야 한다는 것과, 학습된 지식이 실제 국어 사용 상황에서 활용되는 맥락의 중요성을 함께 강조한 것이다. 이에 견주어 우리는 문학 현상에 대한 지식이 문학 작품을 수용하고 인간의 삶을 총체적으로 이해하는 능력과 심미적 정서를 함양하는 매우 유용한 지적 기반이 된다고 말할 수 있는 것이다.

그 점에서 볼 때, 우리는 교양 교육으로서의 문학 교육이 문학을 하나의 '역사적 산물'로 인지하는 기능과 '현재적 경험'의 매개체로 활용하는 기능 사이에서 균형 감각을 갖고 행해져야 한다고 말할 수 있다. 우리가 잘 알듯이, 지금 대학에서 문학 교육의 주(主) 대상인 한국 근대

문학은, 낯설게 밀려들어온 '식민지 근대'에 대하여 창작 주체들이 매혹과 환멸이라는 이중적 반응을 보이며 펼친 역사적인 언어적 실체이다. 그만큼 한국 근대문학은 '현재적'인 것이라기보다는, 그 당시의 문맥으로 재구(再構)되어야만 자신의 육체를 온전히 드러내게 되는 '당대적' 산물이 아닐 수 없다. 이는 말을 바꾸면 수용자가 자신의 현재적 감각과 경험으로 당대의 문학을 수용하기 전에, 이미 그러한 역사적 실체가 당대적 의미를 띤 고고학적 유산으로 존재하고 있다는 사실을 전제해야 한다는 것이다. 따라서 학습자가 텍스트 속에서 유추적으로 자기를 탐색하는 것의 긍정적 의미에도 불구하고, 역사적 유산으로서의 문학과 문학 현상 혹은 문학가들의 삶이나 당대의 풍속 역시 중요한 문학 교육의 대상이 아닐 수 없는 것이다.

이처럼 문학 교육에서 근대 문학 전체에 대한 '인지'와 '활용'의 두 기능은, 언제나 길항과 모순율의 존재가 될 것이고 거기에 통합의 감각이 요청됨은 말할 것도 없다. 이 통합의 감각이 이른바 '교양'을 형성하는 가장 종요로운 첩경이자 핵심임을 우리는 강조할 수 있다. 그렇다면 이 같은 형성적 의미의 '교양'을 충실히 경험하고 확충하기 위해 시 교육은 어떤 좌표에 자신의 존재 의미를 두어야 하는지 생각해보자.

3. '교양'의 경험이라는 관점에서의 시 교육

우리 시대는 인문학이 총체적으로 붕괴해가는 시기, 또는 문학의 기반이 무너져가기 시작한 시기로 인지되고 있다. 그리고 이러한 상황은 좀처럼 어떤 가시적인 변화의 기미를 보이지 않고 있다. 과거처럼 인문학적 지식이나 문학적 감수성이 교양인으로서 필요한 정신적 인프라로 기능하는 것이 아니라, 자본 재창출의 효율성을 증진하는 데 기여하고 있고, 또한 모든 지식이 도구적 합리성의 질료가 되어 자본의 자기 증식에 기여하게 되었기 때문이다.

이러한 시기에 문학의 위기, 더욱 좁혀 시의 위기를 운위하는 것은 대안없는 자기 위안의 형식이 된다. 시는 언제나 소수의 애호가들 사이에서 창작·소통되었고, 근대 이후에 오더라도 그것은 예술 장르 가운데 가장 적은 수요자들을 거느려왔기 때문이다. 따라서 시야말로 운명적으로 소수 독자를 갖는 것이어서 우리는 시의 위기를 말할 때 반드시 그 '위기(危機)'가 함의하는 정확한 내포를 눈여겨 기록해둘 필요가 있다. 다시 말해 시의 위기 담론이 적실성을 얻으려면, 독자 수의 감소에 따른 유통 시장에서의 소외 현상 때문이 아니라, 시의 역할이나 정체성의 위기라는 측면에서 제기되어야 한다는 것이다. 이제 우리는 우리 시대의 시가 고유하게 견지하고 있는 긍정적 몫과 기능을 극대화시켜 그것을 우리의 인문학적, 문화적 자산으로 삼아야 하는 지적 과제를 요청받고 있다. 대학은 이러한 지적 기반을 형성하고 확산하는 공간이고, 그만큼 대학의 주체들이 교양을 경험하고 형성하는 데 이 같은 지적 기반은 불요불급한 것이 아닐 수 없다. 그래서 우리는 대학에서 일종의 교양 경험 및 형성 기능을 제고하기 위해서 '시'를 통해 다음과 같은 교육적 좌표를 구축해야 한다.

첫째, 이성적 사유를 매개로 한 계몽적 속성의 경험이다. 우리 문학계 일각에서는 시가 갖는 계몽의 역할을 축소하려는 욕망을 강하게 드러내고 있다. 더구나 최근 탈(脫)중심의 세태를 확장하여 계몽의 종언을 말하는 논자마저 있어, 우리 시대가 정말 근대를 넘어선 단계로 진입한 듯한 허상(虛像)마저 만들어내고 있기도 하다. 그러나 우리 문학은 춘원과 육당으로 대표되는 왜곡된 문화주의나 영웅주의 외에는 변변한 '계몽'이 하나의 뿌리로 착근한 예가 별로 없다. 따라서 시의 계몽적 역할은 끊임없이 강조되고 지속되고 갱신되어야 한다. 한 편의 시는 그것을 접하는 이들에게 인간과 사회 또는 역사와 실존에 대한 참신한 인식론적 계기를 마련해주는 역할을 제일의 속성으로 삼기 때문이다.

사실 모든 인문학적 노력은 이성의 도구적 기능에 대한 반성적 사유에서 그 존재 의의를 출발시킨다. 그것은 근대에 들어와 더욱 심화되는 양상을 보인다. 근대적 인간이 삶의 질의 향상을 위해서 고안한 온갖 기획들이 오히려 인간과 인간, 인간과 사회의 유기성을 해치고 그것들을 치명적인 불화 관계로 몰아간 예를 우리는 많이 보아왔다. 그것은 시에도 고스란히 반영되어 인간의 욕망과 언어는 불화의 관계로 공존한다. 그러나 시는 그 불화 양상을 서정적 주체의 다양하고 풍부한 육성으로 노래함으로써 예술의 본래적인 힘인 불온성을 극대화하고, 나아가 오도(誤導)된 근대에 창조적으로 도전하고 있다. 그 같은 인식론적 계기를 주는 것이 시의 '계몽'의 역할이 갖는 실질적 내포라고 할 수 있다. 우리 시사에서 일제 시대의 저항시편들이나 해방 후의 신동엽이나 김지하, 고은, 신경림, 정희성 등이 창작한 민중 지향적 시편들에서 이 같은 계몽적 역할의 긍정적 흔적을 살필 수 있을 것이다.

둘째, 타자의 시선을 통한 부단한 자기 검색 혹은 성찰의 경험이다. 그것은 도덕적 차원에서 행해질 수도 있고, 실존적 차원에서 이루어질 수도 있다. 이는 시가 주체를 검색하는, 다시 말해서 자기 자신과의 다양한 대화가 가능한 언어적 양식임을 보여주는 실례이다. 윤리적 자기 검색은 한용운이나 윤동주, 김현승, 박두진 등의 종교적 상상력의 시편들에서 극명하게 노출되고 있고, 실존적 자기 점검은 황동규나 마종기, 최하림, 김명인 등의 시편들에서 강하게 노출되는 양상이다. 다음 작품도 그것의 한 적절한 예증이 될 것이다.

> 남에게 희생을 당할 만한
> 충분한 각오를 가진 사람만이
> 살인을 한다

그러나 우산대로
여편네를 때려눕혔을 때
우리들의 옆에서는
어린놈이 울었고
비 오는 거리에는
사십 명 가량의 취객들이
모여들었고
집에 돌아와서
제일 마음에 꺼리는 것이
아는 사람이
이 캄캄한 범행의 현장을
보았는가 하는 일이었다
—아니 그보다도 먼저
아까운 것이
지우산을 현장에 버리고 온 일이었다.

—김수영 「죄와 벌」 전문[5)]

김수영의 시는 원형적 의미의 자기 고백적 서정시와는 먼 거리를 두고 있다. 그의 시 도처에서 번득이는 산문적 정직성은 감각적 즐거움보다는 동시대를 살아가는 많은 이들에게 주로 인지적 충격을 주었기 때문이다. 위의 시편에서는 비 오는 거리에서 아내를 폭행하고도 죄의식이나 연민을 느끼기보다는 자기의 안위와 경제적 손실을 타산하는 속물로서의 근대인의 초상이 정직성의 소재가 되고 있다. 그만큼 김수영의 시는 우리 근대시사에서 부단한 자기 검색이라는 시의 본래적 의의를 높은 수준에서 이룬 대표적인 예가 될 것이다. 자연스럽게 이 시편

5) 김수영, 『김수영 전집(1)』, 민음사, 1997.

을 통해, 우리는 우리 안에 엄연히 존재하고 있는 또 하나의 타자를 경험하면서, 동시에 그러한 자기 자신을 정직하게 응시할 수 있는 도덕적 검색을 치를 수 있는 것이다. 이것이 잘 씌어진 서정시가 우리에게 주는 값진 교양적 경험의 하나이다.

셋째, 지각의 갱신을 통한 사물의 재발견의 경험이다. 인간이 그동안 공들여 축적해왔던 중심적 가치들은 물론, 암묵적으로 합의해왔던 인접 가치들이나 불문율까지도 폭력적으로 폐기시켜버리는 시대에 우리는 살고 있다. 이를테면 마르쿠제(H. Marcuse)가 예견한 '생산이 소비를 창출하는 대량 생산의 메커니즘'의 사회, 보들리야르(J. Baudrillard)가 말한 '소비 사회' 개념이 현실화된 것이다. 이 모두가 본질없는 사회 또는 모든 교환 가치가 본질을 대신하는 사회로 우리 사회가 진입하고 있음을 알려주고 있는 것인데, 시에서 그것은 문명 비판이나 자연 친화 그리고 영성 및 여성성의 강조 같은 양상을 자연스럽게 불러온다. 다음 작품은 우리의 이 같은 기대와 마주선다.

> 한 숟가락 흙 속에
> 미생물이 1억 5천만 마리래!
> 왜 아니겠는가, 흙 한 술,
> 삼천대천세계가 거기인 것을!
>
> 알겠네 내가 더러 개미도 밟으며 흙길을 갈 때
> 발바닥에 기막히게 오는 그 탄력이 실은
> 수십억 마리 미생물이 밀어올리는
> 바로 그 힘이었다는 걸!
>
> —정현종 「한 숟가락 흙 속에」 전문[6]

---

6) 정현종, 『한 꽃송이』, 문학과지성사, 1995.

정현종의 최근작들이 보여주는 시적 혜안은 아마도 감각의 재발견을 통해 우리의 지각과 인식을 갱신하는 데 놓여 있다. 생명의 맹목성을 탐구하며 그것의 충일을 노래하는 시인의 육성에는, 데카르트와 다윈이 개척했던 근대적인 분절적 사고를 극복하고 치유할 수 있는 합리적 대안이 숨어 있다. 산책길의 흙에서 전해오는 탄력과 부드러움의 힘이 저 맹목의 생명들에 있다는 자각, 그것은 '환경(Umgebung)'이라는 이름 아래 행해지는 모든 인간 중심주의의 담론에 적극적으로 저항한다. 그의 시는 이제 우리에게 긴요한 것이, 인간 중심주의를 탈피하여 인간 밖의 실체에게까지 시선을 돌리는 일, 타자와의 상생적 삶의 윤리학을 몸 안팎으로 각인하는 일이라고 역설한다. 그 같은 자아—타자의 통합적 이해와 상호 연관적 사유는 우리에게 감각의 즐거움과 더불어 커다란 재발견의 눈을 허락한다. 이러한 것이 시 교육이 행해야 할 또 하나의 기능 곧 지각의 갱신을 통한 사물의 재발견의 경험이다. 이러한 시의 경향에 우리는 신석정이나 박목월, 조지훈 같은 시인들 그리고 현역으로 활동중인 정진규, 최승호, 이시영, 고진하 등의 중진들의 시편들을 예로 들 수 있고, 『녹색평론』처럼 근대의 기획에 의혹과 도전을 보내는 이들의 움직임도 새길 만하다. 또한 천양희나 강은교, 박라연, 나희덕 등이 지속적으로 보여주고 있는 여성적 시쓰기의 움직임들도 커다란 시적 자산이 될 것이다.

넷째, 자기 형성적 주체의 형성 경험이다. 이때 중요한 것이 학습자가 이른바 '자기 형성적 주체(self formative subject)'[7]로 성장하는 것을 문학 교육이 도와야 한다는 것인데, 왜냐하면 학습자의 올바르고 자율적

7) '자기 형성적 주체'를 위한 시 교육은 '비판 의식(Critical consciousness)'의 형성을 교육적 목표로 삼아야 한다. 이러한 교육은 '비판적 사고(critical thinking)'를 통해 현실을 하나의 과정이나 변형으로 인식하게끔 한다. 그리고 학습자가 부단한 자기 성찰을 통해 새로이 자기 삶의 형식과 가치관을 형성하게 한다(Paulo Preire, *Critical Consciousness*, New York : Continuum, 1998, p.73). 선주원, 『소설 교육의 원리와 방법』, 새미, 2003, 17면에서 재인용.

인 주체 형성이야말로 인지와 활용 두 측면이 결합된 가장 궁극적인 교육 목표이기 때문이다. 학습자는 텍스트를 읽어가는 과정에서 텍스트에 대한 인지와 활용을 지속적으로 행하면서, 텍스트의 심층적 내용에 대하여 "형성 과정 중에 있는 의미(meanings-in-motion)"를 증진시키게 된다.

우리는 인간이 대상과 함께 놓일 때만 자기 정체성을 유지할 수 있다는 것을 잘 알고 있다. 그래서 '시'를 통해 '나'의 정체성을 깨닫게 하는 것, 그 깨달음을 바탕으로 하여 세상 만사에서 자기를 깨닫는 안목을 갖도록 인도하는 것을 내용으로 하는 시 교육이 학습자의 인간다운 성장을 도모하고 실현한다는 것에 동의할 수 있다. 이러한 과정을 통해 학습자는 자기 형성적 주체를 형성하게 되기 때문이다. 물론 시의 형식은 체험의 형식이고 그것은 인간의 내면이 세계를 사는 방식이다. 그런데 이성적 분석도 사람의 내면에 이르는 한 방식이고, 감각적 반응 역시 내면을 구성하는 한 방식이다. 이것은 자아 발견과 자아 형성의 복합적 과정을 보여주면서, 사회적 합리성의 제고에도 기여한다. 따라서 시적 경험을 통해 자기 형성적 주체를 형성하고 그것을 기본으로 보다 넓은 세상으로 나아갈 수 있는 것이다. 따라서 시 교육에서 학습자는 시 텍스트에 대한 소통 주체로서 자신의 수용을 통해 언어적 실천을 하는데, 이러한 언어적 실천을 통해 학습자는 시 텍스트의 수용과 이해를 실현하고 이를 통해 텍스트의 세계를 자기화하는 가운데 자기 형성적 주체로 성장할 수 있는 것이다.

다섯째, 비판적 사고 능력 계발의 경험이다. 시 교육은 학습자가 시 텍스트를 읽고 이해하고 해석하는 과정을 통해, 시의 의미화를 실천하여 자기 삶을 성찰하고 새로이 형성할 수 있도록 하는 것이다. 학습자의 자기 성찰과 새로운 자기 형성은 시에 대한 학습자의 능동적 해석과 판단 과정을 통해 이루어진다. 시 교육은 학습자가 능동적 소통 과정을 통해 시의 의미화를 새로이 실천하는 과정이라고 할 수 있기 때문이다. 수용 미학적 관점에서 볼 때 학습자의 시 읽기는 학습자가 텍스트의 미

확정 부분을 채워넣는 텍스트와의 상호 작용이라고 할 수 있는데, 따라서 학습자가 시 텍스트를 읽고 학습하는 과정은 시인이 형상화 해놓은 의미를 수동적으로 받아들이는 것이 아니라, 시 텍스트의 새로운 의미 생산자로서 텍스트를 작품(Werk)으로 의미 전환시키는 것이라고 할 수 있다.

요컨대 시 교육의 좌표는, 이성적 사유를 매개로 한 계몽적 역할, 타자의 시선을 통한 부단한 자기 검색, 지각의 갱신을 통한 사물의 재발견, 자기 형성적 주체의 형성, 비판적 사고 능력의 제고 등으로 설정될 수 있는 것이다. 이러한 시 교육의 본래적 좌표를 통해 우리는 '교양'의 함의를 가장 구체적으로 경험하면서, 시에 대한 인지 기능과 시를 통한 활용 기능의 통합을 가장 구체적으로 확장해갈 것이다.

4. 시 교육에서 해석의 적정성과 창의성 - 하나의 사례를 들어

시의 장르적 특성은 시 교육의 가장 중요한 관건이 된다. 전통적 시 이론의 가장 근본적인 전제는, 시란 본질적으로 '자기 발화(Selbstaussprache)'라는 관념이다. 이것은 두 가지 사실을 의미하는데, 그 하나는 시가 본질적으로 시인 자신의 개별적 발화라는 것이고, 다른 하나는 시가 주관적인 더 정확하게 말하면 표현적인(expressive) 발화라는 것이다. 그래서 모든 시의 전언(傳言)은 개별적 자연인(自然人)인 시인 자신의 생의 맥락을 크게 벗어나지 못한다고 생각하는 것이 보통이다. 아무리 '화자(話者)' 이론을 강조해보아도, 여전히 독자들의 뇌리 속에 "기도조차 잊었더니라"(「白鹿潭」)는 고백은 식민지 지식인 정지용 자신의 것이고, "애비는 종이었다"(「自畵像」)는 당당한 자기 선언은 스물세 살의 청년 미당 자신의 것이다.

하지만 다시 냉정하게 생각해보면, 시인들은 자신과 닮은 또는 자신과 전혀 이질적인 허구적 화자를 설정하여 하나의 완결된 시적 발화를 할 뿐이다. 그 발화의 결과를 두고 독자들은 그 안에서 자기 자신을 발견하기도 하고, 자기와 상충하는 서늘한 인지적(認知的) 경험을 하기도 하는 것이다. 따라서 우리가 흔히 한 편의 시를 통해 시인 자신의 직접적 전언을 들으려고 하는 것은 거의 난센스에 가까운 일이다. 가령 '독자와의 대화' 같은 코너에 시인이 나와 "그 작품은 이러저러한 의도를 가지고 쓴 것"이라고 이야기할 때, 많은 독자들은 자신이 경험한 시적 감동을 아낌없이 반납하고 자신의 오독을 뉘우치며 심지어는 시인이 일러준 대로 시의 해석을 확정하는 우(愚)를 범하기도 하는데, 이 모든 것이 시적 발화와 수용의 다양한 편폭을 간과한 사례라 할 것이다.

이처럼 한 편의 시가 가지는 의미를 온전하게 읽어낸다는 것은 참으로 어려운 일이다. 시적 의미는 시인의 의도에 의해 규정되는 것도 아니고(물론 결정적인 참고가 되기는 한다), 독자들이 개별적으로 받아들이는 감동의 내용에서 확정되는 것도 아니다. 그렇다면 시의 의미는 전적으로 독자들의 반응과 구성 작업에서 이루어지는 것일까? 그게 아니라면 독자들의 개체적 반응과는 별도로 비교적 온당하고 합리적인 시 해석이 존재하는 것일까? 이러한 질문에 대해 여기서는 한 사례를 들어 생각해볼까 한다.

연구자는 다음 동시(童詩)를 주면서 학생들의 반응을 주문했다(최근, 교사가 일정한 해석 체계를 설명하는 것보다 학생들 스스로 시의 의미 맥락을 구성해가는 이른바 구성주의 혹은 독자 반응 이론이 시 교육의 중심 원리로 등장한 것은 분명해 보인다).

금붕어 까망이가 죽었습니다.

어항에서 건져낸 까망이를

과자봉지에 싸서
교실 화단에 묻었습니다.
채송화 옆에 묻었습니다.

아무 말도 하지 않고
아무 말도 하지 않고

까망이의 무덤 앞에
나뭇가지 십자가를 세웠습니다.
납작한 돌 하나를 놓았습니다.

새
한 마리
운동장가 큰 나뭇가지에 앉아
꽁지만 깐당대고 있었습니다.
아까부터 지켜보고 있었습니다.

동동동
하늘에 떠가는
작은 구름 하나

—김동국 「까망이」 전문[8)]

이 동시는 오랜 시간을 같이 보냈던 금붕어 '까망이'가 무슨 이유에서인지 죽자, 어린아이가 교실 화단에 '까망이'를 묻으면서 정성스레 하나의 제의(祭儀)를 완성하고 있는 아름다운 시편이다. 특히 "과자봉지/

8) 김동국, 『대동여지도』, 아동문예사, 1997.

채송화/나뭇가지 십자가/납작한 돌 하나" 같은 낱낱의 소품(小品)들이 어린아이가 갖는 연민과 정성에 구체성을 부여해주고 있으며, "큰 나뭇가지에 앉아/꽁지만 깐당대"면서 어린아이의 행동을 지켜보고 있는 "새/한 마리"나 무심히 "하늘에 떠가는/작은 구름 하나"는 이 쓸쓸하고도 아름다운 풍경에 자연 사물도 동참하고 있음을 암시해주고 있다.

연구자는 이러한 독법(讀法)에 이의가 있을 리 없다고 생각했다. 그런데 한 학생이 새로운 독해 결과를 내놓았다. 그 학생의 말은 "큰 나뭇가지에 앉아/꽁지만 깐당대"면서 "아까부터 지켜보고" 있는 "새/한 마리"는, 어린아이가 집으로 돌아가면 그 무덤을 파헤치고 금붕어의 시신을 먹어 치울 거라는 거였다. 그래서 아이가 돌아가기를 기다리는 행동이 "꽁지만 깐당대"는 욕망의 포즈로 나타났다는 것이다. 말하자면 이 작품에는 동심의 따스함이라는 표면적 주제와 달리 그 이면에 자연의 잔혹한 생명의 법칙이 담겨 있다는 것이다. 그래서 마지막 연에 나오는 "동동동/하늘에 떠가는/작은 구름 하나"는 그 잔혹성을 직관적으로 예감한 화자가 생명의 무상함을 느끼고 있는 부분이라는 설명이었다. 대개의 동시가 구축하기 마련인 '동일성'의 원리를 뛰어넘어 '아이러니'의 미학으로 작품 해석의 지평을 넓힌 의외의 독시(讀詩) 결과였다.

연구자는 이 같은 독해 결과를 두고 한동안 망설였다. 그리고 다음과 같은 질문이 연쇄적으로 떠올랐다. 이는 명백한 '오독(誤讀)'인가 아니면 새로운 창조적 '발견(發見)'인가? 과도한 주관성으로 인해 작품을 잘못 읽었다고 지적해야 옳은가 아니면 표면의 의미에 가려져 있던 새로운 의미를 발견한 것으로 적극 긍정해야 하는가? 아니면 '창조적 오독(creative misreading)'이라는 말도 있듯이, 아예 새로운 오독이 하나의 발견이라고 해야 하는가? 물론 이는 작품 이해의 '정확성'과 '풍부함'이라는 상호 모순된 목표를 시 교육이 설정하고 있기 때문에 생겨나는 필연적인 질문들이었다. 특히 구성주의나 수용 미학의 전제가 독자 개개인의 주관적 수용을 긍정하고 있다는 점을 염두에 둘 때, 독자 개개인의 창조적 감상 능력은 자연스럽게 권장되어야 하기도 한 것이다.

다시 작품으로 돌아가보자. 정말 이 작품에는 생명의 잔혹한 이법과 무상함에 대한 직관적 요소가 있는가? 비록 문면에 노출되지 않았다고 해도 어떤 독자가 그러한 면을 느끼면 그것으로 해석의 타당성은 확보되는 것인가? 혹시 이면의 의미를 느끼지 못하는 독자들의 평면적 독해가 오히려 시 해석을 빈곤하게 만드는 것은 아닌가? 하지만 작품을 구성하고 있는 여러 의미 요소들을 통해 비교적 타당성 있는 해석은 가능하고 권장되어야 한다. 그리고 문맥을 벗어난 주관적 반응에 대해서는, 새로운 의미 발견에 기여하는 경우 외에는(물론 이 경우 역시 타당성이 확보되어 있을 것이다), 정확한 작품 읽기를 먼저 권장해야 한다.

위의 작품에 한정해서 본다면, 그 안에서 생명 현상의 잔혹성을 읽어내는 것보다는 주인공인 어린아이의 대상(시의 제목이기도 한 "까망이")에 대한 가없는 연민과 정성에 자연 사물이 같이 동참하는 풍경이라고 읽는 것이 한결 자연스럽다. 따라서 학생이 제기한 참신한 독해는 시의 문맥을 지나치게 자의적으로 수용한 일종의 '오독'이라고 볼 수 있을 것이다. 텍스트의 내적 논리보다는 일종의 사후(事後) 구성을 취하고 시의 세부를 갖고 증명하려 한 경우이다. 물론 이때 '오독'과 '발견'은 정말로 간발의 차이를 두고 존재하는 것이고, 또 작품 개개마다 상대적으로 나타나는 것이기 때문에 사실 개념적으로는 거의 쓸모가 없는 분법(分法)이기는 하다. 하지만 하나의 텍스트를 타당성있게 읽어내고 무리한 비약이나 추론을 하지 않는 것은, 양보할 수 없는 시 이해의 기본이자 궁극이라는 점에서 작품 이해의 정확성은 꾸준히 장려되어야 한다.

말할 것도 없이, 독자의 텍스트 이해와 수용은 독자와 작품의 대화적 소통을 통해 구체적으로 이루어진다. 이때 교사의 이해·수용 역시 하나의 참조항에 불과하고, 다른 독자들과의 진정한 대화적 관계 형성으로부터 시적 의미는 확산되고 완성되는 것이다. 그만큼 독자의 텍스트 이해와 수용은 독자 개인만의 것이 아니라, 교사나 다른 독자, 다른 시 텍스트 등과의 대화적 소통을 통해 구성된다. 따라서 어느 하나의 유력한 해석만을 고집하는 것은, 바람직한 대화적 소통을 억압하는 일이 될 것이다. 하지만 무리한 비약이나 추론에 의거한 주관적 오독은, 타당한 해석을 중심으로 하여 수정되고 조율되어야 한다. 모든 일급 텍스트는 다양한 해석의 개연성을 가지지만, 그 해석들이 균질적이고 대등한 적정성을 갖는 것은 아니기 때문이다. 그 점에서 한 편 한 편의 시가 고유하게 가지는 의미 맥락에 대한 적정성 있는 해석은 더욱 훈련되어야 한다. 그 훈련을 통해서 우리는, 늘 간과되어왔던 시의 참 모습을 발견하는 힘을 기를 수 있는 것이다. 따라서 대학에서의 시 교육 가운데 잊지 말아야 하는 것이 바로 창의성과 적정성의 균형일 터이고, 거기서 적정하고 보편적인 해석에 이르는 일종의 해석 공동체를 경험하는 일이 매우 중요한 것이다.

5. 맺음말

그동안 국어 교육의 도구적 측면은 '기능'이라는 단어의 부정적 이해로 인해 '단순 기능 교육'이라는 오해를 받아온 것이 사실이다. 그러나 인간의 고차적 사고 능력은 말하기, 듣기, 읽기, 쓰기 등 언어 활동을 통하여서만이 발달하며, 이러한 언어 능력은 언어의 지식적 측면의 습득만으로 저절로 발달하는 능력이 아니라 별도로 고도의 학습과 훈련을 해야만 발달하는 즉 별개로 독립시켜 체계적으로 학습시켜야 하는 능력이다. 그렇기 때문에 이러한 언어의 도구적 측면과 이를 달성시키기 위한 기능, 전략 등은 단순한 문자적 개념이 아니라 문학, 언어학, 심리학적 연구에 기반을 둔 매우 철학적인 개념으로 받아들여져야 한다. 그 점에서 우리가 말한 바 있는 시 교육의 한켠 역시 이러한 교육에 대한 메타적 탐색을 요청하게 된다.

말할 것도 없이 '교육'이란 본질적으로 가치 지향적 활동이다. 그것은 제도적·비제도적 교육 과정을 통해 학습자에게 가치있는 어떤 특성을 길러주는 교육적 가치의 실현 과정이다. 이때 교육적 가치는 학습자에게 실현되어 학습자의 삶의 지향을 안내하는 교양의 기반이 된다. 곧 다양한 문화의 장(場) 안에서 학습자가 자신의 교육적 경험을 바탕으로 바람직한 자신의 삶의 지향을 위한 교양을 형성하게 된다. 특히 삶과의 총체적 연관을 가지는 문학을 교육하는 데서는 더욱 그러하다. 문학이 본질적으로 삶의 문제를 규명하려는 노력이며 교육 또한 그러하다면, 이 둘이 맺는 상호 작용 속에서 학습자가 가져야 할 교양이나 삶의 지향성은 매우 중요한 것이다.

학습자가 갖는 문학 현상에 대한 모든 경험은, 앞에서도 말했듯이 상호 주체적인 것이다. 다시 말하면 학습자의 이해는 문학 현상과의 능동적인 상호 관련성 속에서 이루어지는 것이다. 그러므로 문학 교육에서 학습자가 문학 현상을 이해하고 내면화하는 것은 학습자가 자신의 경험 속에서 교양을 형성하고, 그에 상응하는 맥락 속에서 문학 현상에 대한 적절한 인지 능력을 갖는 일에 의해 이루어진다. 그 행위를 통해 '교양'은 경험되고 형성되고 완성되는 것이다. '시'는 이러한 교양을 제고하는 데 특수한('가장 우월한'이 아니라) 방식의 예술 형식인 것이다.

국어과 교육과정에서의 국어과 교과서에 대한 비판적 검토

1. 국어과 교과서와 교육과정

(1) 교과서와 교육과정

'교과서(教科書)'란 한마디로 말해 교육과정 목표를 달성하기 위해 위계적으로 정선하여 조직한 특정 도구라고 할 수 있다. 따라서 교과서는 어떤 방식으로든 교육과정을 고려하여 제작될 수밖에 없으며, 교육과정을 만드는 국가 권력의 영향을 직간접으로 받게 되어 있다. 특히 국어 교과서의 경우 아직까지 우리나라는 국정 교과서 제도로 운영하고 있으므로, 여타의 검인정 교과서보다는 훨씬 높은 권위를 가지고 있다. 이는 물론 긍정적 측면도 있겠으나, 교과서 편찬진의 창의성 실현 측면에서 보았을 때에는 일정 부분 한계를 갖고 있다고 할 수 있다.

그럼에도 불구하고 한국교과서연구재단(2002 : 11~16)에 따르면, 교과서는 그 기능적 측면에서 실제 세계와 학습자, 학문 체제, 교수 방법, 학습 방법과의 연결의 측면에서 매우 중요한 역할을 담당하고 있는 것이 사실이다. David Jonassen(1982 : 254) 역시 교과서를 통한 학습이 비록 수렴적이기는 해도 오히려 기계적이지 않고 의미있는 학습이라는 점에 주목하고 있다.

(2) 교과서관의 변화

과거에는 교과서를 일종의 경전과 같이 유일한 학습 자료로 여기는 닫힌 교과서관(觀)이 지배적이었다(한국교과서연구재단, 2002 : 17). 교과서에 담긴 내용은 오류가 없는 것이기 때문에 누구나 함부로 변경할 수 없고 모든 학생은 반드시 그 내용을 숙달해야 되는 것으로 믿고 있었던 것이다. 이러한 닫힌 교과서관은 전통적인 교육관과 결부되어, 전달할 가치가 있다고 생각되는 요소들을 전달하는 것이 교육이기 때문에 엄선된 내용의 교과서를 학습자에게 제공해야 한다고 주장하게 된다. 따라서 학교 현장에서는 "교과서를 위한" 교육이 이루어질 수밖에 없다. 교사는 단지 교과서에 있는 내용을 전이(轉移)하는 전달자로서의 역할밖에 하지 못하게 되어 '교과 전문가'가 아닌 '기능인'으로 전락하게 될 위험도 내포하게 된다. 이렇게 교과서를 절대적인 위치에 놓는 교과서관은 역동적인 교수-학습의 장으로서의 학교를 매우 단조롭고 수동적인 공간으로 만들어, 창의성과 개방성이라는 교육의 의미를 달성할 수 없게 한다.

그러나 이런 닫힌 교과서관은 차츰 바뀌어가고 있다. 인간이 이룬 역사적 발전에서 성취된 의미있는 사례 중에서 본보기가 되는 것을 교육적 목적에 따라 정선한 것이 교과서이기 때문에, 교과서 외의 문제 해결 방법도 받아들일 수도 있다는 것이다. 이는 지식을 바라보는 관점의 변화에서 출발한 것이다.

과거 객관주의적 지식관(觀)에서는 지식이란 고정되어 있고 확인할 수 있는 대상으로만 본다. 따라서 일단 이런 지식을 '발견'할 수만 있으며, 그것은 역사적, 문화적, 사회적 제약을 벗어나 모든 경우에 적용할 수 있다고 보는 것이다. 이러한 객관주의적 인식론은 행동주의 심리학과 부합되면서 구체적으로 교육 현장에서의 객관주의적 학습, 수업 이론과 원리로서 형상화되어 주로 세부적인 지식, 전략과 방법 등에 관심을 두게 된다.

반면 객관주의와 대비되는 구성주의는 이와는 정반대의 입장을 취한다. 즉 개인은 어느 특정 사회에 속하여 살아가면서 그 사회의 사회적, 문화적, 역사적 배경을 바탕으로 그 위에 자신의 개인적인 인지적 작용을 가하면서, 주어진 사회 현상과 이해를 지속적으로 구성해간다고 본다. 지식의 보편적, 일반적, 절대적 성격을 부인하는 것이다. 따라서 이 관점에서는 교사 중심인 '교수(instruction)'보다는 학습자 중심의 '학습(learning)'이라는 단어를 의도적으로 사용하고 있으며, 또한 전략, 방법 등과 같은 기술적 지식보다는 '환경'이라는 보다 포괄적인 의미의 단어를 사용하여 교사와 학생들의 창의성, 유연성 그리고 다양성이 수업 중에 충분히 발휘되어야 함을 강조한다(이경화, 1998 : 362).

국어 교과서 역시 이러한 측면에서 변화해오고 있다고 보인다. 특히 제7차 교육과정에서는 과거 국어지식, 문학(문학사 등 문학적 지식 위주) 영역에서의 절대적인 지식 습득보다는, 국어사용 능력 신장을 위해 어떻게 상위인지(Metacognition)를 이용하여 기능적 요소를 통제하고 활용할 수 있는지에 대해 깊은 관심을 가지고 있다. 따라서 활동 중심, 과정 중심의 학습 내용의 개발에 상당한 노력을 하였다고 여겨진다.

흔히 열린 교과서관에서 교사는 단지 '구경꾼'의 역할밖에 하지 못하는 것이 아니냐는 우려가 있기도 하다. 그러나 이러한 시각은 상당히 잘못된 것이다. 오히려 과거의 닫힌 교과서관에서는 교사가 단지 고정된 지식의 전달자 역할밖에 못 하는 경우가 대부분이었다. 따라서 교사는 '지적 내용'을 많이 알기만 하면 누구나 다 할 수 있는 수준의 '단순 기능인'으로 전락하게 된다. 학생들은 수업에 흥미를 잃고, '정선된 내용'을 암기하지 못하면 마치 모든 인생을 실패하는 것처럼 오해하게 되어 결국 학교를 어둡게 만들고 만다. 이에 반해 열린 교과서관에서는 교과서 내용 자체가 교사-학생들의 역동적 관계 속에서 의미 있게 재구성되어야 비로소 완성되게 된다. 따라서 학생은 개개인이 자신을 둘러싼 사회·문화적 맥락 속에서 자신이 학습한 내용을 적극적으로 구성하게 되고, 교사는 교육과정을 통찰하고 이를 학생 각각의 인지적 발달 과정에 따라 보다 더 과학적으로 투입하고 처방하는 명실상부한 '교과 전문가'가 되는 것이다. 열린 교과서관에서는 교사가 '방조자, 구경꾼'의 역할밖에 하지 못한다는 견해는, 구성주의 관점에서의 교육에 대한 철학적·과학적 이해를 결여함으로써 생긴 기우(杞憂)에 불과한 것이다.

(3) 국어과 교육과정의 변천

국어과 교육과정이 어떻게 변천해왔는가를 살펴보는 것은 앞으로의 교과서 개발에서 매우 중요한 시사점을 제시한다고 할 수 있다. 따라서 여기에서는 국어과 교육과정이 어떠한 역사적 변화를 겪어왔는지를 살펴보기로 하겠다(서울대 국어교육연구소, 1999).

근대적인 의미에서 국가 수준의 국어과 교육과정은 1955년 처음 제정되었다. 정부 수립 초기부터 교육과정 개발이 시작되었으나, 당시의 사회 혼란과 전쟁으로 인해 정비가 늦어졌기 때문이라고 볼 수 있다. 이 기간 동안에는 교수요목이 교육과정의 역할을 대신하였다.

❶ 제1차 교육과정

제1차 교육과정은 1955년 8월 1일 문교부령 제44호(국민학교), 45호(중학교), 46호(고등학교)로 제정, 공포되었다. 당시에는 교과 과정이라는 이름으로 공포되었는데, 기본 방향은 교수요목과 유사하다. 그러나 교수요목에 비해 학습자의 경험과 생활을 더욱 중시하였고, 기본적인 언어 습관과 언어 사용 기능을 올바르게 기르는 데 역점을 두었다. 또한 짓기와 쓰기를 합하여 말하기, 듣기, 읽기, 쓰기의 국어과의 4대 영역을 확정하였는데, 이 구분은 현재까지도 기본 정신이 유지되고 있다. 한자 및 한문은 중학교는 국어과 안에서 별도 영역으로 다루고, 고등학교에서는 <국어Ⅱ>에 포함시켰다.

② 제2차 교육과정

제2차 교육과정은 1963년 2월 15일 문교부령 제119호(국민학교), 120호(중학교), 121호(고등학교)로 공포되었다. 기본 방향은 역시 제1차 교육과정과 유사하며, 생활 중심・경험 중심의 진보주의 교육 사조를 실천면에서 수용, 적용한 특징을 보인다. 또한 교육과정의 체재를 '목표－학년 목표－지도 내용－지도상의 유의점'으로 체계화하였는데, '지도 내용' 및 '지도상의 유의점' 항목을 명료화한 것은 이전에 비하여 한 단계 발전한 것이다. 고등학교 <국어Ⅱ>는 <고전>과 <한문>과정으로 세분하였다.

③ 제3차 교육과정

제3차 교육과정은 1973년 2월 14일의 문교부령 제310호(국민학교)와 8월 30일의 문교부령 제325호(중학교), 그리고 이듬해 12월 31일의 문교부령 제35호(고등학교)로 공포되었다. 제3차 교육과정의 기본 방향은 학문 중심 교육 원리의 도입과 가치관 교육 강화로 요약된다. 그에 따라 국어과 교육의 일반 목표는 언어 생활, 개인 생활, 사고와 정서, 국어 문화의 네 차원에서 '건실한 국민'으로 수렴되었다. 이는 국민 교육 헌장의 이념과 관련하여 '국어 기능 강화→사고력 개발→가치관 교육 강화'로 목표의 위계화를 추구한 것으로 나타난다. 또한 국어과의 영역을 말하기, 듣기, 읽기, 쓰기로 사분하는 방법은 유지하되, 쓰기를 다시 글

짓기와 글씨쓰기로 나누었다. 아울러 한문 교과를 독립시키고, 대신 고등학교 <국어Ⅱ>는 <고전>과 <작문>으로 구성하였다. 이 시기에 '지도상의 유의점' 아래 '제재 선정의 기준' 항목을 신설하여 교재 구성 방향을 제시한 점도 중요한 점이다.

❹ 제4차 교육과정

제4차 교육과정은 1981년 12월 31일 문교부 고시 442호로 국민학교, 중학교, 고등학교가 동시에 공포되었다. 제3차 교육과정이 표방한 가치관 중심 교육에 대한 반성에서 출발하여 기능 중심의 교육 원리를 도입하되, 학문적 배경을 갖춘 교육과정을 추구한 것이 이 교육과정의 특징이다. 그에 따라 국어과 교육과정은 언어 기능의 신장 및 강화, 문학 교육의 강화, 언어(지식)교육의 강화, 쓰기 교육의 강화, 가치관 교육의 내면화를 염두에 두고 구성되었다. 특히 국어과의 목표를 표현・이해(말하기, 듣기, 읽기, 쓰기), 언어, 문학의 세 영역으로 나누어 진술하고 배경학문으로 수사학, 언어학, 문학(학)을 설정함으로써 언어 교과로서의 국어과의 성격을 분명히 하였다. 또한 '지도상의 유의점'을 '지도 및 평가상의 유의점'으로 개선하고 '학년 목표'를 '학년별 내용'과 연계하여 체재를 더욱 정교화하였다. 고등학교 <국어Ⅱ>는 <현대문학>, <고전문학>, <작문>, <문법>으로 체계화되었다.

❺ 제5차 교육과정

제5차 교육과정은 1987년 3월 31일의 문교부 고시 제87호(중학교)와 6월 30일의 문교부 교사 제87-9호(국민학교), 그리고 이듬해 3월 31일의 문교부 고시 제88-7호(고등학교)로 공포되었다. 이 교육과정은 국어과의 일반 원리로 학생 중심, 과정 중심의 국어 교육관을 도입하고, 교수-학습상황의 주체를 학습자로 보며, 언어 사용의 결과보다 과정을 중시하였다. 국어사용 능력, 사전 지식(스키마), 문식성(Literacy) 등의 개념은 이

때 정착되었다고 할 수 있다. 또 제4차 교육과정에서 표현・이해로 묶었던 말하기, 듣기, 읽기, 쓰기를 다시 세분하여 언어 사용 기능을 강조하였고, 그에 따라 국민학교 교과서를 <말하기・듣기>, <읽기>, <쓰기>로 분책하여 국어과 교육에 커다란 변화를 가져왔다. 고등학교 국어과도 <국어>, <문학>, <작문>, <문법>으로 체계화하였다.

⑥ 제6차 교육과정

제6차 교육과정은 1992년 6월 30일의 교육부 고시 1992-11호(중학교), 9월 30일의 교육부 고시 1992-16호(초등학교), 10월 30일의 1992-19호(고등학교)로 공포되었다. 그 기본 방향은 국어 교과를 통한 전인 교육과 민주 시민 교육, 창조적 사고력과 정보 처리 능력의 배양, 정서 교육의 강화, 내용 체계 구성에서의 시대적 타당성 강화, 내용 요소의 합리적 조정, 지도 방법 및 평가 방법의 인간화와 다양화 등으로 요약할 수 있다. 특히 언어 사용에 관한 본질 및 원리 학습을 중시하여, 내용의 체계가 정비되고 이론과 전략에 충실한 교수-학습이 강조되었다. 또한 국어과의 성격을 분명히 하기 위하여 '1. 성격' 항목을 신설하고, '3. 내용' 항목에 '내용 체계'를 신설하여 내용을 '본질・원리・실제'로 나누어 구조화하였으며, '지도 및 평가상의 유의점'을 '4. 방법'과 '5. 평가'로 정교화하였다. 고등학교 국어과도 <국어>, <화법>, <독서>, <작문>, <문법>, <문학>으로 체계화하여 기초 과목으로서의 <국어>와 심화 과목의 관계를 명료히 하였다.

⑦ 제7차 교육과정

제7차 교육과정은 제6차 교육과정의 정신을 발전적으로 계승하되, 학습자의 창의적 국어사용 능력 향상을 국어과 교육의 최상위 목표로 설정하고, 이 목표 달성에 필요한 교육 내용을 듣기, 말하기, 읽기, 쓰기, 국어지식, 문학의 여섯 영역으로 구분할 수 있다는 관점을 취하였다. 이 과정에서 국어과의 성격을 주지 교과, 도구 교과, 방법 교과, 내용 교과, 문화 교과 등으로 다양하게 규정해온 관점을 분석하였으나, 각 관점이 강조점의 차이라고 판단하여 특정 관점을 따르지는 않았다. 제7차 교육과정은 학습자의 창의적인 국어사용 능력 향상을 최상위 목표로 설정하고, 이것이 발전 지향적인 국어 문화의 창조에 연계되어야 함을 강조하는 관점에서 국어과의 '성격'을 규정하였다(교육부, 2002).

전반적인 큰 틀에서 보았을 때, 제7차 교육과정의 거시적 체제는 목표에 기술되어 있는 내용만을 보면, 제6차와 크게 다른 점은 없다고 볼 수 있다. 그러나 지난 기간까지 다양한 공간에서 수확을 거둔 연구의 결실들이 수렴되었다(김광해, 2001 : 14). 그 결과 '성격 제시, 목표 설정, 내용 체계화, 내용 제시, 교수-학습 방법, 평가 측면' 등의 미시적 부문의 기술이 종전의 교육과정들에 비해서 한 단계 충실해졌다. 종전의 '언어'가 '국어 지식'으로 영역명이 바뀌었다든지, '말하기－듣기'의 영역 순이 학습자의 인지적 언어 발달 측면의 성과를 고려하여 '듣기－말하기'로 바뀐 것도 특기할 만하다. 무엇보다도 수준별 교육과정이 전면적으로 도입된 것도 의미있는 변화라 하겠다. 국민 공통 기본 교육 기간에 해당하는 제1~10학년에서는 심화·보충형 수준별 교육과정을 채택하였고, 종래의 고등학교 2~3학년에 해당하는 제11~12학년 교육과정에서는 과목 선택형 수준별 교육과정을 택하고 있다. 물론 처음으로 도입된 수준별 교육과정이고, 또한 어떤 방법으로 심화·보충을 구분하느냐 혹은 어떻게 국어과를 과목 선택형으로 하느냐에 대한 비판적 관점도 없지는 않으나, 제7차 교육과정의 큰 틀이 학습자 중심을 중요시한다는 측면에서 일단은 의미있는 변화이다. 보다 구체적으로 6차 교육과정과 7차 교육과정의 비교를 다룬 다음의 표(이상태·최율옥, 2001 : 26)를 통하여 7차 교육과정의 특징을 정리해보기로 하자.

구 분		제6차 교육과정	제7차 교육과정	비 고
교 육 과정의 구 성 관 점		▪ 학교급별로 구성 ▪ 공급자 중심의 교육과정	▪ 국민 공통 기본 교육기간(10년) 설정, 이를 한 단위로 한 교육과정 구성 ▪ 수준별 교육과정	– 국민공통기본 교육과정 구성 – 개별 학습자의 의미있는 학습경험과 교육의 질적 도약을 위한 수준별 교육과정으로 구성
성 격		▪ 언어사용 기능, 국어와 문화의 기본적인 지식 습득과 문학의 이해와 감상능력을 신장시키는 교과 ▪ 국어 발전과 국어문화 창조 및 올바른 민족의식과 건전한 국민정서 함양	▪ 창조적 국어사용 능력 신장과 태도 형성을 돕는 교과 ▪ 미래 지향적인 민족의식과 건전한 국민정서 함양 ▪ 국어 발전과 국어 문화 창달 ▪ 수준별 학습의 방향 제시	– 학교급별 '성격'을 하나로 조정 – 국어 교육의 목적 반영 – 국어 문화 창달 강조 – 수준별 학습 활동에 관한 내용 반영
목 표		▪ 학교급별 목표 제시 ▪ 전문과 하위 목표(언어기능, 언어, 문학)로 제시	▪ 초·중·고 목표의 이원화 구현 ▪ 전문과 하위 목표(지식, 기능, 태도 목표)로 제시	– 인지적 목표(지식, 기능)와 정의적 목표(태도)를 구분 – 지적 성숙성과 정서적 안정을 강조
내용	내용체계	▪ 여섯 영역으로 구분 ▪ 각 영역의 내용을 '본질, 원리, 실제' 세 범주로 체계화	▪ (앞과 같음) ▪ 각 영역의 내용을 '본질, 원리, 태도, 실제' 네 범주로 체계화	– '듣기'를 앞세움 – 영역명 '언어'→'국어지식' – 국어교육의 내용이 국어사용의 '실제'를 축으로 하여 선정되어야 함을 강조
	학년별 내용	▪ 학년별, 영역별로 제시 ▪ 내용, 내용과 방법, 내용과 방법 및 자료, 내용과 활동 등 혼합 제시	▪ (앞과 같음) ▪ 내용과 행동을 결합하여 목표 형식으로 제시 ▪ 학년별, 영역별 교육내용의 최적화 지향	– '방법'에 관한 지침의 상세화 – 일반 지침과 영역별 특수 지침의 상세화
방 법		▪ 교수–학습 계획, 방법, 자료에 관한 지침으로 구분하여 제시	▪ (앞과 같음) ▪ 보충학습과 심화학습 계획 수립 및 자료 구성·활용지침 제시	– '방법'에 관한 지침의 상세화 – 일반 지침과 영역별 특수 지침의 상세화
평 가		▪ 평가 계획, 평가 목표 및 내용, 평가 방법 선정에 관한 지침으로 구분 제시	▪ (앞 내용에)평가결과의 활용에 관한 지침 추가	– '평가'에 관한 지침의 상세화 – 일반 지침과 영역별 특수 지침의 상세화

2. 제7차 국어과 교과서의 특징

문서상 교육과정이 아무리 훌륭한 내용을 가지고 있더라도 그 교육과정을 달성하는 데에 필요한 교과서가 그 역할을 다하지 못한다면 사실상 그 교육과정은 실천적 의미에서는 교육적 성과를 내지 못했다고 할 수 있다. 게다가 국어과 교과서는 현재 국정 교과서이기 때문에 실제 학교 현장에 미치는 파장은 더욱 크다고 할 수 있다.

이러한 의미에서 제7차 국어과 교과서는 제7차 국어과 교육과정의 철학을 창조적으로 수용함과 동시에, 열린 교과서관을 지향하여 예전과는 전혀 다른 획기적인 발전을 하였다고 볼 수 있다. 여기에서는 제7차 국어과 교과서의 특징[1]을 몇 가지로 나누어 살펴보기로 하겠다.

(1) 구성이 새로운 교과서

제7차 국어 교과서는 그 구성부터 예전과는 매우 다르다. 물론 종전 교과서 역시 "단원의 길잡이－소단원－학습활동－단원의 마무리"로 구성되어 현재와 큰 틀은 비슷하나, 이번 교과서의 경우, 교과서 앞에 "이 책을 공부하기 전에"를 두고[2] '국어 교육의 성격과 목표', '국어 교과서', '이 책의 구성과 효율적인 사용 방법'을 두어 학습자의 자율적 학습을 도왔다.

---

1) 여기서 의미하는 국어과 교과서는 구체적으로 7~10학년까지의 '국어' 교과서와 7~9학년까지의 '생활 국어' 교과서, 그리고 1~6학년까지의 '읽기', '쓰기', '말하기·듣기' 등의 국어과 교과서를 함께 일컫는다. 제7차 교과서가 학교급간의 약간의 차이에도 불구하고 대부분 제7차 국어과 교육과정을 의미 있게 반영하고 있다는 측면에서, 이후 논의에서도 가급적 이 명칭으로 통칭하고자 한다.
2) 고등학교 국어 교과서의 경우에는 "일러두기"를 두고, '이 교과서의 특징', '이 교과서의 구성', '이 교과서의 사용법'을 제시하였다.

제7차 국어과 교과서의 구성을 중학교 국어 교과서를 중심으로 보다 구체적으로 살펴보도록 하자(교육부, 2005 : 2~3을 재구성).

먼저 대단원 표지에서는 대단원의 영역, 대단원명, 제재(글)의 제목을 제시하고 대단원 목표와 관련된 그림(사진)도 제시하였다. 따라서 학습자가 배울 내용을 전체적으로 살펴보고, 이와 관련한 각자의 경험을 떠올릴 수 있게 하였다. 이어진 단원의 길잡이에서는 대단원의 학습 목표, 학습 내용과 자료, 학습 방법 등을 쉽게 설명하며 대단원 학습을 안내하였다. 이 길잡이를 통하여 학습자가 단원 학습의 목표와 내용을 이해하고, 이에 대한 기본적인 준비를 할 수 있다. 뿐만 아니라 단원의 길잡이 우측 상단에는 해당 단원의 목표를 재미있게 나타낸 그림(캐릭터)을 제시하여, 학습자의 흥미를 유발함은 물론 단원의 핵심을 알기 쉽게 파악하도록 하였다.

각 대단원에는 여러 개의 소단원이 있다. 그리고 각 소단원의 학습은 읽기의 과정을 중심으로 읽기 전 활동, 읽기 중 활동, 읽기 후 활동의 세 단계로 구성하였다. 소단원 뒤에는 대단원에 1개 정도씩 '생각 넓히기'를 넣었다. 이는 앞에서 읽은 글 또는 학습 목표와 관련되는 주제를 설정하고, 이에 관하여 협의, 토의, 토론을 전개하는 활동이다. 이런 활동을 통해 깊고 넓게 생각하는 방법을 익힐 수 있다.

각 대단원 마지막에는 보충 · 심화 활동이 있다. 이는 이번 교과서에서 새롭게 시도된 것이다. '자기 점검'을 통해 지금까지 공부한 단원 학습 내용을 점검해보고, 그 결과에 따라 보충이나 심화 학습을 선택하도록 하였다. 경우에 따라서는 학습 성취 정도가 아니라 학습 취향에 따라 선택할 수도 있게 하였다.[3] 이어서 '한자 공부'에서는 본문에 제시된 한자

---

3) 보충 · 심화 활동은 이번에 처음으로 시도한 것인 만큼 많은 논란의 여지가 있었다. 보충 · 심화 활동이 과연 수준별 활동으로 타당한 것인가로부터 시작하여, 말만 수준별 활동이지 실제 학교 현장에서는 모든 학생들에게 다 가르쳐 결국 학습량만 증가시킨 것이 아니냐는 등의 많은 비판이 있었다. 이에 대해서는 별도 장에서 논의하기로 하겠다.

어 중에서 중요한 한자를 제시하고 그 한자가 들어가는 한자어를 두 개씩 제시하여 한자 학습에도 비중을 두었다. 마지막으로 '이 단원을 마치며'에서는 단원에서 배운 내용을 다시 한 번 정리하도록 하였다. 활동 중심으로 편찬된 교과서의 경우, '활동은 많이 하였는데, 실제로 배운 것은 별로 없다'는 생각을 가질 수도 있는데, '이 단원을 마치며'에서는 '나의 활동이 과연 무엇을 위한 활동이었는가'를 알고, 정리할 수 있다.

(2) 활동 중심의 교과서

국어사용능력의 신장은 구체적인 언어 활동을 얼마나 의미있게, 얼마나 다양하게 하였는가에 달려 있다. 이는 듣기, 말하기, 읽기, 쓰기 등의 국어사용 영역뿐만이 아닌 국어지식과 문학 영역에서도 마찬가지이다. 따라서 제7차 교과서에서는 과거와는 달리 무조건 단 하나만의 '정답'을 요구하는 학습 활동을 배제하여, 학습자의 의미있는 재구성 결과를 모두 수용할 수 있도록 하였다.[4] 이러한 교과서 개발의 방향을 국어 교과서에 그대로 나타내었는데, 이는 중학교 및 고등학교 국어 교과서의 다음과 같은 명시적 진술에서 확인된다.

> 국어 교과는 '내 생각'을 이야기해도 되고, 그런 개인적 생각이 답으로 인정될 수 있는 교과이다. 내 생각의 발표는 곧 '개인적인 생각'을 사회적으로 설득하는 과정이다. 이와 같은 국어 교과의 본질적 성격을 이해하고, 우리 모두 창의적으로 생각하고 적극적으로 발표하는 활동 중심의 국어 수업을 이루어 가도록 노력하자.
>
> ―교육부, 2005 : 3

---

4) 교사용지도서에서조차 각 학습문제에 따른 답안을 '정답' 혹은 '모범 답안'이 아닌 '예시답안'의 형태로 제시하여 교사가 '정답'만을 요구하지 않도록 고심한 측면이 엿보인다.

이 교과서는 학습자가 국어 활동의 본질과 가치에 대한 체계적인 지식을 바탕으로 다양한 학습 활동을 능동적이고 주체적으로 실천하는 데 중점을 두었다. 구체적인 국어 활동의 실제를 대상으로 활동과 지식이 통합될 수 있도록 하였다. 또한 학습 활동의 형태도 개별 활동과 소집단 활동으로 세분하여 개인으로서만이 아니라 공동체 내의 주체적 구성원으로서 실천하게 될 국어 활동의 실상과 부합하도록 하였다.

—교육부, 2003 : 2

이러한 방향은 학습 활동에도 반영되었다. 다음의 그림을 보자.

26 —— 2. 어떻게 읽을까

학습 활동

1. '여러 가지 글'을 읽고, 다음 물음에 답해 보자.

(1) '사전'의 '설화' 내용을 간추려 말해 보자.
(2) '사설'에서 글쓴이의 주장을 찾고, 뒷받침하는 근거가 타당한지 말해 보자.
(3) '신문 기사'의 내용을 '누가, 언제, 어디서, 무엇을, 왜, 어떻게'로 간추려 말해 보자.
(4) '안내문'에서 중요한 내용을 찾아 간추려 말해 보자.
(5) '광고문'에서 과장된 내용이나 허위 사실을 찾아보자.

2. 다음에 대하여 더 공부해 보자.

(1) 사전, 사설, 신문 기사, 안내문, 광고문 등을 어떻게 읽어야 效과적인지 말해 보자.
(2) 좋다고 생각하는 광고와 나쁘다고 생각하는 광고의 예를 찾아보자. 그리고 광고를 볼 때에 유의해야 할 점을 말해 보자.

3. 다음 한자의 음과 뜻을 알아보자. 그리고 각 한자로 이루어진 단어의 뜻을 알아보자.

(1) 承 : 승인(承認), 전승(傳承)　(2) 笑 : 소화(笑話), 담소(談笑)
(3) 庭 : 정원(庭園), 가정(家庭)　(4) 發 : 발전(發電), 개발(開發)
(5) 民 : 민족(民族), 국민(國民)

제6차 중학 국어 2-1(교육부, 1997 : 26)

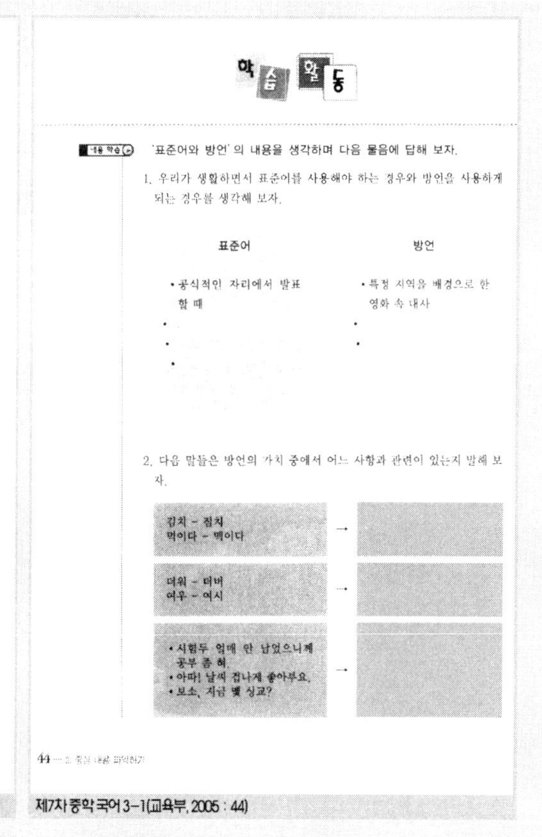
학습 활동

내용 학습 '표준어와 방언'의 내용을 생각하며 다음 물음에 답해 보자.

1. 우리가 생활하면서 표준어를 사용해야 하는 경우와 방언을 사용하게 되는 경우를 생각해 보자.

표준어	방언
• 공식적인 자리에서 발표할 때	• 특정 지역을 배경으로 한 영화 속 대사
•	•
•	•
•	

2. 다음 말들은 방언의 가치 중에서 어느 사항과 관련이 있는지 말해 보자.

김치 – 짐치 먹이다 – 멕이다	→	
더워 – 더버 여우 – 여시	→	
• 시험두 얼매 안 남었으니께 공부 좀 혀. • 아따! 날씨 겁나게 좋아부요. • 보소, 지금 뭐 싱교?	→	

44 — 2. 중심 내용 파악하기

제7차 중학 국어 3-1(교육부, 2005 : 44)

제6차 교과서의 경우 학습 활동 자체는 "읽기"단원인데도 "말하기" 활동을 하게 하여 표면상 통합적 언어 활동을 의도하였지만 한 쪽에 10가지에 가까운 활동을 하게 되어 있어, 실제 학교 현장에서 이러한 활동이 의미있게 실천되었는지는 의문이다. 한 가지 활동을 하더라도 그것이 유의미하게 조직되어야 언어 사용 능력이 신장되는 것이지, 막연하게 "~을 해보라, ~을 말해보라, ~을 찾아보라"고 지시한다고 해서 신장되는 것이 아니기 때문이다. 어떤 활동을 할 때 학습자가 "무엇을, 왜, 어떻게"하는지 인식한 상태에서 상황을 풀어가도록 해야 하는 것이 중요한 것이다.

그러나 제7차 교과서의 경우, 모든 활동이 학습지 형태로 제시되어 있고, 학습자의 생각을 끌어낼 수 있는 도움 표지(mark)가 주어져 있어, 학생이 적극적으로 학습 활동을 해결 할 수 있도록 하였다. 또한 중학교 국어 교과서의 경우에는 학습 활동을 '내용 학습', '목표 학습', '적용 학습', '생각 넓히기' 등으로 세분하여 교사의 편의는 물론, 학습자 스스로 자신의 활동이 어떠한 의미를 지니고 있는지를 스스로 알 수 있도록 배려한 점도 주목할 만 하다. '내용 학습'은 글의 내용을 잘 이해하였는지, '목표 학습'은 단원 학습 목표를 실제 활동을 중심으로 달성하게 하였으며, '적용 학습'은 지금까지 공부한 내용을 여러 상황에서 실제로 적용해 보는 활동 중심으로 구성되었다.

(3) 과정 중심의 교과서

제7차 교과서는 학습의 과정을 지도하는 교과서이다. 국어과에서 궁극적으로 추구하는 국어사용 능력의 신장은 학생들로 하여금 의미를 구성하는 능력을 신장시켜 주는 것이며, 이를 위해 국어과에서 실제로 지도되어야 할 교육 내용은 의미를 구성하는 과정에 대한 지도이다(정혜승, 2001 : 240).

읽기, 문학 영역을 주로 다루고 있는 중학교 국어 교과서의 경우, 모든 단원은 읽기 전·중·후 활동이 단계적으로 제시되었다. 우선 모든 단원의 맨 앞에 '읽기 전에'를 두어, 학습자가 해당 단원에 대한 배경지식을 활성화하고 학습할 내용에 대한 흥미를 고조시켜 학습 동기를 유발하도록 하였다. 또한 모든 읽기 지문의 양 여백에 날개 질문을 달아 읽기 중에도 스스로의 읽기 활동을 효과적으로 점검하도록 하였으며, 한 쪽당 그 질문이 1~2개를 넘지 않도록 하여 학생의 읽기 활동을 지나치게 방해하지 않도록 하였다. 그러나 이 날개 질문에 모든 학생이 의무적으로 답을 달아야 하는 것은 아니다. 때로는 읽기 능력이 우수한 학생도 있고, 그렇지 않은 학생도 있다. 지문의 내용을 잘 따라가는 학생도 있고, 단어와 문장 수준에서의 독해도 어려워하는 학생이 있을 수도 있다. 따라서 이 읽기 중 활동은 교사의 판단 하에 보다 융통성있게 운용되어야 할 것이다. 마지막으로 읽기 후 활동은 학습 활동과 보충·심화 활동으로 구성되었다. 읽기 후 활동은 이미 언급한 대로 '내용 학습', '목표 학습', '적용 학습' 및 '생각 넓히기'로 짜여져 있음은 물론, 각 활동이 학습자의 인지적 사고 능력을 단계적으로 발전시키도록 과학적으로 제시되어 있어서 궁극적으로 학습자가 스스로 주체적인 활동을 만들어 나갈 수 있도록 하였다.[5]

---

5) 강정한(2001 : 278)에 따르면, 새 국어 교과서에서는 '읽기 진-중-후'활동이라는 패턴이 모든 단원에 적용됨으로써 학생의 흥미를 감퇴시키는 역기능을 한다고 하였다. 심지어 문학 작품을 읽기 전에 읽기 전 활동을 하는 것은 학생들의 자유로운 감상을 방해하는 역효과도 있다고 주장하였다. 그러나 이러한 지적은 그동안 축적되어 온 읽기 교육 이론의 성과를 잘 이해하지 못하는 데에서 오는 오해라고 여겨진다. 읽기 자료를 덮어놓고 무작정 교사의 지시에 따라 읽어낸다고 하여 국어능력이 신장되지는 않는다. 읽기 자료를 접하는 학습자의 인지적 과정에 따라 교과서가 구성되고, 또 이러한 과정을 상위에서 통합하는 전략을 교과서를 통해 학습하여야만 읽기 목표를 달성할 수 있는 것이다. 문학작품 역시 마찬가지이다. 7차 교과서의 읽기 전 활동은 해당 문학 작품을 읽기 전에 학습자의 흥미를 유발하고, 해당 제재에 대한 배경지식을 활성화하여 궁극적으로 작품을 잘 이해하고 감상하도록 구성되었다. 교사가 언어 및 문학 교육에 관한 체계적인 이론에 의한

(4) 수준별 교과서

제7차 교육과정은 학습자의 흥미와 관심, 그리고 능력(수준)을 반영할 수 있는 학습자 중심의 교육과정이며, 이를 효과적으로 달성하기 위하여 수준별 교육과정을 요구하였다. 학습자의 능력을 고려하지 않은 획일적 교육을 지양하고 개별 학습자의 의미있는 학습 경험이 가능하도록 수준별 교육과정을 편성·운영하도록 한 것이다(이성구, 2001 : 161).

따라서 제7차 교육과정상의 이러한 목표 달성을 위해 가장 중요하게 적용된 것이 바로 국어과 교과서에서의 수준별 교육과정의 도입인 것이다. 수준별 교육과정은 단계형, 심화·보충형, 선택형 수준별 교육과정의 세 유형이 있는데, 국어과는 10학년까지는 심화·보충형, 11~12학년은 과목 선택형 교육과정을 적용하였다. 매 단원의 학습이 끝나면 보충·심화학습으로의 진행을 위한 '자기 점검'란이 있어 학습자의 학습 목표 달성 여부를 판단하도록 하였다. 그러나 이 판단은 실제 운영의 측면에서, 교사만 판단 권한을 가지는 것이 아니라 때로는 학생 스스로 자신을 점검하고 자신에게 알맞은 학습 활동을 선택하여 단원의 학습을 마무리하도록 하였다.

물론 이러한 수준별 학습은 실제 학교 현장에서 많은 논란을 불러일으켰다. 이에 대한 문제는 별도 장에서 논의하겠지만, 일단 제7차 교육과정을 어떤 형식으로든 받아들이고 구체화하였다는 데에서 긍정적인 측면이 있다고 하겠다.

학습을 유도하지 않고, 자유로운 감상이라는 미명 하에 자칫 방임적으로 수업을 하였을 때는 읽기 목표를 달성할 수 없으며 그 손해는 고스란히 학생들만 입게 된다. 특히 문학 작품 감상에 있어서 학습자의 내용 재구성도 중요하지만, 학습자가 글쓴이의 의도 및 작품의 사회·문화적 배경과 전혀 관계없는 감상을 하였다면, 이는 성공한 읽기라고 할 수 없을 것이다.

(5) 참신한 교과서

이미 언급한 대로 제7차 교과서는 그 내용과 구성에서 기존 교과서와는 차별화된 점이 엿보인다. 특히 현장의 연구 실천 자료를 많이 반영하고 있다는 점에서 큰 진전을 보인다(이상태・최율옥, 2001 : 43). 그러나 무엇보다도 사용된 글의 참신성이 두드러진다. 과거 정전(Great Books) 중심의 지문을 과감히 탈피하고, 새롭고 다양한 글이 많이 수록되었다. 사실 요즈음 학생들의 독서량이 과거와 비교하여 많이 낮아졌다고 하였을 때, 국어 교과서에 제시되는 한 편의 글의 중요성은 이루 말할 수 없을 것이다. 청소년기 내가 어떤 글을 접하였느냐에 따라 한 학생의 삶의 질이 바뀌어질 수 있기 때문이다.

7차 교과서에서는 매우 다양한 소재의 글이 제시됨은 물론 시대적으로는 8,90년대, 학습 활동 등의 필요에 따라서는 2000년대의 글까지 끌어올렸으며, 글쓴이 역시 전문적인 작가 외의 아나운서, 목사, 재외교포 및 심지어 학생 글까지 사용하였다. 이는 학생들의 학습 의욕을 고취하는 데에 큰 역할을 한다고 보인다.

이 밖에도 외적인 면에서 교과서 판형을 4×6배판으로 키우고 컬러로 제작하여, 기존의 국판 단색 교과서에 비하여 매우 획기적인 변화를 시도하였다. 뿐만 아니라 중학교의 경우 읽기, 문학 영역을 다룬 '국어'와, 듣기, 말하기, 쓰기, 국어지식 영역을 다룬 '생활 국어'로 교과서를 분책하여 각 영역의 의미있는 학습과 영역간의 통합 활동을 의도한 점도 특기할 만하다.

3. 제7차 국어과 교과서의 문제점

앞서 언급하였듯이 제7차 국어과 교과서는 교육과정 목표를 달성하기 위하여 많은 새로운 변화를 가져왔다. 그러나 이 교과서 역시 몇 가지 측면에서 문제점을 보이고 있다.

(1) 분책의 문제

제7차 국어과 교과서는 초등학교의 경우 '읽기', '쓰기', '말하기 · 듣기'로, 중학교의 경우 '국어(읽기, 문학)'와 '생활국어(듣기, 말하기, 쓰기, 국어지식)'로 분책하였다. 그러나 국어사용에서 표현과 이해는 동시에 일어나는 것임을 생각해 볼 때 이처럼 영역별로 분리시켜 학습한다는 것은 다양한 실생활 맥락에서 국어사용 능력을 기른다는 국어과의 목표 달성을 어렵게 만드는 결과를 초래(김경자 외, 2001 : 19)할 수 있다. 다양한 국어사용 상황이라는 것은 국어사용의 각 영역이 통합적으로 일어나는 것이지, 각각 분리되어 일어나는 것이 아니기 때문이다. 뿐만 아니라 중학교의 경우 '국어'와 '생활 국어'의 단원 편성이 서로 간의 연계성을 고려하지 않고 독자적으로 설정(강정한, 2001 : 265)되어 있다. 초등학교의 경우 단원의 제목을 동일하게 하여 최소한의 통일성을 유지하려는 의도가 있었으나 중학교의 경우에는 각 교과서의 구성과 학습목표 자체가 워낙 달라, 결국 통합적인 언어 활동은 차치하고라도, 실제 학교 현장에서는 교과서가 늘어남에 따라 학습량만 늘어나고 '읽기, 문학'영역에 교수-학습이 편중되는 결과가 되었다. 또한 중학교의 국어 과목의 시수가 한정되어있다고 보았을 때 '생활 국어'의 교수-학습이 의도하든 의도하지 않았든 간과될 수도 있다는 위험성도 내포하고 있어 문제점이 아닐 수 없다. 이복자(2002 : 51)의 현장 연구에 따르면 교사나 학생 모두 국어 교과에서 가장 중요하다고 생각되는 영역은 말하기, 듣기, 읽기, 문학, 쓰기의 순이었는데, '말하기, 듣기, 쓰기'를 다룬 교과서의 학습이 부실하게 진행이 된다면 전체적인 국어과 교수-학습 활동이 성공했다고 볼 수 없기 때문이다.

(2) 분량의 문제

현재의 교과서는 분책의 문제와 더불어 분량의 문제도 가지고 있다. 물론 교사의 의도에 따라 교과서를 재구성하여 가르친다면 그다지 많은 분량이 아니라고도 할 수 있다. 그러나 국정 교과서가 현실적인 측면에서 엄청난 권력이라고 하였을 때, 교과서의 양은 학습량과 일치한다. 강정한(2001 : 277)이 중학교 1학년 단원별 활동을 뽑아본 결과에 따르면, 보충심화활동을 제외하고도 '국어'의 경우 한 단원에 최소한 30가지의 활동이, '생활 국어'에는 21가지의 활동이 들어 있다고 한다. 이렇게 보면 '국어'는 한 학기에 210가지 활동을, '생활 국어'는 140가지의 활동을 해야 하는 셈이다. 1학기 수업을 15~16주로 잡는 다면, 한 시간에 4~5가지 활동을 해야 하는데, 여기에 읽기 지문을 읽는 시간까지 포함한다면 더욱 시간이 부족해진다. 즉, 절대적인 활동양이 지나치게 많은 것이다.

앞서 언급한 이복자(2002 : 56)의 연구에서도 현장 교사들의 대부분이 양이 너무 많다고 이야기한다고 한다. 보충·심화 활동은 선택하여 가르치라고 하는데, 실제 학교 현장에서는 그럴 수가 없다. 교외 기관의 여러 평가나 경시대회 등에서 학교에서 배우지 않은 부분이 출제될 경우, 학교 교육을 불신하기 마련이다. 또한 학급당 인원수가 너무나 많은 현실에서 실제로 수업이 벌어지는 학급에서 보충학습과 심화학습을 별도로 운영하기는 상당히 어렵다. 결국 교사는 보충학습과 심화학습을 모두 가르쳐야만 하게 되는 것이다. 결국 교육과정 및 교과서의 의도와는 관계없이 학습량은 많아지게 되었고, 이는 교수-학습 운영의 적합성 문제와 직결되게 되어, 현실적으로 매우 중요한 문제가 아닐 수 없다.

(3) 수준별 학습의 문제

제7차 교과서의 수준별 학습은 이미 위에서 조금씩 언급한 학습 분량 문제 이외에도 다음과 같은 문제를 지니고 있다.

첫째, '자기 점검 활동'이 구체적이지 못하다. '자기 점검'은 학생들이 자신의 학습 결과나 취미, 관심 등을 스스로 점검하는 장치로서 이 결과에 따라 학생들은 자신에게 적합한 학습 활동을 안내받을 수 있어야 한다. 그러나 지금의 '자기 점검'은 구체적이고도 통일된 준거에 따라 학습 목표를 점검하도록 되어 있지 않아, 교사는 물론 학습자 역시 '자기 점검'을 한 뒤 자신의 상태가 '보충'이나 '심화' 중 어디에 속하는 것인지를 명확히 인지할 수 없게 되었다. 실제로 보충 심화 학습의 지문이나 활동의 난이도가 그다지 큰 차이점을 가지고 있지 않다. 따라서 '누구나' 보충 학습을 해도 되고, '누구나' 심화 학습을 해도 되는 결과를 가져오게 되었고, 이에 따라 교사 역시 보충, 심화 활동을 학급 전체 학생들을 대상으로 가르쳐야 하는 부담을 가지게 된 것이다. 이는 교과서 개발 초기 단계(정혜승, 2001 : 245)에서도 언급된 것으로, 시급한 시정이 요구된다고 하겠다.

둘째로, 수준별 학습이 한 단원의 마지막에서 실행된다(전은주, 2002 : 139). 현 교과서에서 보충, 심화 학습은 한 단원의 학습 내용에 대한 모든 학습 활동들이 이루어진 다음 가장 뒤에 나온다. 그러나 국어 교과서의 단원 하나에는 보통 2~3가지의 학습 목표가 제시되고 이를 학습하기 위하여 2~4개의 소단원이 나온다. 그러나 수준별 학습은 교수-학습의 전 과정에서 고려되어야 할 사항이지, 한 단원의 마지막에만 고려될 성격은 아니다.

4. 차기 교과서 개발에의 시사점

교과서는 교육과정 목표를 달성하기 위한 일종의 도구적 성격이 강하므로, 아직까지 제8차 교육과정(혹은 제7차 교육과정의 수정)의 시안이 구체적으로 결정되지 않은 상태에서 섣불리 차기 교과서 개발에 관한 사항을 언급하는 것은 무리이다. 또한 제7차 교육과정이 추구하는 학습자 중심, 활동 중심, 과정 중심의 국어교육관은 앞으로도 계속 유지될 전망이다.

그러나 이상으로 살펴본 제7차 국어과 교과서의 특징과 문제점을 통해 차기 교과서 개발시 고려하여야 할 시사점을 간략히 살펴보면 다음과 같다.

(1) 총체적 언어 교육의 강화

총체적 언어 교육(혹은 통합 언어 교육)에서는 학습자에 대해 매우 적극적인 관점을 취한다(이재승, 2005 : 134). 적극적이라는 말의 의미는 학습자를 근본적으로 신뢰하고 그들 개개인의 사회·문화적 환경을 긍정적으로 본다는 것이다. 그리고 학습자들이 자발적 책임감을 가지고 자기 주도적으로 학습을 해 나가며 자신의 습득한 지적 유산을 창조적으로 재구성할 수 있는 존재라는 것을 인정하는 것이다. 언어 상황은 언어 기능의 각 영역이 통합적으로 구현되는 장이며, 바로 언어의 이러한 측면을 고려하여 교과 내용과 활동이 통합적으로 제시되었을 때 보다 나은 국어교육이 실현된다는 점은 부정할 수 없다. 따라서 총체적 언어 교육이야말로 진정한 의미에서 학습자 중심의 교육이라고 할 수 있다.

그러므로 교과서가 현재처럼 분책의 형태이든 아니면 다시 한 권으로 통일되든지간에 나중에 개발되는 교과서는 총체적 언어 교육의 관점을 받아들여 언어 활동의 통합을 지향하여야 할 것이다.

그렇다고 하여 총체적 언어 교육이 무슨 만병통치약이라는 것은 아니다. 현재까지의 총체적 언어 교육은 '운동'적 차원에서 접근되어 그 이론적 기반이 상대적으로 취약한 것이 사실이다. 따라서 통합 활동을 과연 어떠한 위계적 질서에 따라 의미있게 구안하고 배열할 것인지의 문제를 학계에서 시급히 논의하여야 할 것이다.

(2) 정보화 시대에 적극 대처하는 교과서

올해부터 각급 학교에서는 주5일 근무제가 전격 도입되었다. 아직 완전한 의미에의 주5일 근무제는 아니지만, 빠른 시일 안에 전면적으로 도입될 것이라고 보인다. 이러한 변화는 수업 시수의 변화를 가져올 것이다. 현재까지는 월~금요일에 토요일 수업을 보충하는 형태로 이루어지는 경우가 많지만 앞으로는 실제적인 수업 시수 자체가 줄어들 것이다.

이러한 사회의 변화에 발맞추어 교육부에서는 사이버 가정 학습[6]까지도 계획하고 있는 실정이다. 그러므로 국어 교과서 역시 줄어드는 수업 시수를 고려하여 보다 내용을 정선하고 교과서의 분량을 적절히 축소할 필요가 있다. 교육부에서 계획하는 사이버 가정 학습을 적극 활용하여 수준별 학습을 인터넷상에서 학습자 스스로 진단, 평가, 학습하는 형태로 진행하는 것도 고려할 만 하다.

다음으로는 멀티미디어 학습 자료를 교과서 개발 초기 단계에서부터 함께 개발하는 것이 필요하다. 물론 제7차 교육과정에서도 멀티미디어 학습 자료가 개발된 바 있으나 개발 기관이 실제 교과서 편찬 기관과 동일하지 않은 경우가 많아 자료의 질적 측면에서 여러 문제를 드러낸

---

6) 2005년 4월 8일 교육부 보도자료 참조(www.moe.go.kr).

바 있다. 따라서 멀티미디어 학습 자료를 교과서 편찬 기관이 교과서 개발 아이디어 단계에서부터 함께 개발하도록 인적, 물적 지원을 강력하게 하여야 할 것이다. 또한 이러한 자료를 에듀넷과 연동하여 수시로 수정, 보완하여 교사-학생들에게 실시간으로 제시할 수 있도록 하는 것도 필요하다.

(3) 수준별 학습의 강화

앞에서 살펴본 많은 문제점에도 불구하고, 학습자의 언어 발달 상황과 학습목표 성취 수준 및 학습자의 선호도에 따른 수준별 학습은 학습자 중심의 교육을 위해 차기 교과서 개발에도 반드시 반영되어야 한다.

다만 지금까지 드러난 문제를 시정하기 위하여, 보충-심화 학습으로의 진행 여부를 판가름하는 자기 점검 활동이 구체적이고 정선된 항목에 따라 제시되어야 할 것이다. 뿐만 아니라 보충활동과 심화활동에 사용되는 글의 난이도와 활동의 난이도 역시 수준별 학습의 목표를 달성할 수 있도록 보다 현실적으로 재조정되어야 할 것이다.

물론 지금처럼 한 학급당 학생수가 너무나 많고, 보충-심화 학습을 자칫 우열의 개념으로 판단하는 사람이 많은 경우에는 수준별 학습의 실천이 어려울 수 있다. 그러나 그렇다고 하여 교과서 개발조차 예전처럼 공급자 중심의 획일적 교육으로 돌아갈 수는 없는 노릇이다. 따라서 차기 교과서에서는 시대의 변화와 교육 현장을 고려한 보다 긍정적 의미의 수준별 학습이 가능케 하여야 할 것이다.

(4) 미디어 문식성 교육의 강화

국어교육에서의 미디어 문식성과 관련한 논의는 예전부터 있어 왔다. 외국처럼 '보기(Viewing)'영역을 설정하여 적극적으로 국어과에서 미디어를 가르쳐야 한다는 주장도 있었는가 하면, 과연 국어과에서 미디어를 가르쳐야만 하느냐에 대한 회의론적 시각까지 있었다.

그러나 최근 자라나는 학생들에게 있어 언어적 의사소통의 장은 인터넷을 비롯한 각종 미디어라는 사실은 부인할 수 없다. 이러한 현실에 발맞추어 7차 교과서에서도 미디어의 활용에 관한 부분이 있는 것은 사실이나, 그 양이 지나치게 적고, 또한 말하기, 듣기, 읽기, 쓰기 등의 언어기능 학습에 미디어를 '활용'하는 수준에 머물고 있는 실정이다.

미디어는 국어문화를 구성하는 가장 큰 요소로 점차 자리잡고 있다. 이미 미디어는 우리의 언어생활 안에 깊숙이 들어와 있는 것이다. 이러한 상황에서 국어과가 미디어에 대하여 적극 개입하지 않는다면 우리의 언어생활의 황폐해질 우려가 있다. 따라서 차기 교과서에서는 어떠한 형식으로든 미디어가 국어 생활에 미치는 영향과 사회·문화적 성격을 강조하고 구체적인 활동을 통해 미디어의 올바른 언어적 활용을 담아내어야 할 것이다.

5. 결론

우리의 언어 능력은 자연 발생적으로 신장되는 것이 아니라 체계적이고 의미있게 조직된 학교 교육에 따라 발전하는 것이다. 국어과는 바로 이러한 국어사용능력의 신장을 위해 존재하는 과목이다. 따라서 국어과 교육의 도구적 측면은 앞으로도 계속 강조되어야 할 것이다.

얼마 전까지만 해도 국어과의 도구적 측면은 '기능'이라는 단어의 부정적 이해로 인해 '단순기능교육'이라는 오해를 받아온 것이 사실이다. 그러나 인간의 고차적 사고 능력은 말하기, 듣기, 읽기, 쓰기 등 언어활동을 통하여서만이 발달하며, 이러한 언어 능력은 언어의 지식적 측면의 습득만으로 저절로 발달하는 능력이 아니라 별도로 고도의 학습과 훈련을 해야만 발달하는 즉 별개로 독립시켜 체계적으로 학습시켜야 하는 능력(한철우, 2004 : 501)이다. 그렇기 때문에 이러한 언어의 도구적 측면과 이를 달성시키기 위한 기능, 전략 등은 단순한 문자적 개념이 아니라 언어학, 심리학적 연구에 기반을 둔 매우 철학적인 개념으로 받아들여져야 한다.

지금까지 우리 국어 교과서는 학문적, 시대적 여건의 어려움에도 불구하고 각계각층의 노력을 바탕으로 국어과 교육의 목표를 달성하기 위해 나날이 발전해왔다. 앞으로 새로 개발될 새로운 교과서 역시 위에서 언급한 시사점을 참고로 하여 우리의 국어능력과 국어문화를 향상시키기 위해 보다 다양한 현장의 목소리를 담아내고, 지금까지의 연구 결과를 반영하는 데에 게을리 함이 없어야 할 것이다.

참고문헌

교육부(1997), 『중학 국어』 2-1, 대한교과서.
교육부(2002), 『중학교 국어과 교육과정 해설』, 대한교과서.
교육부(2003), 『고등학교 국어』 상, (주)두산.
교육부(2005), 『중학 국어』 3-1 교과서, 교학사.
강정한(2001), "7차 국어과 교육과정과 국어 교과서와 '우리말 우리글'", 『국어교과교육연구』 제2집, 국어교과교육학회.
김경자 외(2001), "지식기반사회의 학교 교육과정 개발을 위한 7차 초등 국어 교과서 분석", 『교육과학연구』 제32집, 이화여자대학교 교육과학연구소.
김광해(2001), "역대 국어관과 국어교육 평가의 방향", 『師大論叢』 제62집, 서울대학교 사범대학.
김영대(1999), "중학교 국어 교과서 단원 구성 방안 연구", 석사학위논문, 한국교원대학교 대학원.
박우진(2002), "국어과에서의 제7차 교육과정 적용의 문제점과 개선 방안", 『교과교육공동연구 학술 세미나 자료집』, 한국교원대학교 교과교육공동연구소
서울대학교 국어교육연구소(1999), 『국어교육학 사전』, 대교출판.
이경화(1998), "독해의 구성주의 관점과 읽기 지도", 『한국어문교육』 제7집, 한국교원대학교 한국어문교육연구소
이복자(2002), "말하기 · 듣기 교육의 교육현장의 문제점과 해결 방안", 『국어교과교육연구』 제3집, 국어교과교육학회.
이상태 · 최율옥(2001), "중학교 1학년 국어 교과서 분석 연구-6차 교과서와 비교하여", 『중등교육연구』 제48집, 경북대학교 중등교육연구소.
이성구(2001), "7차 교육과정 국어과 학습 지도 방안", 『교과교육 공동연구 학술 세미나 자료집』, 한국교원대학교 교과교육공동연구소.
이재승(2005), "총체적 언어 교육에 대한 몇 가지 오해", 『한국어문교육』 제14집, 한국교원대학교 한국어문교육연구소.
전국국어교사모임(2002), 『7차 교육과정과 '우리말 우리글'활용 설명회 자료집』, 전국국어교사모임.
전은주(2002), "국어과 수준별 교육과정의 실행에 나타난 문제점과 개선 방향", 『교과교육공동연구 학술 세미나 자료집』, 한국교원대학교 교과교육공동연구소
정혜승(2001), "제7차 중학교 국어과 교과서 및 교사용 지도서 개발 방향과 실제", 『국어교과교육연구』 제2집, 국어교과교육학회.
한국교과서연구재단(2002), "제7차 교육과정에 의거한 초등학교 교과용 도서의 현장 타당도 분석 · 평가 연구", 재단법인 한국교과서연구재단.
한국교육과정평가원(1998), 『제7차 교육과정에 따른 국어과 수준별 교육과정 적용 방안과 교수-학습자료 개발 연구』, 한국교육과정평가원.
한철우(2004), "국어교육 50년, 한 지붕 세 가족의 삶과 갈등", 『국어교육학연구』 제21집, 국어교육학회.
David H. Jonassen(1982). *The Technology of Text*, Educational Technology Publications.

중등 교원 임용 고사 국어과 문항 분석

1. 머리말

중등 교원 임용 고사는 국가적 차원에서 전문적인 중등 교사를 양성하고 배출하는 프로그램의 최종적 관문이다. 또한 이는 예비 교원을 상대로 한 평가 시스템의 가장 중요한 핵심적 지표라고 할 수 있다. 그만큼 교원 임용 고사는 객관성과 공정성 그리고 타당성을 확보하면서, 공교육을 통해 일정한 역량과 열정을 구비한 예비 교원들을 교사로 발탁하는 결정적인 역할을 감당해야 한다. 따라서 임용 고사의 출제와 평가에 수반되는 가장 중요한 요건은, 현단계의 교육 과정이 설정하고 있는 교육 철학과 방법론을 그 안에 얼마나 담고 있으며, 나아가 교육 현장에서 그 같은 철학과 방법론을 교사들이 얼마나 수행할 수 있는가를 점검하는 데 있다고 할 수 있다. 특히 문학을 대상으로 하는 문항들은, 시대를 따라 필연적으로 변천하는 문학 교육관(觀)을 문항들이 충실하게 반영하는 것이 무엇보다도 중요하다.

이 글에서는 2004학년도 중등 교사 신규 임용 후보자 선정 경쟁 시험 국어과 문제들 가운데 현대문학 작품을 대상으로 한 지문에 한정하여, 이러한 점이 얼마나 반영되었는지 그리고 그 한계와 개선 방향은 어디에 있는지 고찰해보려고 한다.

2. 국어과 제7차 교육 과정 개관

이제 우리는 제7차 교육 과정이 추구하고 있는 교육 철학과 방법론이 문학 제재 지문들을 통해 얼마나 충실하고도 풍부하게 반영되었는지, 객관성과 공정성 그리고 타당성에서 얼마나 충족되고 있는지를 살펴보고자 한다. 그렇다면 제7차 교육 과정은 어떠한 철학 아래 구안되고 실천되고 있는가를 생각해보자.

제7차 국어과 교육 과정은 지식의 변화, 사회 여건의 변화, 교육 이론의 발전, 현존하는 교육 프로그램의 적절성에 대한 계속적인 평가 등에 의하여 그리고 국어과 교육 과정의 내적인 문제를 개선할 필요에 따라 개정되었다. 국어 교육의 실천과 관련되는 내·외적인 요인을 고려하고, 수준별 학습을 통해 개별 학습자에게 의미있는 학습 경험을 제공하는 데 중점을 두어 구성하고자 한 제7차 교육 과정의 개정 배경은 다음과 같다.

먼저 그것은 학습자 중심의 교육과 창의적 한국인의 육성이라는 캐치프레이즈를 내걸고 있다. 제7차 교육 과정이 적용될 21세기는 지성과 감성이 조화를 이룬 창의적인 인간을 요청하고 있다. 곧 21세기는 단순히 세기의 변환이 아니라 밀레니엄(millennium)적 변환을 의미한다. 이에 대비하기 위한 교육이 건전한 인성 및 창의성을 함양해야 한다는 명제가 누누이 천명되어왔고, 교육개혁위원회가 이를 교육 과정 개혁의 기본 방향으로 설정하였다. 이를 근거로 교육인적자원부는 첫째 목표 차원에서 건전한 인성과 창의성을 함양하는 기초·기본 교육의 충실, 둘째 내용 차원에서 세계화·정보화에 적응할 수 있는 자기 주도적 능력의 신장, 셋째 운영 차원에서 학습자의 능력·적성·진로에 적합한 학습자 중심의 교육 실천, 넷째 제도 차원에서 지역 및 학교 교육 과정 편성·운영의 자율성 확대 등의 네 가지를 교육 과정 개정의 기본 방향으로 설정하였다. 이는 정보 사회, 지식 사회로 표현하는 21세기에 세계 속의 중심 국가로 우뚝 서기 위한 신교육 체제의 수립이라는 국가 사회적 요구를 반영한 것이다. 이것이 제6차 교육 과정이 적용되는 시점에서 제7차 교육 과정을 개정하게 된 국어과의 외적 요인이다.

제7차 국어과 교육 과정 개정의 기본 방향은 총론이 제시한 제7차 교육 과정 개정의 기본 방향인 "21세기 세계화·정보화 시대를 주도할 자율적이고 창의적인 한국인 육성"을 이념적 틀로 하고, 네 가지의 중점 개정 사항을 고려하여 국어과의 성격 규정, 목표 설정, 교육 내용의 선정과 조직, 방법과 평가에 관한 지침을 구안하는 중요한 지침으로 삼았다. 예를 들어 제7차 교육 과정에서 처음 시도한 '국민 공통 기본 교육 기간'의 설정과 '국민 공통 10개 교과'의 편성은 국어과의 교육 내용 선정과 정선, 수준별 교육 과정의 도입, 교과별 학습량의 최적화와 수준 조정 등 학습자에게 의미있는 학습 경험을 제공해줄 수 있는 교육 과정의 구성을 요청하고 있다. 이에 따라 제7차 교육 과정 총론이 지향하는 교육 과정 개정의 기본 방향과 중점 사항을 종합적으로 고려하고, 현행 국어과 교육 과정의 내적 문제를 개선하기 위하여 첫째 학습자의 창의적 국어 사용 능력 배양을 중시하는 교육 과정, 둘째 학습자의 의미있는 학습 경험을 중시하는 교육 과정, 셋째 교육 내용의 사회적·개인적·학문적 적합성을 추구하는 교육 과정, 넷째 국어 교육의 질 향상에 기여하는 교육 과정의 구성을 제7차 국어과 교육 과정 구성의 기본 방향으로 설정하였던 것이다.

결국 학습자의 창의적 국어 사용 능력 배양과 학습자의 의미있는 학습 경험의 창출 그리고 교육 내용의 적절성과 적합성 제고 마지막으로 국어 교육의 질 제고라는 교육 철학이 제7차 교육 과정 안에는 담겨 있는 것이다. 그러면 이러한 방향이 이번 문항들을 통해 어떻게 구체적으로 반영되고 관철되고 있는지 생각해보자.

3. 출제 문항 분석

이번 임용 고사 문제에서 현대문학 작품을 대상으로 하는 문항은 크게 시와 소설에 걸쳐 두 지문이 채택되었다. 개관하자면 시는 최남선(崔南善)의 「꽃 두고」와 서정주(徐廷柱)의 「꽃밭의 독백」을 지문으로 제시하였고, 소설은 염상섭(廉想涉)의 「삼대(三代)」와 김유정(金裕貞)의 「산골 나그네」를 제시하여 질문을 하였다. 먼저 시 부문부터 살펴보자.

시를 대상으로 한 문제는 크게 세 가지 유형이 제시되었는데, 첫 번째 질문은 각각의 작품의 핵심 제재인 '꽃'의 상징적 내포가 어떻게 다른지를 대비적으로 쓰는 것에 할애되었고, 두 번째는 육당의 시가 미당의 시에 비해 '현대성'을 구비하지 못한 까닭을 묻는 일종의 문학사적 감각을 평가하는 문항으로 설정되었다. 마지막 한 문제는 시의 수용 과정을 평가하는 항목으로서, 학생들의 시 읽기 지도 방향을 제시하는 문제였다. 두 작품의 전문이다.

> 나는 꽃을 즐겨 맞노라.
> 그러나 그의 아리따운 태도를 보고 눈이 어리어,
> 그의 향기로운 냄새를 맡고 코가 반하여,
> 정신없이 그를 즐겨 맞음 아니라
> 다만 칼날 같은 북풍(北風)을 더운 기운으로써
> 인정 없는 살기(殺氣)를 깊은 사랑으로써 대신하여 바꾸어
> 뼈가 저린 얼음 밑에 눌리고 피도 얼릴 눈구덩에 파묻혀 있던

억만 목숨을 건지고 집어내어 다시 살리는
봄바람을 표장(表章)함으로
나는 그를 즐겨 맞노라.

나는 꽃을 즐겨 보노라.
그러나 그의 평화 기운 머금은 웃는 얼굴 흘리어
그의 부귀 기상 나타낸 성(盛)한 모양 탐하여
주책(主着)없이 그를 즐겨 봄이 아니라
다만 겉모양의 고운 것 매양 실상이 적고
처음 서슬 장한 것 대개 뒤끝 없는 중 오직 혼자 특별히
약간 영화 구안(榮華苟安)치도 아니고, 허다 마장(許多魔障) 겪으면서도 굽히지 않고,
억만 목숨을 만들고 늘어 내어 길이 전할 바
씨 열매를 보유함으로
나는 그를 즐겨 보노라.

—최남선 「꽃 두고」

노래가 낫기는 그 중 나아도
구름까지 갔다간 되돌아오고,
네 발굽을 쳐 달려간 말은
바닷가에 가 멎어 버렸다.
활로 잡은 산(山)돼지, 매[鷹]로 잡은 산(山)새들에도
이제는 벌써 입맛을 잃었다.
꽃아. 아침마다 개벽(開闢)하는 꽃아. 네가 좋기는 제일 좋아도,
물낯바닥에 얼굴이나 비취는
헤엄도 모르는 아이와 같이
나는 네 닫힌 문(門)에 기대섰을 뿐이다.

문(門) 열어라 꽃아. 문(門) 열어라 꽃아.
벼락과 해일(海溢)만이 길일지라도
문(門) 열어라 꽃아. 문(門) 열어라 꽃아.

—서정주 「꽃밭의 독백—사소 단장」

최남선의 「꽃 두고」는 사실 「해에게서 소년에게」의 대표성 때문에 그동안 많이 알려지지 못한 작품이다. '꽃'은 최남선이 주로 활용해온 '소년(少年)' 이미지와 거의 등가의 것으로, 새로운 시대를 이끌어갈 신생의 이미지를 계몽하는 데 원용되고 있다고 할 수 있다. 따라서 '꽃'의 상징적 의미는 한 시대의 낙관적 의지를 계몽하려는 데 있는 것이고, 이는 문학적 가치보다는 문학사적 가치 때문에 현대문학사의 첫 장에 으레 소개되고 있는 최남선의 작품이 지문으로 채택된 것 자체가 이 작품의 문학사적 속성을 물으려는 전제 하에 이루어진 것이라고 할 수 있다. 아닌게 아니라, 앞의 두 문제는 모두 이 같은 문학사적 안목의 견지 여부를 묻고 있다.

그에 비해 서정주의 「꽃밭의 독백—사소 단장」에는 "신라 시조 박혁거세의 어머니. 처녀로 잉태하여 산으로 신선 수행을 간 일이 있는데, 이 글은 그 떠나기 전, 그의 집 꽃밭에서의 독백"이란 배경의 설명이 붙어 있다. 사소 공주는 『삼국유사』에서 선도산(仙桃山) 신모(神母)로 나타나고 있다. 이 시는 세상에서 얻을 수 있는 어떤 물질적인 쾌락에서도 채워지지 않는 권태감을 나타내는 것으로 시작한다. 노래를 부른다거나 말을 타고 달리고 사냥하는 일에 재미를 잃었고, 사냥하여 잡은 온갖 산해진미를 먹어도 맛을 잃었다는 것이다. 그 당시 보통의 여자들은 상상하기 힘든 상류 사회의 온갖 특권을 누리는 여성임을 여기서 알 수 있다. 그렇다면 그녀가 원하는 것은 무엇인가? 노래를 부른다면 그 노래가 구름을 넘은 높은 곳까지 도달하고, 말을 타고 바닷가에 간다면 바닷가를 넘어선 깊은 바다 속까지 이르는 것이다. 구름을 넘어선 더 높은 곳과 바닷가를 넘어선 더 깊은 곳을 추구하는 사소 공주에게는 온갖 사치스러운 놀이와 여흥이 재미없을 수밖에 없다. 그런데 물질적인 쾌락 이외에 도달하는 법을 모르는 자신을 제9~10행에서는 "물낯바닥에 얼굴이나 비치는/헤엄도 모르는 아이와 같이"로 말하여 그녀의 지상에서의 풍요로움은 아이의 단계로 비유된다. 제13행에서는 하늘의 '벼락'과 바다의 '해일'의 세례를 받더라도 지상이 아닌 저 너머의 세계에 도달하고 싶은 신비 체험에의 꿈을 노래하고 있다. 이 시에서는 꽃의 축소된 세계를 통해서 하늘과 바다 너머의 확대된 세계에 도달할 수 있는 신비 체험의 길을 암시하고 있다. 곧 천지의 이치와 우주의 비밀에 도달하는 길은 멀고 깊이 가야만 알 수 있는 것이 아니라 집 마당에 핀 한 송이의 꽃을 통해서도 신비로운 저 너머의 세계에 갈 수 있다는 가능성을 보여준다. 따라서 이 시에서의 '꽃'의 상징적 의미는 우주의 이치를 담고 있는 것이다.

결국 첫 번째 문항은 이러한 관념으로서의 계몽과 생명으로서의 우주적 원리라는 대극(對極)을 질문한 것이고, 두 번째 문항은 최남선의 신체시가 갖는 계몽성, 준(準)정형성, 한자어의 남발 등을 숙지하면서 그것이 현대시의 차원에 미달한다는 것을 묻고 있다. 마지막으로는 「꽃밭의 독백」에 대한 학생 각각의 시 수용 양상에 대한 진단과 그에 다른 적절한 지도 방향을 언급하라는 것인데, 두 학생의 다른 반응을 토대로 하여 교안을 마련하라는 것이다.

먼저 영수는 시를 이해하고 수용하는 데 배경이 먼저 이해되어야 한다는 입장이고, 순희는 비교적 작품 내적 논리에 의해 시를 수용하고 있다. 이는 시를 이해하는 상보적 태도로서 두 학생은 상대방이 가지는 장점을 스스로 보완하면 될 것이다. 이 역시 균형 감각을 존중하는 시각에서 마련된 것일 터이다.

따라서 시 교육의 대상은 시적인 것을 당대의 문화 지평에서 인지하고 해석하여 현재적 경험으로 수용하는 과정 전체라고 할 수 있을 것이다. 이때 시적 상상력이 필요하고(이는 함축적 언어와 시적 이미지는 중요하다), 말의 뜻의 변형 과정에 대한 이해력도 중요하며(이는 운율과 상징의 중요성을 수반한다), 상호텍스트성이나 문화에 대한 사전 능력이 절실히 필요하게 된다.

그 점에서 이번에 출제된 세 문항은 문학사적 가치를 묻는 데 할애된 것이 두 개, 작품 이해의 방법을 묻는 것이 하나로서 시 교육의 창의적 측면 곧 창의적 국어 사용이라는 목표 설정의 견지에서 보면 아쉬운 문항 배정이라고 할 것이다.

다음 소설로 넘어가 보자. 소설의 문항은 세 문제로 짜여졌는데, 첫 번째 문제는 「삼대」에 나타난 '근대의 일상적인 인간'에 대한 작가의 통찰을 묻고 있다. 그것을 작품의 스토리 라인을 제시하면서 서술하라는 내용이다. 「삼대」에 대한 숙지가 필요하며, 나아가 근대성에 대한 인지를 요구하는 문제이다. 두 번째 문제는 「산골 나그네」에서 '술집 며느리'를 바라보는 작가의 시선과 그 근거를 밝히라는 주문이다. 그것을 토대로 작가 의식을 서술하라는 내용이 첨부되어 있다. 이는 김유정의 작가 의식과 작품의 상징적 의미를 묻는 것으로서, 역시 문학 지식이 선결적으로 구비되었을 경우 단연 유리한 경우이다. 마지막 세 번째는, 프로문학과 민족문학 그리고 구인회(九人會)의 관계를 묻는 것으로서 단연 문학사적 지식을 묻는 경우이다.

염상섭의 「삼대」는 1931년 『조선일보』에 연재된 장편 소설이다. 그 스토리 라인은 다음과 같다. 「삼대」는 서울의 이름난 만석군 조씨(趙氏) 집안의 할아버지와 아버지, 그리고 아들에 이르는 삼대가 일제 치하에서 몰락해가는 과정을 그리면서 당시의 청년들의 고민을 사실적인 수법으로 묘사한 작품이다. 3·1운동 전후의 대지주의 생태, 그 당시 풍미했던 사회주의자들의 군상이 복잡하게 얽혀 이야기가 전개되는데, 할아버지가 죽자 쑥밭이 되는 덕기의 집안, 젊은 사회주의자들의 상호 불신과 반목, 그리고 그들 내부에서의 갈등이 인상 깊게 묘사되고 있다.

대지주인 조부 조의관은 양반 행세를 하기 위해 족보를 사들일 정도로 명분과 형식에 얽매인 구세대의 전형이고, 아버지 상훈은 신문물을 받아 들였으나 이중 생활에 빠지고 재산을 탕진하는 과도기적 인간형이다. 아들 덕기는 선량한 인간성의 소유자이나, 조부와 아버지의 부조리 속에서 재산을 지켜 나가는 일에 한정되어 적극성을 잃은 우유부단한 인간형으로 그려진다. 먼저 조의관은 고루한 봉건 의식의 소유자이다. 어렵사리 모은 거액의 재산으로 집안의 크고 작은 제사를 받들고, 가문의 명예를 키워나가는 것을 가장 큰 일로 삼는다. 칠순 노인이면서 부인과 사별 후 서른을 갓 넘긴 수원댁을 후취(後娶)로 들여 네 살배기 딸까지 두고 있다. 조의관이 가장 못마땅하게 여기는 사람은 바로 아들 조상훈이다. 맏아들이면서도 집안 일은 안중에 없고 오로지 교회 사업에 골몰해 집안의 돈을 바깥으로 빼돌리는 데만 혈안이 된 것으로 여기는 것이다. 더구나 조의관이 가장 소중하게 여기는 봉제사를 기독교 교리에 어긋나는 우상 숭배라고 반대하고 전혀 돌보지 않는다. 그는 아들보다도 손자인 덕기에서 더 큰 믿음을 가진다. 집안의 모든 일도 손자인 덕기와 의논해서 결정하고, 자신이 죽고 난 후 재산 관리도 덕기에게 일임하리라 생각하고 있다. 그만큼 조상훈은 위선자로 그려진다. 미국 유학까지 마친 인텔리에다 신실한 기독교 신자요, 교회 장로인 그는 교회를 통한 사회 운동과 교육 사업에 큰 뜻을 품고 집안의 재산으로 그런 사업에 직접 투자하기도 하고 민족 운동가의 가족을 돌보기도 한다. 그러나 정작 그의 실생활은 축첩(蓄妾)과 노름 그리고 술로 얼룩진 만신창이 난봉꾼의 그것이다. 그는 자신이 보살피던 운동가의 딸인 홍경애와 관계를 맺어 아이까지 낳고도 무책임하게 내동댕이치는가 하면, 나이 어린 여자들과 불륜의 관계에 빠진다. 덕기는 할아버지나 아버지와는 다른 신세대의 인물이다. 그러나 그는 친구 김병화처럼 마르크스주의자는 아니다. 병화가 하는 일에 심정적으로 동조를 하기는 해도 그 자신은 법과를 마쳐 판사나 변호사가 되려는 꿈을 품고 있다. 자신의 그런 꿈이 가끔 운동가인 병화의 조소를 받아도 크게 개의하지 않는다. 병화는 가출해서 이곳저곳 떠돌면서 기식하는 형편이지만 자신의 뜻은 절대 굽히지 않는 반면, 덕기는 할아버지나 아버지와 정면 충돌하는 경우는 없다. 오히려 상황에 따라서는 세대를 달리하는 그들 의 사고 방식과 행동을 이해하고 동정하기도 한다. 잠재되어 있던 조씨 가문의 불화와 암투가 정면에 드러난 것은 조부의 임종을 앞두고 생긴 재산 분배 과정에서였다. 조의관의 후취인 수원집과 그를 조의관에게 소개해준 최참봉 등은 재산을 가로챌 욕심으로 유서 변조를 계획하고 조의관을 독살(毒殺)한다. 의사들의 배설물 검사로 비소 중독이 판명되자 상훈은 더 명확한 사이인 규명을 위해 사체 부검을 해야 한다고 주장하지만 집안 어른들의 완강한 반대에 부딪쳐 좌절되고 범인 찾기도 흐지부지되고 만다. 그러나 덕기가 나타나 수원집 일당의 계획은 수포로 돌아가고 재산 관리권은 덕기의 수중에 들어오게 된다. 상훈은 법적 상속자인 자신을 건너뛰고 아들인 덕기에게 그 권리가 넘어가지 유서와 토지 문서가 든 금고를 훔쳐 달아나다 경찰에 붙잡힌다. 한편 상훈에게 농락당하고 아이까지 낳은 후 버림받았던 홍경애는 비록 표면적으로는 술집 여급으로 나가면서 생계를 꾸려가지만 해외의 독립 운동가인 이우삼과 연계를 가지면서 그를 뒤에서 돕는 역할을 한다. 경애는 과거에 묶이지 않고 자신의 운명을 개척하기 위해 애쓴다. 그는 병화와 자주 만나는 사이에 그에게 애정을 느끼게 된다. 그들은 조그마한 잡화상으로 경영하며 경찰의 눈을 속이지만 그것이 다른 운동가들의 오해를 사게 되어 테러를 당하기도 한다. 한편 이우삼이 국내를 다녀간 뒤 서울에서는 대대적인 검거 선풍이 불어닥친다. 경찰의 눈을 피해 있던 병화와 경애도 검거된다. 그리고 덕기도 병화에게 자금을 대주었다는 혐의로 연행되어 조사를 받는다. 가짜 형사를 등장시켜 금고와 문서를 훔쳐냈던 상훈도 결국 훈방 조치로 풀려난다. 덕기는 할아버지의 죽음으로 인한 공백을 느끼면서 이제 자신의 어깨 위에 내려얹힌 조씨 가문의 유업을 어떻게 이끌어나갈 것인가 망연해한다. 이와 같은 스토리 라인을 가진 이 소설은 1930년대 식민지 그대 사회의 일상성을 심도있게 그린 장편 세태소설인 셈이다.

따라서 이와 같은 것을 배경으로 하여 첫 번째 지문을 분석해 보면, 근대적 개인의 일상성의 문제는 '돈'의 매개를 거쳐 형성되고 있음을 알 수 있다. 말하자면 근대 사회가 화폐를 통해 매개되고 교환되는 철저한 교환 가치가 지배하는 사회임을 알고 있는가에 대한 것이다. 이는 물론 작품 외재적인 사실과 함께 「삼대」를 움직이는 내적 원리에 대한 숙지가 따라야 한다는 점에서, 비교적 복합성이 있는 문제라 할 수 있다. 더구나 「삼대」의 중심 사건 축이 한결같이 '돈'을 매개로 한 갈등이라는 점에서 이 같은 문제는 더욱 정곡을 찌른다 할 것이다.

반면 「산골 나그네」는 김유정 작품의 가장 뛰어난 특질인 해학성이 별로 없기 때문에 흥미가 덜하고 극적 전개에도 다소 무리가 있어 완벽한 단편이라고 보기 어려운 점이 있는 작품이다. 작품의 내용은 조용한 산골에서 주막을 차리고 살고 있는 덕돌 모자의 집에 홀연히 산골 나그네가 찾아온다. 열 아홉 나이의 과부라는 그녀는 선채금 30원이 없어 혼사가 빼개진 노총각 덕돌과 그 홀어미에게는 너무나 아깝고 놓치기 아까운 존재였다. 술청도 거들고 방아도 찧으면서 며칠을 보낸 후, '술집 며느리'는 드디어 덕돌과 혼인하고 덕돌 모자는 다시없는 행복에 젖는다. 혼인 후 더욱 기운이 솟아 열심히 일하는 덕돌은 어느 날 밤 품안이 허술해서 더듬어 보니 아내는 간 데가 없고 혼인 때 장만해서 모셔 놓고 아끼는 인조견 새 옷도 간 곳이 없다. 모자는 황황히 그녀를 찾아나선다. 그러나 병중의 남편에게 덕돌의 인조견 옷을 입혀서 손목을 잡고 재촉해 길을 떠난 산골 나그네를 따라잡지 못한다. 줄거리가 몇 가지 수긍하기 어려운 점이 있는 등 완벽하지 못한 채 끝나는, 비록 미숙한 초기 작품이지만 토착적인 우리말의 적절한 구사, 풍부한 어휘, 그리고 분위기 전달 능력 등 농촌 소설의 전형을 묘사하는 여러 가지

김유정만의 미덕이 엿보이는 작품이다.

여기서 문제가 되는 것은 '술집 며느리'를 작가가 바라보는 시선에 관한 것이다. 작가는 '술집 며느리'에 대하여 연민과 공감을 갖고 바라보고 있다. 이는 김동인이 「감자」에서 복녀에 대하여 갖는 가치 중립적 냉혹성과 대비되는 것이다. 문제 또한 김동인과 비교하는 것이 쟁점이었던 만큼, 김유정이 소위 '따라지' 인생들에 대한 연민과 공감의 작가였다는 사실이 이로써 부각된다.

마지막으로 세 가지 꼭지점 곧 프로문학과 민족문학과 순수문학(모더니즘)의 관련성은 그 당대의 문단적 지형에 관련된 것이다. 이는 반드시 염상섭과 김유정에 한정된 문제가 아니며, 현대문학사의 흐름에 대한 사전 인지가 관건이 된다고 할 수 있다.

잘 알다시피, 소설 교육의 목표는 소설을 통해 형성되는 여러 '가치(價値)' 문제와 관련된다. 이는 소설 교육의 결과 도달하는 인간의 능력으로 표상될 수도 있고, 소설 교육의 결과를 구현하고 있는 인간 형상으로 기술될 수도 있다. 소설 교육을 소설과 더불어 즐기고 깨달음을 얻으며 삶의 목표를 되짚어 보도록 하는 것이라면, 이러한 규정을 바탕으로 소설 교육의 목표를 규정할 때, 삶의 바람직한 방향이 무엇인가 하는 데에 대한 전제가 검토되어야 한다. 이러한 입장에서 설정할 수 있는 소설 교육의 목표는 소설 속의 이야기를 통한 삶의 간접 체험, 상상력의 개발, 삶의 통합적 이해, 미적 정서의 함양, 민족 언어의 이해와 습득 등을 들 수 있다.

소설 교육은 소설의 내용을 삶 속에서 잘 적용하고 실천하도록 하는 데서 완성된다. 삶 속에서 실천하는 제반 활동을 '문화'라고 한다면, 삶 속에서 실천되는 소설로 이루어지는 문화를 '문학적 문화'라 할 수 있다. '문학적 문화'는 물리학이나 수학 등 엄격한 이론을 바탕으로 하는, 자연 과학으로 대표되는 과학적 문화와 대타적(對他的)으로 성립되는 개념이다. 소설을 중심으로 이루어지는 '문학적 문화'의 주체로서, 그 문화를 생성하고 누리며 방향을 모색하는 일련의 활동이 문학적 문화의 향수(享受)라 할 수 있다.

원래 모든 문학적 행위는 상상력을 바탕으로 하는 상징 행위이다. 그 가운데 특히 소설의 경우는 실제적 기능을 수행하기보다는 상징적 기능을 수행한다. 이러한 소설을 창조하고 수용하는 가운데 상상력을 길러 정신적 삶의 넓이와 깊이를 확보하는 것이 소설 교육의 목표로 설정되어야 한다. 물을 것도 없이, 인간은 육체와 정신을 아울러 갖춘 존재이다. 소설은 이 둘을 동시에 포괄적으로 이해하고자 한다. 삶을 통합적으로 이해한다는 것은 인간의 양면성을 존재 조건으로 수용한다는 의미이다. 논리와 정서, 개인과 사회, 세속과 성스러움 등을 통합적으로 파악하는 가운데 삶의 정체성이 확보될 수 있다. 의미 전달의 수단인 언어로 이루어지는 소설은 매재(媒材)의 성격상 엄격한 의미의 예술로 규정되기 어려운 점이 있다. 그러나 언어를 매재로 하더라도 과학 영역이나 수학, 물리학 등 순수 학문 영역과는 달리 미적 감수성을 문제삼는 것이 소설을 비롯한 모든 문학의 특성이다.

소설 교육에서 미적 정서 함양을 목표로 할 경우, 미(美)를 단순히 아름다움이라고 규정할 것이 아니라, 우아・숭고・비장・골계 등의 미적 범주에 포함되는 영역을 정서 차원에서 수용하도록 해야 한다. 또한 민족 언어의 이해와 습득을 문학 교육의 목표로 설정하는 것은 국어 교육이 그러한 것처럼 아직은 우리 문학이 민족문학이라는 개념 안에서 수행되기 때문이다. 이 때 소설의 언어는 의사 소통의 도구 차원에 머무는 것이 아니라 이념 차원에 관계되는 것이다. 따라서 소설 교육의 목표는 소설 교육의 단계에 따라 구체화된다. 소설 교육 전체의 목표가 있고, 단원별이나 수업의 단계별로 세분화된 목표가 설정될 수 있을 것이다. 세분화된 목표는 전체 목표에 조화되면서 구조화되고, 그러한 목표가 교수-학습의 과정에서 학습 주체의 가치로 내면화된다.

이처럼 소설 교육의 목표는 소설의 본성과 인간 존재에 대한 가정이 결합되어 설정되어야 한다. 그것은 소설 교육을 받는 주체가 어떤 인간이 되기를 기대하는가 하는 문제를 떠나서는 의미를 지니지 못한다. 소설의 본성이 언어적 형상성을 바탕으로 자유를 추구하면서 삶의 질을 향상하기 위한 것이라면, 소설 교육의 목표는 이러한 항목들을 중심적인 위치에 놓아야 할 것이다. 이러한 점에서 이번에 출제된 소설 문항들은 문학사적 감각을 묻는 것에 경도되었다는 점이 아쉽다고 할 것이다.

결국 문학을 하나의 '역사적 산물'로 인지하는 일과 '현재적 경험'의 매개체로 활용하는 일 사이의 균형 감각이 요청된다 할 때, 문학 지문의 문제는 이 같은 두 가지 요청 사이의 균형이 절실하다고 할 수 있다.

4. 맺음말

제7차 국어과 교육 과정은 국어과의 성격을 "한국인의 삶이 배어 있는 국어를 창의적으로 사용하는 능력과 태도를 길러, 정보 사회에서 정확하고 효과적으로 국어 생활을 영위하고, 미래 지향적인 민족 의식과 건전한 국민 정서를 함양하며, 국어 발전과 국어 문화 창달에 이바지하려는 뜻을 세우게 하기 위한 교과"로 규정하였다. 즉, 국어과는 구어가 사용되는 맥락과 목적과 대상을 종합적으로 고려하면서 열린 마음으로 국어 사용 양상과 내용을 정확하고도 비판적으로 이해할 수 있는 능력과 사상과 정서를 효과적이고도 창의적으로 표현하는 능력과 태도를 기르는 데 중점을 두어야 하는 교과임을 분명히 하였다.

그리고 이러한 능력과 태도를 함양하는 데에는 지식의 역할이 중요함을 강조하였다. 국어 사용 능력의 향상을 위해서 학습자가 반드시 알아야 할 지식의 교육은 교사가 단순히 전달하는 교육 활동이 아니라 국어 사용 현상에 대한 탐구 활동을 강조함으로써 학습자가 지식 생산 경험을 가지게 하고, 학습한 지식이 실제의 국어 사용 상황에서 활용되어야 한다는 점도 강조하였다.

결국 국어과의 성격에 제시된 교육의 목적을 실현하기 위해 제7차 국어과 교육 과정에서는 교육 내용의 범주를 듣기, 말하기, 읽기, 쓰기, 국어 지식, 문학의 여섯 영역으로 구분하였다. 전통적으로 국어 교육에서는 학습자의 국어 사용 능력 신장을 강조하여 왔다. 이 능력은 기존 지식의 단순 수용이나 표출 능력이 아니라, 언어 기능을 통합적으로 운용하여 사고(의미)와 언어를 연결지어야 하는 지적 기능(地積機能)으로서의 고등 정신 능력이다. 이 능력은 단순히 문자를 읽고 쓸 수 있는 기초 기능이 아닌 의미를 언어화(표현)하고 언어에서 의미를 추출하여 재구성(이해)하는 데 필요한 지식, 기능, 태도의 학습이 균형있게 이루어질 때에 효과적으로 신장되는 능력이다. 이것이 제7차 교육 과정에서 국어과의 성격을 규정한 기본 관점이다. 이는 국어 활동의 지적 기반으로서의 지식 학습이 강조되어야 함을 의미한다. 특히, 제7차 교육 과정이 지향하고 있는 창의적인 국어 사용 능력은 언어 활동의 반복에 의한 숙달보다 언어 활동과 문학에 대한 기초적인 지식의 체계적인 학습이 선행될 때 효과적으로 향상시키는 데에, 문학에 대한 지식은 문학 작품을 수용하고 인간의 삶을 총체적으로 이해하는 능력과 심미적 정서를 함양하는 데에 지적 기반이 된다. 이러한 지적 기반이 곧 국어 사용 양상과 내용을 정확하고 비판적으로 이해하는 능력과 사상과 정서를 효과적이고도 창의적으로 표현하는 능력과 태도를 길러, 국어 교육의 이념과 지향인 국어 문화의 이해와 창조에 기여한다는 관점에서 성격을 규정하였다. 결국 이와 같은 교육 철학 및 방법론에 의거할 때, 이번 임용 고사 현대문학 지문 관련 출제 문항은 문학사적 감각에 많이 할애된 측면이 농후하며, 앞으로 창의적 측면이 많이 고려되어야 할 것으로 보인다.

독서와 논술 교육

최근 초등·중등학교 교실에서도 논술의 비중이 커지면서, 우리나라 공·사교육에서는 논술 능력을 개발하고 신장시키는 프로그램이 매우 활성화되고 있다. '논술'은 자신의 생각을 논리적으로 그리고 설득력있게 표현하는 비교적 짧은 분량의 글이다. 그래서 논술을 잘 쓰기 위해서는 어려서부터 읽은 책이나 지식 그리고 겪은 경험 등이 반드시 필요하게 된다. 그 가운데서도 유소년기에 겪은 독서 경험은 매우 중요한 자산이 된다.

물론 많은 독서량과 배경 지식이 사고와 표현의 논리성으로 반드시 이어진다고는 할 수 없다. 하지만 좋은 글을 많이 읽고 그것을 자신의 경험 속에 축적해간 사람과 그렇지 않은 사람의 차이는 생각보다 꽤 큰 것이 사실이다. 그렇기 때문에 우리는 독서와 논술 사이에 긴밀한 상관관계가 있다고 말할 수 있다. 그래서 논술로 이어질 수 있는 독서 경험을 위해서는 유소년기부터 좋은 독서 습관을 가져야 하는데, 이는 좋은 독서 습관이 학생들의 논리적 사고와 표현에 중대한 영향을 끼치기 때문이다. 그렇다면 논술을 위한 좋은 독서 경험을 쌓기 위한 방법과 그것을 논술로 연결시키는 방법에 대해 알아보기로 하자.

먼저 좋은 독서 경험을 위해서 굳이 고전 위주의 독서를 교육할 필요가 없다는 점을 말해두자. 사실 고전(古典)이란, 인류의 지혜가 오래도록 이어지면서 그것이 시간적 구속을 받지 않는 보편적 지혜로 발전한 저작들을 뜻한다. 따라서 그 안에는 몇 번을 정독해도 해독하기 어려운 깊이가 담겨 있다. 그만큼 고전 작품을 내용 그대로 이해시키는 독서 교육이 논술에 필요한 것은 결코 아니다. 서울대학교에서 고등학생들에게 권장도서 100권의 목록을 제시한 것도, 궁극적인 교양으로 제시한 것이지, 이러한 책들을 교육해야만 논술 능력을 키울 수 있다는 뜻은 아니다.

따라서 우리는 좋은 글을 가려 읽히되, 일단 신문 칼럼이나 사설 혹은 시론(時論)을 많이 읽히는 것이 논술과 관련된 독서 교육의 한 형식이라고 말할 수 있다. 신문 칼럼이나 시론은 일정한 분량 내에 논리적인 글이 갖추어야 할 요건들을 모두 갖고 있는 형식이기 때문에, 어떤 주제에 대하여 짧은 분량으로 논리화하는 골격을 경험케 할 수 있다. 또 자주 출제 대상이 되고 있는 시사(時事) 문제도 많이 접할 수 있는 계기가 되기 때문에, 학생 자신의 주장을 뒷받침할 수 있는 논거나 사례를 떠올릴 때 이러한 독서 경험이 매우 유용할 수 있다. 학생들이 가장 곤혹스러워 하는 것 가운데 하나가 사례를 드는 것인데, 그것은 '예컨대' 같은 접속어를 사용한다 하더라도 자신의 주장을 이끌어내는 데 합당한 논거를 제시하고 관련성있는 예화를 제시하기가 매우 어렵기 때문이다. 그러므로 평소 우리 사회의 다양한 쟁점들을 다루고 있는 글들을 읽어두면 인용하거나 논거 제시를 할 때 유익하다는 것을 기억해야 한다.

물론 독서 교육의 궁극적 지향은 이미 검증된 양서(良書)들을 차근차근 읽힘으로써, 전인격적 완성일 추구하는 데 있다. 하지만 시간 제약이 불을 보듯 뻔한 학생들에게 원론적으로 양서들만 권장할 수는 없는 노릇이다. 그래서 가능한 한 많은 주제에 대해 배경 지식을 쌓기 위해서는, 다양한 주제에 대하여 충실한 정보를 주고 있는 짧은 자료들을 많이 읽게 하는 것이 필요한 것이다. 이러한 점에서 논술 능력을 향상시키기 위해서 세계 명작부터 읽어나가는 방법은 효율적이지도 않을 뿐더러, 아직 성장기에 있는 학생들에게 억압적 독서 교육의 방식이 될 공산이 크다. 오히려 짧고 발랄한 좋은 글들을 잘 선택하여 그 안에 담긴 핵심 논지를 토론하고 자기 언어로 정리하는 능력을 키우는 독서 교육이 논술과 깊은 관련성을 가지고 있다 할 것이다.

그렇다면 이러한 독서 경험과 논술 능력을 연결시키는 방법에 대해 생각해보자. 말할 것도 없이, 좋은 글을 많이 읽은 학생은 논술 문제 자체의 독해에서도 탁월성을 보이게 마련이다. 논술의 핵심이 주어진 제시문에 대한 정확한 독해에서 출발하기 때문이다. 이때 제시문은 논의의 출발점이 되며 논의의 성격과 범위를 한정시켜주는 역할을 하게 된다. 따라서 제시문을 두세 번 정독해야 하고, 그 제시문이 어떤 주장과 논리를 담고 있는지를 파악해야만 좋은 논술의 입구에 들어선 것이다.

하지만 제시문에 대한 독해를 제대로 했다 하더라도 논술에 제시된 질문을 고려해야 하는 절차가 남아 있다. 여기서 제시문은 질문을 위해 채택된 자료일 뿐이지, 궁극적 출제 의도는 그 질문에 담겨 있기 때문이다. 따라서 좋은 논술 실력을 쌓으려면 질문과 제시문을 논리적으로 잘 연결 지은 다음, 자기 논리를 펴나가는 훈련을 해야 한다. 이는 그동안 열심히 읽은 칼럼이나 사설의 형식에서 유추해보면 좋은 결실을 얻을 수 있을 것이다.

논술 답안 작성의 핵심은 질문에서 요구한 내용상, 형식상의 요건을 잘 충족시키는 데 있다. 먼저 주어진 문제를 접하게 되면 자신이 써야 할 글의 골격을 되도록 신속하게 구성하여 줄거리를 잡아야 한다. 자신이 중점을 두어 이야기할 주제문을 먼저 결정한 다음, 그 주제문을 보충할 수 있는 보조 자료나 그에 해당되는 합당한 예시를 떠올려 '문제 제기(전제)→논증(예시)→결론'의 순서로 조직해야 한다. 이러한 형식이 바로 논리적 글쓰기를 본령으로 하는 칼럼 형식과 맞아떨어진다. 이때 그동안 읽어두었던 글감들을 주제별로 혹은 논리 전개 방식별로 훈련해두는 것은 빛을 발하게 될 것이다. 또한 주어진 문제가 잘 분석이 안

될 경우 그 대립점이 될 만한 의견을 상기해보고, 그 후 그 대립물에 다시 역으로 반대해보는 식으로 접근하면 오히려 문제가 쉽게 풀릴 경우가 많다.

그와 동시에, 잘 씌어진 칼럼은 메시지가 흩어져 있지 않고 초점이 분명하다는 점을 기억해야 한다. 그래서 학생들도 논술 답안을 만들 때, 글 안에서 가장 강조되는 이미지 하나를 선명하게 만들 필요가 있다. 채점자의 뇌리에 분명한 인상을 심어주는 명징한 논리가 후한 점수를 얻는다. 그리고 문장은 되도록 단문 위주의 짧은 글로 쓴다. 이 또한 칼럼의 속성을 닮은 것이다. 왜냐하면 글이 길어질 경우 주술 호응이 안 맞는 경우가 많고 또 정확한 문장이 안 되는 때가 많기 때문이다. 그리고 같은 논지의 문장을 반복하는 일은 절대 없어야 한다. 퇴고(推敲)할 시간적 여유는 거의 없다고 생각하고 처음부터 명쾌한 문장으로 작성해나가야 한다.

결국 논술의 출제 목표와 방향은 배경 지식을 고스란히 물어보는 데 있지 않다. 그 대신에 제시된 글을 정확하게 읽어내는 독해력과 그것을 자신의 논리적 언어로 표현할 수 있는 표현력을 동시에 묻는다. 그래서 독서 교육은 책을 읽히는 원론적 차원에서 머물 것이 아니라, 궁극적 자기 표현으로 이어질 수 있는 효율적 글감들을 중심으로 이루어져야 한다. 논술에서 고전이 지문으로 채택되었다고 할지라도, 그것은 고전 자체에 대한 해박한 지식을 묻는 것이 아니라 그것을 읽고 출제된 뜻을 헤아릴 수 있는 독해력을 더 요구한다는 것을 잊지 말자. 이러한 독서 경험을 훈련시키는 독서 교육이 논술 능력 신장의 첩경이 되는 것이다.

현대시조의 교육적 위상

우리가 '시조(時調)'를 정형 율격에 안정된 시상을 담는 전통적 시 양식으로 인식하는 관행은 매우 익숙한 것이다. 그래서인지 시조에는 정격(正格)의 정서와 형식이 담기는 것이 가장 어울려 보이고, 그로부터의 파격(破格)을 꾀하는 해체 지향의 언어는 다소 불편해 보이는 것이 사실이다. 따라서 시조 미학은 사물과의 불화보다는 화해, 새로운 것의 발견보다는 익숙한 것의 재확인, 갈등의 지속보다는 통합과 치유 쪽으로 무게중심을 할애해왔다고 해도 단견은 아닐 것이다. 그래서 많은 이들은 다양성과 복합성으로 상징되는 현대성의 징후들을 담기에는 시조라는 정형 양식으로는 한계가 있지 않느냐면서 시조의 현재적 가치나 가능성에 대해 회의하고 있다. 심지어는 현재시조의 소통 현상 자체를 시대착오적인 복고주의나 국수주의 정도로 간단히 폄하해버리는 무지의 시선도 존재하니까 말이다.

따라서 우리는 정형 양식이 가지는 가능성과 한계에 대하여 생각하면서 "왜 꼭 시조여야만 하는가?"라는 본질적 질문을 던지게 된다. 요컨대 고시조와는 달리 현대 사회의 주류 미학으로 기능하기 어려울 것이 분명한 현대시조를 어떻게 우리가 이해하고 활용해야 하는가에 대한 근원적 성찰이 필요하게 되는 것이다.

물론 현대시조도 그것이 시조의 육체를 입는 한, 정형 율격의 기율은 섬세하게 지켜져야 한다. 시조를 쓰면서 시조 고유의 율격을 해체하는 것은 일종의 자기 모순에 가깝기 때문이다. 그래서 현대 시조의 새로운 미학적 활로는, 이 같은 전통적 형식과 현대적 감각을 결합하여 새로운 시대적 요청에 다가서는 데 달려 있다고 할 수 있다.

하지만 우리 시 교육에서 이 같은 현대시조의 위상과 기능을 발견하고 제고하기에는, 시조가 갖고 있는 기반이 매우 취약하다. 청소년들에게 다양한 현대시조의 양상과 미학을 보여주기에는 현재 국정 교과서에서 현대시조가 차지하는 비중이 현저하게 낮기 때문이다. 현재 중학교 교과서에는 김상옥의 「봉선화」, 유재영의 「둑방길」, 고등학교 교과서에는 이은상의 「가고파」와 정인보의 「자모사」가 실려 있는데, 이 정도의 물리적 실증을 가지고 현대시조의 양식적 가능성과 한계를 경험케 하는 것은 불가능하기 때문이다.

우리의 언어, 습속, 정신, 위의(威儀)를 그 안에 자연스레 내장하고 있는 시조는, 그 어원에서도 알 수 있듯이, 한 시대의 풍속과 이념 그리고 보편적 정서를 끊임없이 드러내고 표상해온 우리 문학의 정수(精髓)이다. 따라서 우리는 시조에 대한 끊임없는 미학적 성찰과 갱신을 통해, 오랜 시간 축적해온 우리의 경험적 미의식이나 심미적 감각들을, 감각과 가치의 지표가 잘 변하는 시대에도 유력한 항체(抗體)로 키워갈 수 있을 것이다.

내가 경험한 서구인들의 상당수는, 한국의 시 양식 가운데 특히 시조에 대해 관심이 많고, 일본의 하이쿠에 비견되는 견고한 생명력과 자기 갱신력을 가진 장르로 시조를 이해하고 있다. 최근 시조가 음주사종(音主詞從)의 가창적 특성이 사상되고 문자 예술로서의 지위만을 굳히게 되면서 근대 자유시에 주류의 자리를 내주게 되었지만, 이제 그 문학사적 공백을 반성하여 현대시조에 대한 형식적·내용적 탐색을 지속해가야 할 때이다. 한국문학의 자연스런 세계화를 위해서도 그러하다.

아동문학과 교육적 가치

1. 동시의 특성과 교육적 가치

우리가 잘 알 듯이, '동시(童詩)'는 어린이다운 마음과 눈으로 어른과 어린이 모두가 공감할 수 있게 쓴 시를 말합니다. 물론 이때 시를 쓴 사람이 꼭 어린이일 필요는 없습니다. 오히려 대부분의 동시는 어린이의 마음과 눈을 가진 어른이 쓴 것입니다. 하지만 동시는 적어도 어린이들이 이해할 수 있는 말과 소박하고 단순한 생각이나 느낌을 담고 있어야 합니다. 그래서 동시는 어린이의 시선과 마음으로 사물과 삶을 바라보아, 그것을 운율이 있는 소박하고 단순한 언어로 형상화한 시라고 정의할 수 있겠습니다.

종래 '동요'라는 이름으로 불리던 창작동요 가운데 노래로서의 성격이 우세한 작품은 동요로, 가사의 성격이 우세한 작품은 동시로 남게 됩니다. 또한 동시를 소재 중심으로 분류할 때는 서정·서경·서사의 세 가지 종류로 나눌 수 있고, 형식 중심으로 분류할 때는 자유로운 동시와 정형 동시로 나눌 수 있습니다. 우리가 읽는 많은 동시들이 바로 자유로운 운율을 활용한 동시입니다. 정형 동시는 다른 말로 '동시조(童時調)'라고 부르기도 합니다. 말하자면 '동시조'는 어린이의 시선으로 씌어진 시조를 뜻합니다. 또한 '동화시(童話詩)'는 대체로 서사 동시의 영역에 내포되는데, 이는 동화의 내용을 운율을 갖추어서 쓴 갈래를 뜻합니다. 이 모두가 어린이의 눈과 마음으로 씌어진 동시의 종류들입니다.

하지만 동시가 꼭 어린이만을 위해 씌어진 문학이라고 할 수만은 없습니다. 동시의 독자는 '어린이'는 물론이고, 어린 시절을 지나 '어린이였던' 기억을 가지고 있는 모든 사람이라고 할 수 있기 때문입니다. 여기서 중요한 것이 '어린이였던' 사람 곧 어린 시절에 대한 기억을 가진 사람들입니다. 그들은 나이로 보면 청소년 혹은 어른이겠지요. 그들의 경험 속에 혹은 기억 속에 깃들여 있는 어린 시절의 모습은 때로는 아름답고 때로는 애틋한 것들입니다. 지금은 그러한 기억들을 잊어버리고 살아가지만, 아직도 그들에게는 어린이의 눈으로 세상을 보고 그 안에서 희망을 가지려고 하는 생각이 많이 있습니다. 그 기억을 동시가 일깨워주고 다시 경험하게 하고 심지어는 어린이의 눈을 회복하게 해줍니다. 그래서 동시는 어린이의 문학이요, 어린이였던 사람들의 문학이기도 한 셈입니다.

그렇기 때문에 '동시'는 성인들이 읽는 일반적인 '시'와 다릅니다. 그 우선적인 조건이 바로 '어린이답다'는 데 있습니다. 동시가 일차적으로 어린이의 공감을 얻을 수 있는 것이어야 한다는 것은 무엇보다도 그 내용이나 형식에서 '어린이답다'는 요건을 충족시켜야 함을 의미합니다. 그렇다면 동시에 나타나는 '어린이답다'는 말의 뜻은 무엇일까요? 그것을 우리는 크게 세 가지로 정리할 수 있을 것입니다.

첫째, '어린이답다'는 말은 곧 천진한 시선을 의미합니다. 사물과 삶을 복합적으로 보면서 거기서 여러 가지 모순된 의미를 발견하는 것보다는, 단순하고 소박하지만 사물과 삶의 참 이치가 되는 것을 명료하게 노래하는 것이 바로 어린이의 시선입니다. 그렇기 때문에 동시의 주제는 복잡하지 않고 단순하며, 모호하지 않고 명료합니다. 그것이 바로 어린이다운 시선이기 때문입니다. 가령 피천득의 「아기의 그림」에서는 "집과 자동차를 작게 그리고/하늘을 넓고 넓고 푸르게 그립니다.//아빠의 눈이 시원하라고/하늘을 넓고 넓고 푸르게 그립니다"라는 구절이 나오는데, 이때 집과 자동차는 작게 그리고 하늘은 넓고 푸르게 그릴 수 있는 시선이 바로 천진한 시선입니다.

둘째, '어린이답다'는 말은 세상에서 가장 긍정적인 시선을 뜻합니다. 우리가 살아가는 동안 마주치게 되는 사람들이나 사물들에는 부정적이고 위험하고 때로는 폭력적인 것들도 많이 있습니다. 하지만 어린이의 시선은 그것들이 갖는 부정적인 속성들을 긍정적이고 화해로운 마음으로 바꾸어놓습니다. 동시의 주제들이 갈등보다는 화해, 분열보다는 친화에 가까운 것도 이러한 까닭에서입니다. 예를 들자면 윤극영의 「설날」 "까치까치 설날은 어저께구요./우리우리 설날은 오늘이래요./곱고 고운 댕기도 내가 드리고/새로 사 온 구두도 내가 신어요." 같은 구절이 바로 어린이의 시선이 갖는 긍정적인 마음입니다. 일제 시대의 고단한 삶 속에서도 명절을 맞아 희망에 찬 긍정을 보여주고 있기 때문입니다.

마지막으로 '어린이답다'는 말은 세상에서 가장 근원적인 생각을 뜻합니다. 표면적이고 현란한 외모보다는 깊은 마음 속에서 피어나는 꿈이랄까 희망이랄까 하는 가장 근원적인 것에 대한 관심을 어린이들의 눈은 갖게 되기 때문입니다. 예컨대 정지용의 「산 너머 저쪽」에서는 "산 너머 저쪽에는/누가 사나?//철나무 치는 소리만/서로 맞어 쩌 르 렁!"라는 구절이 나오는데, 동시에서는 이처럼 '산 너머' 같은 미지의 공간에 대한 근원적인 꿈과 관심이 많이 발견됩니다.

우리는 이러한 속성들을 가지고 있는 동시를 읽음으로써 천진한 어린이의 시선으로, 또는 세상에서 가장 긍정적인 눈으로, 그리고 근원적인 눈으로 사람과 사물을 바라보는 마음을 경험하게 됩니다. 따라서 우리는 잘 씌어진 동시 작품들을 통해, 우리가 지금은 잃어버리고 사는 것들을 회복하게 되는 것입니다.

우리가 즐겨 읽는 동시 작품들은 크게 네 가지 주제로 구분할 수 있겠습니다. 먼저 '자연이 들려주는 목소리'에는 자연의 수많은 사물들이 서로 부르기도 하고 어울려 노래하는 풍경이 펼쳐집니다. 자연 속에 담겨 있는 여러 모습들 곧 '꽃'이나 '나무' 같은 식물들, '사슴'이나 '개구리' 혹은 '종달새'나 '굴뚝새' 같은 동물들, '잠자리'나 '귀뚜라미' 같은 곤충들, 그리고 '해', '달', '바람', '호수', '샘물', '비' 같은 여러 자연 현상들이 그 안에는 아름답고도 생생하게 살아 있습니다. 여기에서 우리는 정지용, 윤동주 같은 식민지 시대의 시인들은 물론 권태응, 유경환 같은 분들의 동시를 재미나게 읽을 수 있을 것입니다. 그 가운데 권태응은 「감자꽃」이라는 작품에서 "자주 꽃 핀 건 자주 감자,/파 보나 마나 자주 감자.//하얀 꽃 핀 건 하얀 감자,/파 보나 마나 하얀 감자"라고 노래함으로써, 자연의 분명한 순리와 그것을 긍정적 시선으로 바라보는 어린이들의 마음을 같이 표현하고 있습니다. 아주 명료하고 단순한 언어 속에서 자연의 아름다움을 노래하고 있습니다. 그 다음으로 '가족이 이루는 사랑의 울타리'에서는 우리가 가지고 있는 가족에 대한 따듯하고도 애틋한 기억들을 노래한 작품들을 만날 수 있습니다. 여기서는 박목월, 강소천, 윤석중 같은 시인들이 아름답게 가족의 이야기를 노래하고 있는 풍경을 접할 수 있습니다. 그 가운데 윤석중의 「먼길」은 "아기가 잠드는 걸/보고 가려고/아빠는 머리맡에/앉아 계시고./아빠가 가시는 걸/보고 자려고/아기는 말똥말똥/잠을 안 자고."라고 노래하고 있습니다. 아빠와 아기의 시선의 교차 속에서 우리는 그 누구도 흉내낼 수 없는 가족 간의 사랑을 경험할 수 있습니다. 다음의 '계절의 흐름을 따라'에서는 계절의 변화를 읽어내는 천진한 어린이의 눈을 만날 수 있습니다. 가령 서정주의 「푸르른 날」은 "눈이 부시게 푸르른 날은/그리운 사람을 그리워하자"면서 "저기 저기 저, 가을 꽃 자리/초록이 지쳐 단풍 드는" 풍경을 아름답게 노래하고 있습니다. 물론 서정주의 작품은 전형적인 동시라고 볼 수 없을지 모르지만, 긍정적이고 근원적인 관심을 가지고 있는 천진한 시선이라는 점에서 확장된 동시 개념으로 보아도 무방할 것입니다. 여기서는 장만영, 박화목, 이육사 같은 시인들이 여러분들에게 아름다운 목소리를 들려줄 것입니다. 마지막으로 '마음의 고향을 그리며'에서는 어린 시절에 대한 회상을 하고 있는 어른들의 마음과 고향을 그리는 어른들의 마음을 담고 있습니다. 여기서 우리는 윤극영, 이원수, 한정동 같은 시인들의 작품을 경험하게 됩니다. 가령 한정동의 「갈잎 피리」는 "어머니 가신 나라/멀고 먼 나라/거기까지 들린다면/좋을 텐데요."라면서 돌아가신 어머니에 대한 지극한 그리움을 노래하고 있습니다.

이처럼 우리는 동시 작품들을 통해 우리 삶에서 가장 긍정적이고 근원적이며 보편적인 소재와 주제 그리고 정서와 가치관을 배우고 경험하게 되는 것입니다. 그렇다면 마지막으로 동시 속에 나타난 이야기를 접하면서 우리가 얻게 되는 교육적 가치에 대해 생각해봅시다.

첫째 우리는 잘 씌어진 동시를 읽음으로써 우리가 지향해야 할 아름답고 참된 인간성이 무엇인지를 알게 됩니다. 둘째, 동시를 읽음으로써 우리는 어린이의 순수하고도 발랄한 상상력을 통해 전혀 새로운 세계를 경험하게 됩니다. 셋째, 동시를 읽음으로써 우리는 힘들고 어려운 삶을 사랑으로 극복해가는 정신의 아름다움을 배우게 됩니다. 이를 통해 진정한 인간의 가치를 알아가는 것입니다. 넷째 동시를 읽음으로써 우리는 가족 간의 사랑과 믿음에 대해 배우게 됩니다. 부모님의 숭고한 사랑으로부터 형제간의 따듯한 사랑에 이르기까지 경험을 하게 될 것입니다. 다섯째, 시의 독자로 나아가는 단계를 배움으로써 보다 더 온전한 시각을 갖게 하는 역할을 합니다. 그렇기 때문에 소년기, 청소년기를 지나는 동안 충실한 동시 독자가 됨으로써 우리는 예비적인 문학독자의 길은 물론이요, 문화적 교양을 쌓아가는 가장 중요한 길을 선택하게 되는 것입니다.

2. 동화의 특성과 교육적 가치

또한 '동화(童話)'는, 원래 어린이를 위하여 지어진 '이야기 문학'의 한 갈래를 뜻합니다. 자연스럽게 그 안에는 어린이들만이 가질 수 있는 순수하고도 천진한 시선이 담겨 있습니다. 또한 동화 안에는 비록 힘겨운 삶이지만 그것을 꿋꿋하게 이겨나가는 사람들의 밝고 순수한 모습이 많이 등장합니다. 그것 역시 어린이의 눈이기 때문에 가능한 긍정적 태도라 할 수 있겠습니다. 물론 가끔 동물들이 주인공으로 나올 때도 있지만, 이 또한 사람들을 비유한 것이므로, 동화는 결국 사람들이 살아가는 여러 이야기를 어린이의 천진한 시선으로 해석하고 기록한 문학이라고 정의할 수 있겠습니다.

동화는 흔히 '성인문학'이라고 일컬어지는 '소설(小說)'과 매우 밀도 높은 상관 관계를 갖습니다. 이들은 우선 '이야기'를 기록하는 문학이라는 공통점을 띠고 있습니다. 이때 '이야기'란 인물이 사건을 구성해 가는 과정을 의미합니다. 동화에도 소설에도 주인공이나 부수적인 인물들이 벌이는 갖가지 사건들이 구성되어 나타납니다. 그 점에서 이 두 가지 문학을 '서사(敍事)문학'이라고 일컫기도 합니다. 그 안에는 사람들이 겪는 여러 사건이 담겨 있고, 작가는 그 사건을 통해 우리의 삶 속에서 가장 중요한 것이 무엇인가를 들려줍니다.

하지만 동화와 소설에는 차이점도 적지 않습니다. 먼저 동화가 비교적 천진하고 긍정적인 어린이의 시선에 의해 사물과 삶을 해석하고 있다면, 소설은 냉정하고 객관적인 어른의 시선으로 사물과 삶을 바라보고 해석함으로써 인간의 부정적 속성까지 포함하는 다양한 주제가 나타납니다. 이 점에서 동화는 긍정적이고 따듯한 인간 이해를 담은 문학이라고 할 것입니다. 또한 동화가 사물과 삶을 바라보는 인간의 발달 단계를 중시하여 창작된 데 비해, 소설은 완성되어 있는 최종적인 시선을 전제하고 씌어진다는 점에서 차이점을 갖습니다. 말하자면 동화는 아직 성장 과정 중에 있는 어린이 혹은 청소년을 주요 대상으로 하기 때문에 사물과 삶을 발견해가는 이야기를 주로 담는 데 비해서, 소설은 성숙한 사람의 자기 이야기나 타인들의 이야기를 적어놓을 때가 많습니다. 마지막으로 동화가 비교적 쉽고 명료한 문체와 짧은 길이로 이루어진 데 비해서, 소설은 개성적 문체와 구성 그리고 비교적 긴 길이로 이루어진다는 차이점이 있습니다. 그래서 우리는 소설의 독자로 나아가기 전에 이처럼 동화의 독자라는 경험을 치르게 되며, 이러한 경험이 독서의 발달 단계로 볼 때 매우 자연스럽고 바람직한 과정이라 할 것입니다.

동화의 종류로는 오랜 옛날부터 전해져 내려오는 '전래동화'와 전문적인 작가에 의해 새로 씌어진 '창작동화'가 있습니다. 우리 옛 조상들의 숨결이 담겨 있는 '전래동화'는 오랜 시간 동안 전해져 내려오면서 그 내용이 일정하게 변형되고 첨가되기는 했지만, 여전히 현재의 우리가 살아가는 데 필요한 지혜와 성장의 밑거름을 제공해줍니다. 또한 '창작동화'는 한 사람의 작가가 자신의 경험과 상상력을 통해 새로이 구성한 작품을 뜻합니다.

또한 동화는 이야기가 현실 속에서 일어날 수 있는 것들을 담았느냐를 기준으로 하여 '사실동화'와 '환상동화'로 나누어지기도 합니다. 이야기가 현실 속에서 일어날 법한 것을 다룬 '사실동화'는 앞에서 말씀드린 '소설'과 매우 유사한 구성을 갖게 되고, 작가의 상상 속에서 허구적으로 일어날 일들을 담은 '환상동화'는 동화만이 보여줄 수 있는 개성적인 양식이라고 할 것입니다. 또한 동화는 탐정·모험·명랑·과학·역사·순정·서정·가정 등의 여러 주제 양상으로도 분류되기도 하며, 길이와 수법에 따라 장편·단편·장편(掌篇)으로 나누어지기도 합니다.

그렇다면 동화가 가져야 할 조건에는 어떤 것이 있을까요? 그것을 내용과 형식면으로 나누어봅시다. 먼저 내용 면에서 본다면 첫째 동화는 꿈과 낭만을 주제로 하는 이상(理想)이 담겨 있어야 합니다. 아직 성숙하지 못한 어린이에게 꿈과 동경의 세계를 보여주는 것은 현실과 있는 그대로의 세계를 보여주는 것보다 더 중요한 것이기 때문입니다. 둘째 동화는 냉혹하고 비관적인 이야기보다는 사랑의 힘과 아름다움을 보여주는 윤리적, 교육적 가치를 담아야 합니다. 그것은 어린이 심신의 발달 단계를 고려한 것이기도 하지만, 동화를 통한 교육적 가치야말로 매우 중요한 독서의 동기이기 때문입니다. 형식면에서 동화는 무엇보다도 단순하고 명쾌해야 합니다. 그것은 어린이의 사고와 상상이 아직 성숙하지 못한 단계이므로 그들의 생활에 맞는 표현이나 언어가 단순하고 명쾌할 수밖에 없기 때문입니다.

그렇다면 훌륭한 동화는 어떤 요소를 갖고 있어야 할까요? 먼저 동화는 무엇보다 문학 작품으로 성공하여야 하고 훌륭한 예술성에 의해 뒷받침되어야 합니다. 이것을 독자의 측면에서 말한다면 동화는 무엇보다 재미가 있어야 하고 삶의 감동을 불러일으키는 것이어야 한다는 말이 되겠습니다. 따라서 동화의 특성은 어린이의 생활 체험 내용을 담고 있거나, 정신 발달의 단계에 따라서 쉽고 재미있으며 게다가 교육적 가치를 함께 가진 것이어야 합니다. 그 점에서 난해한 동화, 비교육적인 동화는 성립하기 어렵습니다.

동화는 소재·주제·인물 등에서 어린이의 독자적인 가치관이 반영되었을 때 성립합니다. 이 같은 동화에 의하여 어린이는 자신의 내면 세계를 비춰주는 거울을 가지게 되며, 현실 사회와 인간의 진실을 발견하게 됩니다. 또한 성인 독자는 동화를 통하여 어린이의 내면 세계를 알게 되고, 자신이 잃어버리고 사는 중요한 가치에 대해 생각하게 됩니다. 여기서 우리가 강조해야 할 것은, 동화의 기능이 예술성을 상실하지 않는 테두리 속에서 교육적 가치, 곧 어린이의 단계적 발달에 공헌해야 된다는 것입니다. 훌륭한 동화는 언제나 이 같은 예술성과 교육성의 조화에서 그 온전한 기능을 발휘할 수 있는 것입니다.

그렇다면 우리는 동화를 어떻게 읽어야 할까요? 어떤 마음가짐과 태도로 읽어야 동화를 제대로 읽는 것이 될까요? 먼저 주제별로 나누어진 구성에 따라 동화가 삶의 여러 국면들을 형상화하고 있음을 배우는 것이 중요합니다. 동화는 어린이의 시선으로 포착할 수 있는 환상적인 요소나 사람에 관한 이야기, 그리고 가족들에 관한 이야기와 힘겨운 현실을 극복해가는 아름다운 이야기를 담고 있습니다. 어린이의 순수하고도 발랄한 상상력을 통해 전혀 새로운 세계를 발견해가는 환상적인 이야기로부터, 힘들고 어려운 삶을 사랑의 힘으로 극복해가는 이야기까지 우리가 동화를 통해 경험할 수 있는 세계는 참으로 많이 있습니다. 또한 우리가 동화를 읽을 때, 유의해야 할 것은 그것이 특정한 시대의 산물이라는 점입니다. 일제 시대를 살아갔던 사람들이 가졌던 생각과 경험 그리고 해방 후의 대한민국에서 살아갔던 사람들이 가졌던 생각과 경험은 다를 수 있습니다. 그렇기 때문에 독자들은 어떤 작품이 어떠한 시대를 배경으로 하고 있는지를 섬세하게 알아보고 작품을 읽는 것이 좋습니다. 그렇다면 작품 한 편 한 편에 관한 이야기를 해보겠습니다.

먼저 '환상과 즐거움'을 다룬 작품들에서는, 어린이의 순수한 상상력을 통해 새로운 세계를 경험하는 환상적 이야기를 보여줍니다. 소설가로 이미 유명한 채만식의 「왕치와 소새와 개미와」에서 나오는 '소새'나 '개미'와 달리 빈둥거리고 게으른 '왕치'가 벌이는 해프닝은 매우 해학적입니다. 왕치를 골려주기 위해 번갈아 잔치를 벌이기로 계획한 소새와 개미, 이 둘의 잔치는 성공적으로 차려졌지만, 혼자 먹을 것을 구해본 일이 없는 왕치는 그저 난감할 뿐입니다. 결국 잉어에게 잡아먹히고도 오히려 자기가 잉어를 잡았다고 뻔뻔하게 능청을 떨다 머리가 훌러덩 벗겨진 왕치의 이야기가 재미를 더합니다. 이주홍의 「가자미와 복장이」 역시 '가자미'와 '복어'를 의인화하여 인간의 덧없는 탐욕을 풍자하고 있는 작품입니다. 서로에 대한 불신 때문에 상대가 손해를 끼치려

올까봐 볼일도 보러 나가지 못하는 풍경이 매우 재미있게 그려져 있습니다. 이처럼 웃음 속에 날카로운 비판 정신이 숨어 있는 것이 바로 '풍자'입니다. 김성도의 「대포와 꽃씨」는 적국에서 날아온 대포알에 꽃의 뿌리와 씨가 들어 있다는 흥미로운 발상을 통해 평화를 위해 경쟁하는 즐거운 상상을 하고 있습니다. 우리도 이 작품을 통해 전쟁이 없는 세상을 꿈꾸면 어떨까요?

'우정과 사랑'을 다룬 작품들에서는, 힘들고 어려운 시간을 우정과 사랑의 힘으로 이겨내는 아름다운 이야기들이 펼쳐집니다. 먼저 박화목의 「군밤장수 이야기」는 어린 군밤장수 복남이와 우연히 만난 학수의 우정을 통해 춥고 어려운 시절을 견뎌내는 어린이들의 따듯한 이야기를 보여줍니다. 또한 강소천의 「딱따구리」는 어린이들의 진한 우정과 아버지에 대한 그리움을 잘 표현하고 있습니다. 김복진의 「운동화」는 운동화를 사이에 둔 은용이와 철수의 우정을 다루고 있습니다. 소풍은 아이들에게 즐거움도 주지만 상처가 되기도 합니다. 기대를 주지만 실망을 주기도 하지요. 하지만 은용이 같은 친구로 인해 철수의 소풍은 즐거워집니다. 우리도 이러한 작품들을 통해 가난이나 아픔을 우정과 사랑을 극복하는 삶을 배우면 어떨까요?

'어머니의 마음'을 다룬 작품들에서는, 어려운 시대를 살아가면서 발견하게 되는 어머니의 숭고한 사랑에 관한 이야기들이 펼쳐집니다. 김영수의 「어머니는 다 아신다」는 어린이들의 마음과 생각을 다 아시는 어머니의 사랑을 그리고 있습니다. 현덕의 「고무신」은 가난 때문에 고무신을 사주지 못하는 어머니의 아픈 마음과, 그럼에도 불구하고 아이를 기쁘게 해주려는 어머니의 애틋한 마음이 같이 나타나 있습니다. 이 두 작품은 한결같이 어머니의 아름다운 마음을 그리고 있습니다. 그런가 하면 김요섭의 「샛별과 어머니」는 제2차세계대전 때 일본군으로 끌려간 우리나라 병사와 러시아 병사가 두만강가에서 싸우다 죽는 이야기입니다. 두 병사의 고향에는 각각 아들이 돌아오기만을 바라는 어머니의 마음이 있습니다. 서로 적이지만 아들의 무사귀환을 바라는 어머니의 마음은 다 같은 것이 아닐까요? 그런데 이러한 마음을 전쟁이 꺾어놓은 것입니다.

'아름다운 상상'을 다룬 작품들에서는, 힘들고 어려운 삶의 길목에서 아름다운 상상과 그리움을 통해 참된 인간의 모습을 찾아가는 이야기들이 나타납니다. 강소천의 「꿈을 찍는 사진관」은 한국전쟁 때 남쪽으로 내려온 주인공이 어릴 때 북쪽에서 같이 놀던 순이를 그리워하는 이야기입니다. 그 그리움이 꿈을 찍는 사진관으로 나타나는 것입니다. 주인공은 스무 살인데 사진 속의 순이는 여전히 열두 살인 게 재미있지요? 그게 바로 '추억'의 힘입니다. 소설가로 유명한 주요섭의 「벼알 삼형제」는 농부의 모가 잘 자라는 데 벼알 삼형제의 지극한 사랑과 도움이 있었다는 이야기를 통해 아름다운 상상력의 힘을 보여줍니다. 이원수의 「춤추는 소녀」는 숲 속에서 춤을 추는 소녀와 그 소녀를 따라 결국 같이 춤을 추는 선생님의 상상적 리듬을 보여줍니다. 그 안에는 수많은 꽃들의 합창 소리도 들리고, 달빛과 장미꽃으로 옷을 지어 입은 소녀의 모습이 담겨 있습니다. 이 모두가 우리의 문학적 상상력이 만들어낸 아름다운 장면들입니다.

'꿈꾸는 가족'을 다룬 작품들에서는, 어려운 시대를 가족에 대한 사랑과 꿈으로 이겨내는 주인공들의 따뜻한 이야기들을 담았습니다. 박노갑의 「소년 물장수」는 물장수를 하는 어린이 영이를 통해 가족의 아픔과 꿈을 보여주고 있고, 최영주의 「석류나무」는 할머니의 말씀을 통해 할아버지에 대한 애틋하고도 선명한 기억을 떠올리고 있습니다. 그런가 하면 아동운동으로 유명한 방정환의 「만년 샤쓰」에는 주인공의 효성을 통해 일제 시대 우리 어린이들이 밝고 씩씩하게 자라기를 바라는 작가의 뜻이 반영되어 있다 할 것입니다.

'아프고도 따듯한 삶'을 다룬 작품들에서는, 고단하고 아픈 시대를 살아가는 우리 주위의 사람들에 대한 이야기를 보여줍니다. 현덕의 「나비를 잡는 아버지」는 가난한 어린이가 집안이 어려워서 겪는 고통이 아버지의 나비를 잡는 풍경을 통해 진하게 드러나 있는 동화입니다. 하지만 우리는 그 안에서 인간이 진정 추구해야 할 가치가 무엇인지 깨닫게 됩니다. 누가 누구를 용서해야 하는지를 우리는 거꾸로 생각할 수 있으니까요. 안회남의 「싸움닭」도 신분이 다른 두 어린이 사이에서 벌어지는 아픈 상처를 다루고 있고, 송영의 「쫓겨가신 선생님」 역시 일제시대에 올바른 교육을 하시려다가 학교에서 쫓겨난 한 선생님을 통해 우리가 진정으로 생각해야 할 것이 무엇인가를 넌지시 말해주고 있습니다.

이러한 동화 작품을 통해 우리는 삶과 가치에 대해 눈뜨는 경이로운 경험을 하게 되는 것입니다. 이제 마지막으로 동화 속에 나타난 이야기를 접하면서 우리가 교육적으로 얻을 수 있는 효과에 대해 생각해봅시다. 첫째 우리는 동화를 읽음으로써 우리가 지향해야 할 아름답고 참된 인간성이 무엇인지를 알게 됩니다. 둘째 우리는 동화를 읽음으로써 어린이의 순수하고도 발랄한 상상력을 통해 전혀 새로운 세계를 경험하게 됩니다. 셋째 우리는 동화를 읽음으로써 힘들고 어려운 삶을 사랑으로 극복해가는 정신의 아름다움을 배우게 됩니다. 이를 통해 진정한 인간의 가치를 알아가는 것입니다. 넷째 우리는 동화를 읽음으로써 가족간의 사랑과 믿음에 대해 배우게 됩니다. 부모님의 숭고한 사랑으로부터 형제간의 따듯한 사랑에 이르기까지 경험을 하게 됩니다. 다섯째 우리는 소설의 독자로 나아가는 단계를 배움으로써 보다 더 온전한 시각을 갖게 됩니다. 이러한 동화 작품을 통해 우리의 아름다운 생의 중요한 길목을 튼튼하고도 아름답게 꾸며갑시다. 결국 동화는 사랑의 문학입니다.

문학 교육에서 통일에 관한 효율적인 교수 학습 방안

1. 머리말

본 연구는 해방과 분단 이후 북한의 문학과는 완전히 별개의 현상으로 진행되어온 남한의 현대 문학 작품 가운데 분단 극복, 통일 지향의 세계를 담고 있는 작품들을 대상으로 하여, 중등학교 이상에서 활용 가능한 교수 학습 방안을 구안하는 데 목적을 둔다. 따라서 본 연구는 한국 현대 문학 전체에 대한 교육 방안이 아니라, '분단/통일'이라는 첨예한 시대적 과제를 핵심적 내용으로 삼고 있는 작품들에 대한 미학적·실천적 수용 방안을 문제삼는다는 점에서 일정한 특수성과 한시성을 띤다.

해방 이후 물리적·이념적으로 우리 민족 전체를 강력하게 규율하고 지배했던 이른바 '분단 체제'는 이제 자신의 마지막 숨을 가쁘게 몰아쉬고 있다. 그 동안 갈등과 상쟁으로 우리 민족을 얼룩지게 했던 분단의 현대사가 이제 화해와 상생으로 전환되는 커다란 이행기에 접어들었기 때문이다. 물론 현대사 곳곳마다 우리가 치러낸 중대한 이행기적 경험이 없는 바는 아니지만, 최근 우리가 겪고 있는 상황은 이전 시기의 경험들과는 차원이 다른 매우 근원적이고 획기적인 것임에 틀림없다.

물론 그 동안 '분단 체제'를 해체하고 새로운 통일 시대를 앞당기기 위한 노력은 지속적으로 이루어져왔다. 해방 직후의 단정수립 반대 운동이라든가, 1950년대 내내 분출되었던 반전(反戰) 평화통일에의 열망, 4·19 이후 나타난 민족 동질성 회복에 대한 요구, 1970년대 이후 점증된 통일 운동의 가속화, 1990년대에서 현재에 이르는 이념적 해빙의 분위기 등은 저마다 굵은 줄기를 형성하면서 '분단 체제'를 그 내부에서부터 허무는 데 일조한 흐름들이다. 이러한 흔적들이 쌓이고 쌓여, 2000년 6월의 남북정상회담과 이산가족 교환 방문단 교류, 문화 예술 교류 등의 이른바 '탈(脫)분단'의 분위기를 그 정점(頂點)에 올려놓게 된 것이다.

따라서 남북 정상이 평양에서 만난 이후, 우리 사회에는 그 동안 깊은 침묵 속에 잠겨 있던 이념적 해빙(解氷)의 목소리들이 여기저기서 제 힘을 되찾으며 생성되고 있다. 게다가 그 해 광복절을 기해서 이루어진 50년 만의 이산 가족 상봉이라든가, 그 후 이어진 남북한 직항로 개설, 남북 장관급 회담, 그리고 최근 이어지고 있는 경의선 복원 기획, 남북 통일 축구 경기 개최 등 일련의 움직임들은 냉전 논리에 의해 철저하게 결빙되어 있던 한반도에 새로운 화해와 협력의 기운이 불어닥치고 있음을 알려주고 있는 비근한 사례들이다. 이에 따라 급진적이고 관념적인 통일 논의가 한결 수그러들고 그 대신 합리적이고 대안적인 단계적 프로젝트들이 분주하게 마련되고 있는 것 또한 사실이다. 그런가 하면 그 반대편에서 더욱 강렬한 기세로 냉전 논리를 묵수(墨守)하려는 힘들도 만만치 않게 자기 영역 지키기에 나서고 있느니만큼, 지금 우리는 '분단과 통일'이라는 화두를 놓고 매우 활발한 이행기적 징후를 경험하고 있는 셈이다.

생각해 보면, 50년이 넘는 물리적 시간의 깊이와 그 시간을 두루 관통해왔던 상호간의 뚜렷한 적의(敵意), 그리고 일상 생활과 잠재 의식까지 온통 점령해버린 레드 콤플렉스 같은 무의식적 기제들을 단시간에 말끔히 극복하고 새로운 통일 시대에 대비한 의식과 제도, 관행들을 구축한다는 것은 거의 불가능에 가까운 일이다. 사람의 의식이 일정한 시간의 흐름을 통해 형성된다는 사실에 비추어 보더라도, 그리고 그것이 많은 의혹과 시행착오의 과정을 겪고 나서 구축된다는 점을 감안하더라도, 그러한 과정은 실로 적지 않은 시간의 경과 후에 얻어지게 될 것이다. 따라서 우리는 그 특유의 '냄비 기질'을 반성하면서 결코 서두르지 말고 천천히 그리고 합리적으로, 우리가 망각해왔던 민족사적 유산을 복원하고 정리하고 재평가하여 통일 시대에 대비한 의식과 제도, 관행을 마련해가야 할 것이다.

우리의 탐구 영역인 '문학' 분야에서도 이러한 통일 지향의 흐름에 대처하려는 움직임은 최근 매우 활발하게 나타나고 있다. 우리의 시야에 들어오지 않았던 북한 문학에 대한 객관적 소개로부터, 식민지 시대나 해방 직후에 펼쳐졌던 진보적 문학 운동에 대한 재조명, 그리고 냉전 논리에 희생된 월북 혹은 재북 작가들에 대한 복원과 재평가가 활발하게 이루어지고 있기 때문이다. 최근 출간된 『조운시조집』이나 『백석전집』, 『김남천전집』, 『오장환전집』, 그리고 출간을 목전에 둔 『임화문학예술전집』, 『박팔양시전집』, 문예진흥원에서 준비하고 있는 『통일문학전집』 등은 이러한 흐름을 보여주고 있는 좋은 사례들이다.

또한 각 대학에서 북한 사회에 관련한 강좌가 점증하고 있고, 각 사회 단체에서 열고 있는 시민 강좌에서도 북한에 대한 가치 중립적 탐구나 구체적인 통일 방안에 대한 논의가 분단 이후 그 어느 때보다도 활발히 펼쳐지고 있다고 할 수 있다.

그러나 그 가운데서도 가장 특기할 만한 것은, '분단 체제'의 남쪽에서 생산되었던 분단 극복, 통일 지향의 문학 작품들이 그동안 반(反)체제적이라는 이유로 배척 당해왔는데, 최근 제도 교육 과정에서도 이들 작품이 활력있게 핵심적 영역을 구성하고 있다는 점이다. 무엇보다 확연한 것은 중고등학교 국어 교육에서 채택하고 있는 문학 작품의 내용이 지난 시대보다 상당 부분 '분단 극복'의 지향과 맞물려 있다는 점이다. 이는 지난 시대의 문학 교과 과정이 반공 일색으로 편제되어 있던 것과는 첨예하게 달라진 현상이 아닐 수 없다.

따라서 우리는 우리 사회에서 가장 보수적인 분야 가운데 하나인 공교육 분야에서조차 이러한 시대적인 변화를 민감하게 반영하고 있음을 알 수 있다. 그런 만큼 이 같은 현상에 대한 교육적 관점과 방법의 수립이 절실하게 요청되고 있음 또한 분명한 사실이 아닐 수 없다.

물론 문학 교육 과정에서 문학 작품을 특정한 정치적 지형 변화의 도구로 격하시키는 점은 최대한 유의되어야 한다. 그리고 교사의 교과서적 개입 역시 최소화하여 교육 수용자들로 하여금 분단 극복의 정신에 동참케끔 유도하는 방법이 병행되어야 한다.

2. 문학을 통한 통일 교육

분단 이후 남한에서 펼쳐진 현대 문학은 거대한 분단의 벽과 씨름해온 흔적들로 충일하다. 아마도 분단 극복과 통일 지향의 세계를 담은 문학 작품을 모두 거론한다면, 그 목록만으로도 이 지면은 차고 넘칠 것이다. 그러나 이제 우리는, 남북한을 비교적 객관적인 시각에서 관찰한 최인훈(崔仁勳)의 「광장(廣場)」이 발간 40년을 넘긴 시점에서, 분단의 비극성을 증언하고 나아가 '분단 체제'의 벽을 허무는 작업을 지속해온 작가나 작품들에 대한 비평적 조감과 해석, 평가를 차곡차곡 진행해야 한다. 정치적·이념적 차원에서 남북간의 상생과 평화 공존이 공론화되고 있는 만큼, 예술을 통하여 '분단 체제'를 극복하려는 노력을 경주해왔던 작가와 작품들에 대해 정당한 역사적 가치 평가를 해야 할 시점에 와 있는 것이다. 말하자면 우리가 근대 문학사에서 식민 세력과 싸웠던 '저항 문학'을 소중한 민족사의 일부로 기억하고 있듯이, 이제 우리는 현대 문학사에서 '분단 극복'의 정신을 피력한 작품들을 목록화해서 그들을 기념비적으로 간직해야 할 것이다.

그런 점에서 최근 일부 보수 언론에서 정권 차원의 일정한 실정(失政)을 국가 차원의 위기로 확대 해석함으로써, 탈(脫)분단의 움직임을 둔화시키고 '분단 체제'에서 자신들이 누렸던 기득권을 영속화하려는 모습을 보이는 것은 심히 우려할 만한 사안이다. 또한 모처럼 조성된 민족 화해의 흐름을 대통령 개인 차원의 기획으로 축소, 폄하하려는 일부 언론의 논조도 그러한 인식의 연장선상에 있는 것이어서 매우 위험한 발상이라 아니할 수 없다. 이제 남북간의 화해와 상생 지향은 그들 보수 진영에서 함부로 용훼할 수 없는 어떤 역사적 필연성을 갖고 있기 때문이다.

그러나 아직도 '분단 체제'는 휴전선에만 있는 것이 아니라 우리 모두의 마음 깊은 곳, 곧 무의식에 깊이 또아리를 틀고 있다. 따라서 우리의 무의식까지 철저하게 검열하였던 냉전 이념과 피해 의식을 떨치고 탈분단의 도정을 묵묵히 지속하는 것이 우리 시대에 지워진 역사적 몫이라고 할 수 있다. 그러나 '분단'에서 '통일'로 곧장 내지르는 급진적 도약보다는, '분단'에서 '평화 공존-교류'를 통한 점진적 통일이라는 신중하고 장기적인 프로젝트가 요구됨은 췌언을 요하지 않는다. 그 장기적 프로젝트 중의 하나가 '분단 체제'를 극복하려 했던 작가나 문학 작품들에 대한 정당한 가치 평가와 교육인 것이다.

그동안 사회과학이나 역사학 분야에서는 분단의 과정이나 북한 체제에 대한 객관적 재구(再構) 그리고 남북을 비교하기 위한 일차적 자료 구축에 많은 성과를 축적해왔다. 그 성과는 우리가 지금 겪고 있는 '분단 체제'라는 것이 민족 외적인 요인에 의해 형성, 관철된 것이고, 이를 우리 민족 내부의 역량으로 극복해야 한다는 것으로 집약된다. 이러한 성과를 바탕으로 하여, 문학적 형상 속에 나타난 분단 극복, 통일 지향의 속성들을 귀납하여, 개념적이고 추상적인 통일 교육보다는 문학 작품 속에 살아 움직이는 인물들의 구체적인 상처와 열망을 통해 통일의 당위성에 '공감'하게끔 하는 교육이 진행되어야 한다. 이것이 바로 문학을 통한 통일 교육의 기본적 시각이다.

따라서 우리는 효율적이고도 실현 가능한 교수법의 적용을 통해 문학 교육이 통일 교육의 효과적인 학습 방안 중 가장 구체적이고 실물적인 사례가 될 수 있음을 말하려 한다. 학교 통일 교육을 위한 명확한 방향과 목표, 내용에 관한 연구가 활발하게 개진되고 있는 이 시점에서, 문학을 통한 통일 교육의 방법과 시각이 구안되어야 것이 무엇보다도 요청되는 것도 바로 이 때문이다. 이를 위해 학교 현장에서 무엇보다 중요한 것은 통일 교육을 효율적으로 수행할 수 있는 교수법과 이를 뒷받침하는 학습 자료의 개발이라고 할 수 있다.

그런데 문학 교육에서 학습 자료의 개발이란 일종의 정전(正典) 확정 작업과 깊이 연관된다. 따라서 우리 학교 현장에서 다룰 수 있는 우수 작품을 선정하는 일과, 그것들을 대상으로 그 안에 담긴 분단 극복, 통일 지향의 간단없는 흐름과 커다란 열망을 학생들로 하여금 심리적·인지적으로 체험할 수 있게끔 하는 것이 궁극적인 교수법의 내용이 된다.

이에 본 연구는 기존의 반공 교육 관행을 넘어서 적극적으로 분단을 극복하고 통일을 대비하는 시민을 양성하는 교육의 일환으로, 다음과 같은 기율을 전제로 하고 있다.

첫째, 남북한 상호 불신과 소모적인 대결 의식을 불식하고 평화 공존의 필요성을 확연히 인식시킨다. 둘째, 화해와 협력에 의한 남북한 신뢰 회복과 상호 이익 추구를 통하여 통일 과정 및 통일 이후의 사회 통합에 대비한다. 셋째, 통일 환경의 변화와 북한의 정치·경제·사회·문화 및 주민의 생활상을 사실에 기초하여 객관적으로 이해시킨다. 넷째, 자유민주주의와 민족공동체 의식을 바탕으로 체제와 이념의 차이로 인한 이질화를 극복하고 민족의 동질성을 확대하여 적극적인 통일 의지를 확고히 한다.

이와 같은 전제를 바탕으로 본 연구는 문학 작품을 대상으로 하여 이러한 과제의 정당성과 절박성을 도출해 냄으로써, 통일 교육의 가장 구체적이고 역사적인 자료와 사례들을 마련할 수 있다고 본다. 그리고 앞으로 펼쳐질 학교 현장에서의 문학 교육에서 통일 교육의 마인드가 중요하게 부각되는 부수적 효과도 거둘 수 있으리라 본다.

특히 올해부터 채택, 시행된 제7차 교육과정 고등학교 국어 교과서에 실린 소설들을 일별할 때 이와 같은 분단 극복, 통일 지향으로의 성격 변화는 매우 뚜렷하다. 예컨대 박완서(朴婉緖)의 단편 「그 여자네 집」이나 윤흥길(尹興吉)의 중편 「장마」의 한 부분, 그리고 최인훈의 장편 「광장」의 부분이 실려 있어, 이들 작품들을 통해 청소년들이 지난 시대의 폭력성과 민족사적 비극성 그리고 평화 통일의 당위성 등에 대해 학습할 수 있게 된 것이다. 따라서 이들 작품들을 '분단 문학'이라는 관점으로 접근하여, 그 안에 담겨 있는 분단 극복·통일 지향의 속성을 찾아 학생들에게 가르친다면, 문학을 통한 통일 지향의 분위기 수립에 일조할 것으로 보인다. 그 점에서 공교육에서 통일 지향의 성격을 지닌 교육적 자료는 어느 정도 갖추어졌다고 긍정적으로 평가할 수 있다.

아울러 그 연장선에서 우리는 문학 작품들을 통해서 대학생들이나 일반인들에게도 남북간이 축적해온 역사적 상흔들이 결국 남북 모두에게 상처와 멍에가 될 뿐이라는 것과 통일이 가치있는 시대적 과제라는 것을 동시에 인식시킬 수 있을 것이다. 예컨대 남정현(南廷賢)의 「분지(糞地)」나 이호철(李浩哲)의 「판문점」, 황석영(黃晳暎)의 「한씨연대기」, 『손님』, 김원일(金源一)의 「미망(未忘)」, 『겨울 골짜기』, 조정래(趙廷來)의 『태백산맥』 등의 작품을 그와 같은 시각에서 조명하여 민족 통일을 지향하는 서사적 전통이 매우 뿌리깊은 것임을 교육할 수 있으리라 생각된다. 마찬가지로 분단 극복과 통일 지향의 강렬한 정서를 담은 시 작품들도 병행하여 가르침으로써, 문학을 통한 통일 교육의 일환으로 삼을 수 있을 것이다.

요컨대 본 연구는 이러한 분단 극복과 통일 지향의 시각을 토대로 하여, 학교 통일 교육의 일환으로 가능한 문학 교육의 방향과 효과적인 교수 학습 방안을 구안해보려 한다. 작품의 범위는 제7차 교육과정 고등학교 국어 교과서에 실려 있는 작품들을 우선적으로 채택하고, 나아가 대학생들에게 읽힐 만한 작품들을 부가적으로 언급할 예정이다.

3. 학교 교육에서의 문학을 통한 통일 교육의 방안

제7차 교육과정에 따른 고등학교 국어교과서에 수록된 소설 작품을 대상으로 작품에 드러난 주제와 그에 따른 효과적인 교수 학습 방안을 마련해본다. 국어 교과서에 가장 먼저 실려 있는 박완서의 단편소설 「그 여자네 집」은 사랑하는 두 연인이 일본 제국주의의 희생이 되어 서로 헤어지게 된 사실, 그리고 분단 이후에도 그들의 사랑이 지속되면서도 결국 이루어지지 않는 데에 대한 역사적 상처를 아름답고 쓸쓸하게 보여주는 작품이다. 이를 통해 학습자들은 '분단'이라는 역사적 상처가 두 연인 사이를 갈라놓고 그들로 하여금 평생을 한과 그리움으로 살게끔 하는 것을 문학적 감동 속에서 바라볼 수 있게 된다. 이는 소년 소녀의 아름다운 사랑과 속절없는 운명적 이별을 주제로 했던 황순원(黃順元)의 「소나기」나 반공적 시각에서 북한을 일방적으로 폄하했던 이범선(李範宣)의 「학마을 사람들」 같은 작품보다 훨씬 진중하게 분단 극복과 통일 지향에 대한 열의를 간접화하고 있어, 학생들로 하여금 이 작품을 읽고 난 후의 반응을 서로 참조하여 학습할 수 있게 하는 장점을 지니고 있다.

이 작품의 전반부에는 작가가 평소에 감동있게 읽었다는 김용택의 시 「그 여자네 집」이 소개되고 있다. 또 최근 사회 문제가 된 정신대와 중국 여행에 따른 일화가 서술되고 있다. 또 지면 곳곳에 내용과 부합되는 그림과 사진, 설명이 첨가되어 이미지에 익숙한 학생들의 흥미를 북돋우려 한 점 또한 눈길을 끈다.

김용택(金龍澤)의 시 「그 여자네 집」은, 사랑하는 여인에 대한 그리움을 토대로 하여 이제는 그녀가 떠나버린 평화로운 농촌 풍경 속에서 그 그리움을 완성하고 있는 아름다운 작품이다. 결국 이 시의 내용이 소설의 중심 모티프가 되고 있고, 이 시를 통해서 화자는 기억 속에 묻혀 있던 어린 시절의 고향의 추억으로 잠행하는 것이다. 여기서 만득이와 곱단이의 지순한 사랑이 회상되고, 일제 말의 징용으로 불행하게 끝난 두 사람의 사랑이 그려진다.

만득이가 일본 제국주의의 희생이 되어 곱단이와 헤어지지 않을 수 없게 된 것, 이 과정에서 곱단이를 향한 만득이의 속 깊은 사랑이 그려진다. 징용이란 사지(死地)로 가는 것이고, 후일을 기약할 수 없는 일인 까닭에 가족들은 만득이와 곱단이의 혼례를 서두르지만, 만득이는 끝내 결혼식을 올리지 않는다. 한 여인에 대한 사랑이 어느 일방의 욕심일 수만은 없다는, 그리고 그것은 상대에 대한 세심한 배려와 믿음이라는 것을 보여주는 대목이다. 하지만 곱단이 역시 시대의 거친 격랑 속에서 예외가 못 되었다. 그녀 역시 정신대를 피해서 엉뚱한 사람의 후취로 가지 않을 수 없게 되는 것이다. 그리고 신의주로 떠난 곱단이는 전쟁이 나고 분단이 굳어지면서 더 이상 소식을 알 수 없는 존재로 기억 속에 묻히고 만다.

작품의 후반부는 만득이와 결혼한 순애의 이야기를 통해서 그 이후의 후일담을 전해주는 형식이다. 순애는 아직도 만득이가 곱단이를 잊지 못하고 있다고 믿는다. 시를 쓰면서 읊조리는 내용이나, 중국 여행

시 신의주를 앞에 두고 선상에서 통곡하던 장면은 모두 그런 심리에서 비롯되었다는 게 그녀의 생각이다. 얼마 후 순애가 죽고, 그 죽음을 통해서 화자는 평생 보이지 않는 연적(戀敵)을 앞에 두고 괴로워했을 순애의 불우한 삶을 떠올려본다. 그런 연민의 심정을 갖고 있던 차에 '정신대 할머니를 돕기 위한 모임'에 들렀다가 화자는 우연히 만득이를 만난다. 만득이가 그 모임에 나온 것을 곱단이에 대한 그리움 때문으로 이해한 화자는 그에게 다짜고짜로 따지듯이 대들지만, 그로부터 나온 대답은 전혀 뜻밖의 것이었다. 작품이 다시 한번 반전을 거듭하는 순간이다.

곱단이를 잊지 못한다는 건 순전히 순애의 지어 낸 생각이라는 것, 자신의 감정은 단지 젊은 시절에 대한 그리움일 뿐이었다는 것, 그리고 중국 여행시 두만강에서 운 것은 '남의 나라에서 바라보니 이렇게 지척인데 내 나라에선 왜 그렇게 멀었을까'하는 서럽고 부끄러운 감정 때문이었다고 고백한다. 아울러 그가 그날 정신대 할머니 돕기 행사에 참여하게 된 것은 정신대 문제를 애써 대수롭게 여기지 않으려는 일본 사람들에게 분통이 터졌고, 정신대 문제는 정신대 피해자인 할머니들의 문제만이 아니라 곱단이처럼 그것을 면한 사람들이 겪었을 한(恨)까지 함께 생각해야 한다는 내용을 토로하는 것이다. 이러한 결말부는 작가의 현실 인식을 보여주는 대목이기도 하다. 작가는 순결한 사랑이 역사의 격랑에 의해 짓밟히는 과정을 보여주는데 그치지 않고 민족적인 비극에 대한 현재적인 질문까지도 유도해내고 있는 것이다. 작품의 마지막 부분이다.

> 오늘 여기 오게 된 것도, 글쎄요, 내가 한 짓도 내가 설명할 수 있을 것 같지 않지만 …… 아마 얼마 전 우연히 일본 잡지에서 정신대 문제를 애써 대수롭게 여기지 않으려는 일본 사람들의 생각을 읽고 분통이 터진 것과 관계가 있겠죠. 강제였다는 증거가 있느냐, 수적

> 으로 한국에서 너무 부풀려 말한다, 뭐 이런 투였어요. 범죄 의식이 전혀 없더군요. 그걸 참을 수가 없었어요. 비록 곱단이의 얼굴은 생각나지 않지만 나는 지금도 생생하게 느낄 수 있어요. 곱단이가 딴 데로 시집 가면서 느꼈을, 분하고 억울하고 절망적인 심정을요. 나는 정신대 할머니처럼 직접 당한 사람들의 원한에다 그걸 면한 사람들의 한까지 보태고 싶었어요. 당한 사람이나 면한 사람이나 똑같이 그 제국주의적 폭력의 희생자였다고 생각해요. 면하긴 했지만 면하기 위해서 어떻게들 했나요? 강도의 폭력을 피하기 위해 얼떨결에 십 층에서 뛰어내려 죽었다고 강도는 죄가 없고 자살이 되나요? 삼천 리 강산 방방곡곡에서 사랑의 기쁨, 그 향기로운 숨결을 모조리 질식시켜 버리니 그 천인공노할 범죄를 잊어버린다면 우리는 사람도 아니죠. 당한 자의 한에다가 면한 자의 분노까지 보태고 싶은 내 마음 알겠어요? 장만득 씨의 눈에 눈물이 그렁해졌다.[1]

작가는 만득과 곱단의 일화를 통해 일본제국주의의 만행이 단순히 정신대라는 특정한 범주에만 해당되는 것이 아니며, 동시대인 모두에게 깊은 상실의 고통을 남긴 상처의 근원지라는 것을 고발하고 있다. 또한 만득의 상처가 한편으로 분단 현실과도 결합되어 있다는 점을 환기시킨다.

이 작품은 일견 황순원의 「소나기」와 비견해 볼 수 있다. 「소나기」도 같은 청소년기의 지순한 사랑이 작품의 한 축을 이루고, 거기에 틈입한 역사의 거친 소용돌이가 또 다른 축을 형성한다. 「소나기」의 사랑에는 역사와 현실의 이념 따위는 배제되어 있다. 그러나 「그 여자네 집」에서는 역사와 현실의 적극적인 개입이 드러난다. 주인공들의 운명을 뒤바꿔놓는 것은 전쟁과 징용, 정신대라는 이름으로 자행된 폭력적인

1) 서울대학교 국어교육연구소, 『국어(상)』, 교육인적자원부, 2002, 48면.

현실 상황이었다. 역사와 현실에 대한 시선을 적극적으로 담고 있다는 점에서 「그 여자네 집」은 무채색에 가까운 「소나기」의 시선에서 몇 걸음 더 나아가 있다고 할 수 있다.2)

이와 같은 서사를 뼈대로 하고 있는 「그 여자네 집」을 학습자들의 '공감'이라는 목표를 두고 학습할 때, 교사가 우선 염두에 두어야 할 것은 이 작품이 일종의 연애소설적 기법을 차용하고 있다는 점이다. 따라서 소설의 구조상, 사랑하는 이를 잃은 절실한 상실감에 학습자들의 공감은 의외로 빨리 형성될 수 있을 것이다. 이때 상실감의 정도가 중요한 것이 아니라 그 외인(外因)이 중요한데, 그것을 하나하나 알아가는 것이 이 작품을 분단 소설의 한 편으로 읽히는 방법이 될 것이다.

결국 그 상실감이 사실은 그들의 내적인 문제에서 도출된 것이 아니라, 외부의 폭력에 의해 이루어진 것이라는 사실을 이해시켜가면서 이 소설의 분단 극복, 통일 지향의 속성은 극대화된다. 따라서 이 작품은 일방적인 직접 교수법이나 상호 협력 수업보다는 문제 해결 학습과 반응 중심 학습을 통합하여 학습자로 하여금 소설의 서사를 스스로 재구성해보고 거기에 반응하는 내용을 비평문으로 써보게끔 하는 것이 유익할 수 있을 것이다.

이 부분에서 교사는 학습자들로 하여금 청순한 사랑을 짓밟고 있는 외적인 힘에 대해 재구성해보고 평가하게끔 할 수 있다. 그러나 한 가지 중요한 것은, 이 작품이 분단 현실을 적극적으로 타개하자는 데 초점이 맞추어져 있는 것은 아니라는 점이다. 따라서 작품의 주제가 비록 우회적이고 암시적이라 하더라도, 학습자들로 하여금 통일의 당위성과 절실성을 이 작품을 모태로 하여 써보게 함으로써, 통일의 절박성을 표면적 주제로 하는 작품보다 훨씬 더 유익한 성과를 거둘 수 있는 것이 바로 이 작품이다.

---

2) 강진호, 「교과서·문학 교육·교사–'분단 소설'을 중심으로」, 『문학교육학』 9호, 한국문학교육학회, 2002. 6, 41~43면.

다음으로 국어 교과서 상권 후반부에 실려 있는 윤흥길의 중편소설 「장마」는 1970년대의 대표적인 분단 문학의 한 성과로 평가받을 만한 작품이다. 이는 두 할머니의 갈등과 반목이 속신(俗信)의 상상력을 빌어 화해로 나아가는 과정을 통해 민족 통합의 당위성과 필연성을 우의적(寓意的)으로 보여준 작품이라고 할 수 있다. 이 작품의 문제성은 이러한 내용을 통해서 분단 극복의 가능성을 드러냈다는 데 있는데, 여기 나오는 두 할머니는 모두 비슷한 나이의 자식을 두었고, 그것도 전쟁이라는 극한 상황에 자식을 내놓은 까닭에 사실은 동병상련의 입장에 있다.

어린 나이의 서술자에게는 친할머니와 외할머니 두 분이 계시는데, 이 두 노인은 한 집안에서 같이 살고 있는 형편이다. 말하자면 사돈이 한 집안에서 살고 있는 것이다. 사돈댁에서 신세를 지는 처지에 있는 외할머니의 안쓰러운 입장과 덕을 베풀고 있는 입장의 친할머니 사이가 그들의 아들들로 인해 날카롭게 벌어지게 되면서 이 작품의 갈등 구조는 생성된다.

그런데 두 할머니들의 경험과 의지와는 무관하게 낯설고 폭력적인 이데올로기가 끼여들어 그것이 서로를 적대적인 관계로 바꿔놓는다. 예컨대 지루한 장마가 계속되던 어느날 밤 외할머니는 국군 소위로 전쟁터에 나간 아들이 전사했다는 통지를 받는다. 이후부터 하나밖에 없는 아들을 잃은 외할머니는 빨치산을 향해 저주를 퍼붓는다. 같은 집에 살고 있는 친할머니가 이 소리를 듣고 화를 내는데, 그것은 곧 빨치산에 나가 있는 자기 아들더러 죽으라는 저주와 같았기 때문이다. 빨치산 대부분이 소탕되고 있는 때라서 아버지는 할머니의 아들 곧 삼촌에게 자수를 권하지만, 삼촌은 듣지 않고 그냥 산으로 돌아가 버린다. 장마철이 되자 빨치산이 읍내를 습격하지만 많은 사상자들을 낸 채 도망친다. 경찰서 뒤뜰에 빨치산의 시신을 모아 두었는데, 그 중에서 삼촌이 없음을 안 할머니는 기뻐하고 소경 점쟁이는 삼촌이 무사하게 돌아올 것이라고 예언한다. 그러나 삼촌의 무사 귀환을 비는 고삿날에 나타난 것은 큰 구렁이 한 마리였다. 할머니는 쓰러지고 외할머니는 구렁이를 달래 돌려보낸다. 결국 두 사람은 서로 화해하고 친할머니는 조용히 눈을 감는다. 그리고 긴 장마가 끝이 난다. 마지막 부분이다.

> 그 날 저녁에 할머니는 또 까무러쳤다. 의식이 없는 중에도 댓 숟갈 흘려 넣은 미음과 탕약을 입 밖으로 죄다 토해 버렸다. 그리고 이튿날부터는 마치 육체의 운동장에서 정신이란 이름의 장난꾸러기가 들어왔다 나갔다 숨바꼭질하기를 수없이 되풀이하는 것 같은 고통의 시간의 연속이었다. 대소변을 일일이 받아내는 고역을 치러 가면서 할머니는 꼬박 한 주일을 더 버티었다. 안에 있는 아들보다 밖에 있는 아들을 언제나 더 생각했던 할머니는 마지막 날 밤에 다 타버린 촛불이 스러지듯 그렇게 눈을 감았다. 할머니의 긴 일생 가운데서, 어떻게 생각하면, 잠도 안 자고 먹지도 않고 그러고도 놀라운 기력으로 며칠 동안이나 식구들을 들볶아 대면서, 삼촌을 기다리던 그 짤막한 기간이 사실은 꺼지기 직전에 마지막 한순간을 확 타오르는 촛불의 찬란함과 맞먹는, 할머니에겐 가장 자랑스럽고 행복에 넘치던 시간이었었나 보다. 임종의 자리에서 할머니는 내 손을 잡고 내 지난날을 모두 용서해 주었다. 나도 마음 속으로 할머니의 모든 걸 용서했다.
>
> 정말 지루한 장마였다.[3)]

이때 '구렁이'의 등장은 모든 이데올로기적인 폭력과 대립이 결국 토속적인 믿음 같은 인간의 근원적인 동질성으로 인해 극복될 수 있다는 작가 의식을 상징적으로 암시한다. 작가는 두 할머니의 화해를 통하여 분단 극복의 열쇠는 민족의 동질성을 회복하고, 현실적인 대립 감정을

3) 위의 책, 275~276면.

뛰어 넘을 수 있는 포용과 관용이라는 것을 말하고 있다. 두 할머니의 화해는 도저히 건널 수 없을 것 같던 이념과 감정 사이의 심연을 화해와 포용의 정신이 건너고 있는 장면이기도 하다.

이처럼 이 작품은 한 가정의 내막을 통해 한국전쟁의 상처를 형상화하고 있다. 삼촌과 외삼촌으로 표상되는 이념적 대결과 할머니와 외할머니로 표상되는 혈연 관계의 끈을 놓고 소설 속의 어린 화자는 가해자와 피해자의 대응 논리에 심각한 혼란을 겪는다. 모두가 피해자이며 모두가 가해자일 수 있는 전쟁에서 이데올로기의 지향이란 무의미한 것이다. 오직 남는 것이 있다면 이데올로기를 넘어서는 보다 높은 차원의 용서와 화해이다.

따라서 이 작품을 효과적으로 학습할 때, 우선적으로 염두에 두어야 할 것은 이 작품이 어린이를 화자로 내세웠다는 점, 그리고 전쟁중의 두 진영의 대립을 기본 구도로 삼았다는 점, 그 해결을 속신의 상상력으로 추구했다는 점, 일종의 우화적 기법을 사용했다는 점 등에 대한 사전 인지를 학습자들에게 해주어야 한다는 점이다. 그렇기 때문에 이 작품의 사전 인지 작업은 직접 교수법으로 충당해야 하며, 그 다음에 두 할머니의 심리적 전이 과정은 가치 탐구 학습과 반응 중심 학습을 통해 학습자가 공감하고 내면화하는 과정을 밟아야 한다.

그 결과 학습자들은 이러한 상황이 남북한의 역사를 고스란히 환기하면서 두 할머니의 극적 화해가 남북한이 다다라야 할 귀결점을 강하게 암시하고 있다는 결론에 이를 수 있을 것이다. 그런 점에서 이 작품은 6차 교과서에서는 볼 수 없었던 분단 극복에 대한 시대적 의지를 한층 적극적으로 수용한 사례이다. 이때 '장마'라는 배경 설정은 분단으로 생긴 상처와 균열 그리고 적의(敵意) 모두를 포괄하는 상징적 장치라고 할 수 있을 것이다. 작가 윤흥길은 이러한 서사를 어떤 이데올로기의 대립이라고 하는 추상적 관념이 아니라 섬세하고 정확한 묘사를 통하여 또는 토속적 샤머니즘적 전망을 통하여 형상화하고 있다.

마지막으로 최인훈의 「광장(廣場)」에서는 주인공 이명준의 이념적 선택과 죽음에 이르는 서사의 원동력과 귀결점을 '분단'이라는 상황에 초점을 맞추어 그 행위의 필연성을 따져보게 하는 것이 바람직하다.

1960년 『새벽』에 발표된 이 작품은 본격적인 분단 소설의 출발을 알리는 신호탄이었다. 이 소설은 처음 4월혁명의 정치사 속에서 구시대의 청산, 혹은 남한 사회를 비판하려는 동기로 태동되었으나, 주인공의 행적을 둘러싼 서사 구조의 성격상 분단 현실 자체를 비판하는 분단 소설의 성격을 지니게 되었다.

작품 속에서 작가는 북한 사회 구조가 갖는 폐쇄성과 집단 의식의 강제성을 고발하고 동시 남쪽의 사회적 불균형과 자유 방임에 가까운 개인주의를 고발한다. 그래서 주인공은 제3자적 입장에서 남과 북 어느 쪽도 진정한 인간의 삶을 충족시키기 어렵다는 판단을 한다. 그는 제3국을 택하고, 자살을 통해 이념 선택의 한계를 상징적으로 보여준다. 여기서 우리는 작가의 분단 상황에 대한 비판적 인식을 찾을 수 있다.

> 우리는 참 많은 풍문 속에 삽니다. 풍문의 地層은 두텁고 무겁습니다. 우리는 그것을 역사라고 부르고 文化라고 부릅니다.
>
> 인생을 풍문듣듯 산다는 건 슬픈 일입니다. 풍문에 만족치 않고 現場을 찾아갈 때 우리는 운명을 만납니다.
>
> 운명을 만나는 자리를 廣場이라 합시다. 광장에 대한 풍문도 구구합니다. 제가 여기 전하는 것은 풍문에 만족치 못하고 現場에 있으려고 한 우리 친구의 얘깁니다.
>
> 亞細亞的 專制의 椅子를 타고 앉아서 民衆에겐 西歐的 自由의 풍문만 들려 줄 뿐 그 자유를 '사는 것'을 허락치 않았던 舊政權下에서라면 이런 素材가 아무리 口味에 당기더라도 감히 다루지 못하리라는 걸 생각하면서 빛나는 4월이 가져온 새 共和國에 사는 作家의 보람을 느낍니다.[4)]

1960년 4월혁명에 의해 그처럼 혹독하게 백성들을 희롱하던 자유당 정권이 무너진 직후에 「광장」을 발표하면서 작가 최인훈은 작품의 서문을 위와 같이 쓰고 있다. 반공을 국시로 삼았던 자유당 정권 치하에서 공산주의 이데올로기에 관한 논의가 여간해서 용납될 수 없는 금기 사항의 하나였음은 지금도 크게 다르지 않은 실정이지만 작가 최인훈이 당시에 문제삼았던 초점은 한반도에 몸담아 살고 있는 우리의 삶이란 과연 진정한 자율성을 지니고 있는가 하는 통절한 물음이었다. 그처럼 지독한 올가미에 묶인 우리의 삶이 획득해 낼 수 있는 어떤 가능성이란 정말로 있는 것인지 없는 것인지에 관한 아픈 질문을 최인훈은 이명준이라는 명철한 한 지식인의 삶을 통해 보여주고 있다.

이북으로 넘어간 아버지가 이북 방송에 나온 일 때문에 이남에 떨어져 어렵사리 대학에 다니고 있던 이명준은 경찰에 불려 다녀야 했고 그러던 어느 날 월북할 계획을 세워 그것을 실행에 옮겼으며 그곳에서 아버지와 만나 함께 살면서 철저한 공산주의 이론으로 무장했지만 그곳 역시 "자본주의 사회의 저 뒤얽힌 산업질서의 개미굴 속에서 나날이 사람스런 부드러움을 잃어가는" 갈 데 없는 지옥이라는 깨달음과 함께 고통은 깊어만 갔다. "여기도 기를 꽂을 빈터는 없었다. 위대한 것들은 깡그리 일찍이 말해진 후였다. 자기 머리로 생각하지 않아도 된다는 말인가 보다. 어김없이 움직이기만 하라는 것이었다." 이북에서의 생활 역시 견딜 수 없는 질곡임이 드러났을 때, 이남에서 그처럼 설자리(광장)가 없어 숨통 막혀 하던 괴로움과 조금도 다름이 없다는 것을 깨달았을 때 한국전쟁은 터졌고, 그리하여 작중인물 이명준은 인민군으로서 서울에 왔다.

이남에 있었을 때 사랑했던 "친구의 누이, 아버지 친구의 딸, 나의 친구, 주인집 딸"인 윤애를 찾았으나 이미 그녀는 자기 친구에게 시집

---

4) 「序文」, 『새벽』, 1960. 10. 여기서는 『최인훈 전집 1』, 문학과지성사, 1976, 16면에서 인용함.

을 갔다. 사귄 진 반 년 만에 깊은 키스와 애무를 나누었던 그 윤애가 친구 태식에게 간 것이다. 반동분자로 잡혀 온 태식에게 심한 고문을 가했고 남편을 찾아 온 윤애의 웃몸을 벗겨 승리자로서 옛 애인으로서 힘껏 안아 보았으나 이명준에게 남는 것은 쓰디쓴 자기 모멸과 회한뿐이었다.

그들을 놓아주고 나서 전선 깊숙이 들어간 이명준이 먼 빛으로 본 평양 시절의 애인 은혜를 만난 것은 이 작품이 발표된 이후 다섯 번이나 고쳐쓰는 중요한 모티프의 핵심을 이루게 된다. 그들은 전선의 산속 동굴 속에서 사랑을 나누었고 은혜가 전쟁중에 임신한 듯하다는 기미 파악은 작품 끝에서 보이는 상징적인 갈매기 두 마리와 의미를 연결시킬 굵은 끈이 되겠기 때문이다.

이명준은 포로로 잡힌 몸이었고 낙동강 전선에게 피바다를 이루며 싸운 전투에서 "은혜는 부지런히 만나자던 다짐을 아주 어기고" 전사를 하였다. 이제 이명준은 기로에 섰다. 남쪽에 남느냐 북쪽으로 가느냐, 이명준은 은혜조차 없어진 북으로 갈 까닭도 잃어버렸고 더더구나 남쪽에 남을 수 있는 명분은 애초부터 있지도 않았다. 그가 택한 것은 제 3국, 그렇게 이 작품은 중립국으로 가는 석방 포로들을 실은 인도배 타고르호 안에서 자기 생애를 되돌아보는 첫 장면으로부터 끝없는 자기 의식을 짓씹다가 마침내 물에 빠져 죽는 끝 장면까지의, 신도 삶의 터전도 잃어버린 한반도 지식인의 전형적인 1960년대식 아픔을 보여주고 있다.

이 작품의 배경을 보면 실제의 시간과 공간은 타고르호에서의 이틀간이고 회상 속의 시간과 공간은 해방에서 한국전쟁까지의 남한과 북한이다. 민족의 혼란기를 배경으로 한 것은 이데올로기의 허상과 실상을 밝히기 위한 장치로 이용되고 있다. 곧 남한의 방종에 가까운 자유, 북한의 이데올로기를 내세운 억압을 동시에 보여줌으로써 바람직한 인간 사회가 어떤 것인지 생각하게 한다. 남쪽도 북쪽도 결코 이상적인 삶의 터전일 수 없다고 느끼는 지식인의 1960년대적 고뇌가 무게있게 그려진 작품으로서 「광장」은 남북 분단문제를 정면으로 다룬 한국문학사의 한 획기적인 업적으로 평가되고 있는 것이다.

이 작품에 대한 학습 과정은 철저하게 주인공 이명준의 심리적 추이 상태를 따라가는 독서를 통해 완성되어야 하는 특수성을 갖는다. 따라서 가치 탐구 학습의 기율을 전제로 이명준의 실존적 선택이 학습자들의 가상적 상황에서의 선택과 어떤 점에서 같을 수 있고 또 어떤 점에서 갈라지는지를 의견 교환하여 분단 현실에 대한 가치를 내면화할 필요가 있다.

궁극적으로는 이 작품을 통하여 문제 해결 학습으로 이어지는 것이 바람직하다. 우리의 존재를 얽어매고 있는 것이 어떤 질곡의 상황인지, 그리고 그 문제를 해결하는 방법에는 어떤 것이 있는지 학습자의 경험과 언어 안에서 활발하게 의견을 개진하여 그 결과들을 일반화하는 과정을 밟으면 매우 유익한 텍스트가 될 것이다.

결국 주인공 이명준은 포로의 상태에서 남도 북도 아닌 제3국을 선택했다. 이데올로기 측면에서 볼 때 그는 남북한의 상반된 이데올로기로부터 아무런 만족을 얻을 수 없었던 것이다. 그는 또 윤애와의 사랑 실패와 단 하나 삶의 의미였던 은혜의 죽음으로 조국 땅에서의 삶을 포기하였다. 실제로 삶의 광장에서 성실하게 살아 보겠다고 발버둥치다 패배한 주인공은 새로운 삶을 개척하기 위해 제3국을 택했다. 이와 같은 이명준의 개인적 비극은 우리의 슬픈 분단사를 그래도 환기하고 은유한다. 영원한 제3국인 죽음을 택하는 것에서 알 수 있듯이, 분단 현실을 떠난 어떤 곳에서도 정착할 수 없는 분단기 지식인의 전형을 보여준다. 이 어정쩡하고 가치 혼란적인 상황의 주인(主因)이 분단 상황에 있음을 학습자와 공감하는 것이 이 작품을 학습하는 최대 관건이다.

이상 우리는 제7차 교육과정 고등학교 국어교과서에 실린 분단 문학 작품을 대상으로 이들이 어떤 관점과 방법으로 교수-학습되어야 하는

지에 대해 살펴보았다. 마찬가지로 대학생이나 일반인들을 상대로 하는 작품들에도 눈길을 돌릴 수 있다.

먼저 황석영의 작품들에서는 통일을 위한 민족적 차원의 제의(祭儀)를 읽게 할 수 있다. 일그러진 역사를 다룬 1970년대 소설 「한씨연대기(韓氏年代記)」가 그 대표적인 작품이다. 이 작품은 피난민 의사의 비극적인 삶을 통해 한국전쟁으로 말미암아 한국 사회의 구성원들이 겪은 고통스런 역사 체험을 다루고 있다. 남북한의 지배 체제로 정착한 두 외래 이데올로기는 한국 사회의 개별적인 구성원들의 삶과 행동의 강력한 원리로 작용한다.

작품 첫 머리는 네 세대나 들어 사는 적산 가옥에 혈혈단신인 데다 늙고 병든 영감의 처량한 생활 이야기로부터 시작된다. "동네의 잔일거리를 맡아 품삯을 벌거나, 동회에서 극빈자 구호양곡을 가끔 타다가 이럭저럭 먹는 둥 마는 둥하며 살던" 노인이 이젠 약국 옆에 있는 장의사에 나가 시체 치우는 일을 하며 대개는 막소주에 만취한 몰골로 기어들곤 해서 늙마에 몸을 마구 굴리는 꼴이 얼마 못 살 것 같다고들 동네 아낙네들은 수군거리곤 한다.

그 영감의 정체가 누군지 그와 함께 살고 있는 사람들은 아무도 모른다. 드디어 노인은 몸져눕게 되고 죽기 직전에 사람들이 뒤져 본 세간살이 속에서 노인의 과거는 생생하게 모습을 드러내기 시작한다. 고급스런 낡은 가죽가방에서 수첩이 나왔고 거기 적힌 주소로 전보를 세 통 치자 그의 존재 증명을 위한 두 명의 증인이 나타났다. 어려서부터 친했던 친구요 의사인 서학준, 그리고 함께 월남한 유일한 피붙이인 여동생 한영숙이 그들이다.

> 한영덕이 소식이 하두 오래 전에 끊어데서 난 이 친구레 어디메 지방에서나 개업하구 있는 줄로 알았대시요. 한군은 내 생각에두 너무 고디식하구 순수했디요. 그게 다 이 친구 단점입네다. 난 이 사람

하군 정반대지만 어릴 적부터 쭉 같이 자랐댔구 도재 남을 속일 줄 두 모르구 융통성두 없는 이 사람 성미가 짜증이 나멘서두 밉질 않았디요. 아니 오히려 그런 면을 도와했대시요.[5)]

한영덕의 장례가 치러지면서 서서히 그의 그런 고지식하고 외곬이며 자기 원칙대로 살려고 남을 속이지 못하는 처신 때문에 겪은 괴로움들이 하나하나 그 속살을 드러낸다. 한국전쟁 직전까지 평양 김일성 대학 의학부 산부인과 교수였고 전쟁이 나자 군에 동원되어 그는 중앙인민병원 특병동 부장이 되었다. 특병동이란 전상 인민군들만 치료하게 되어진 전시용 병동이다. 그러나 그는 죽어가는 일반 환자를 보면 밤낮을 가리지 않고 치료에 여념이 없다. 불쌍한 아이를 치료하는 장면은 눈물겹다. 그런 그의 행동은 인민위원회에서 볼 때 부르주아 근성의 감상주의가 된다. 미 8군의 공세로 밀려 후퇴하던 인민군은 평소에 사상이 의심스럽다고 점찍은 사람들을 모두 잡아다 총살시키는데 이때 군의관이었던 한영덕도 포함되었다. 얼마 뒤 그는 철수하는 인민 군대의 처형자 명단에 올라 형장으로 가는데, 기적과도 같이 총을 빗맞고 살아났다.

늙은 어머니와 아내, 아들 창빈과 함께 피난길에서 한영덕은 개미떼처럼 밀고 들어온 중공군에 밀려 후퇴하는 국군을 따라 남하하느냐 않느냐는 실랑이 끝에 한영덕만 남하하기로 결말을 본다. 길어도 한 달쯤이면 끝날 전쟁 아니겠느냐는 판단에서였다. 이른바 1·4후퇴 때다.

다음 장면은 미군 제2기지 한국군 파견대 조사반장실에서 포로캠프 근처에서 서성댔다는 이유로 한영덕이 취조받는 장면으로 이어지고, 그가 18세짜리 아들(창빈)을 찾아보기 위한 행위였음을 밝히면서 동시에 이북에서의 행적 또한 소상하게 드러난다. 실제적인 행적보다는 겉보기 직책과 직업이 과장되면서 말이다. 대구 경찰서에서 한 달간 옥고를 치

---

5) 황석영, 『객지』, 창작과비평사, 1974.

르고 나온 한영덕은 수도육군병원에 영관급 장교로 근무하는 친구 서학준을 통해 월남한 여동생을 만나 겨우 목숨을 부지한다.

돌팔이 의사들이 마구 돈을 벌던 와중에서 제대로의 의술을 지닌 그는 겉돌기만 한다. 그의 순직한 고집 때문이다. 억지로 결혼까지 했지만 그는 그런 거친 세대에 적응할 수 없는 국외자였을 뿐이다. 결국 그는 남한과 북한 어느 쪽에서도 안정된 기반을 갖지 못하고 늘그막에 알코올 중독이 되어 폐인으로 삶을 마감한다. 그래서 이 작품은 분단의 비극이 한 휴머니스트의 삶과 내면을 다같이 파괴하는 서사로 이루어져 있다.

이는 대학생들이나 일반인들에게 읽히기에 알맞은 난이도와 주제를 머금고 있는 작품이다. 이 작품에서는 '한영덕'이라는 인물의 모순된 체험과 그의 비극적 죽음이 어떤 외압에 의해 형성되고 관철되는가를 중심으로 독서의 방향이 잡혀야 한다. 교사는 전광용의 「꺼삐딴 리」 같은 작품과 비교하면서 격동기를 살아갔던 인간형의 여러 유형을 학습하게 할 수도 있다. 그 결과 어떤 한 인간의 신념이나 실천의 모형이 시대적인 외풍에 결정적으로 영향을 받는다는 사실, 그래서 본원적인 인간성 회복을 위서라도 분단은 극복되어야 한다는 필연성과 당위성에 공감케 할 수 있다. 마찬가지로 조정래의 「태백산맥」을 통해 그 방대한 스케일에 나타나는 인물형들 이를테면 염상진과 염상구 그리고 김범우의 캐릭터를 도해하여, 당시의 민족 분열상의 현황과 그 총체상을 읽고 난 후, 이러한 서사화 작업 자체가 남북한을 객관적으로 동시에 포용할 수 있는 방법론임을 교수할 수 있다고 본다. 더구나 남북간의 참혹한 전쟁과 싸늘한 적대감의 원천이 한쪽 이데올로기에 전가될 수 없고, 당대의 경직된 이데올로기적 행태 전반에 그 책임이 있다는 인식을 경험하게 해줄 수 있다.

또한 김원일의 「미망(未忘)」에서는 꿈에도 못 잊는 분단의 상처를 만날 수 있다. 그의 다른 작품 「비(悲)」는 1972년 7·4 남북 공동 성명으로 대표되는 남북한의 정치적 화해 무드의 허위성을 풍자적으로 다루고 있다. "이산 가족의 아픔을 동감하며, 이산 가족의 결합을 목표로 한다"는 남북의 정부 당국과 적십자사는 남한의 아들 이만두와 북한의 어머니 정필순을 만나게 한다는 한 편의 정치적 퍼포먼스를 벌인다. 언론과 광고는 이를 부채질하고 이용하며 일천만 이산 가족을 이성을 잃은 감정의 포화 상태로 몰아간다. 이 상황의 주인공은 남북한 정치 권력이며, 우롱 당하는 자는 이만두와 정필순을 비롯한 남북의 이산 가족들이다. 그러나 결국 그들의 만남은 무산되고, 남북 이산 가족의 만남은 정치적 논리에 의해 유예되고 만다. 이는 분단을 양쪽 지배체제가 일정하게 이용하고 그들에게 유리한 국면으로 이용하는 측면들을 고발하고 있다. 이 작품을 통해서는 모든 공식적이고 정치적인 통일 운동보다는 민간 차원의 신뢰 회복이 더욱 중요함을 알게 할 수 있을 것이다.

마찬가지로 다음과 같은 시 작품 역시 분단 현실의 극복이 얼마나 중요한지를 가르칠 수 있는 보조 자료가 된다.

> 산과 산이 마주 향하고 믿음이 없는 얼굴과 얼굴이 마주 향한 항시 어두움 속에서 꼭 한 번은 천동 같은 화산이 일어날 것을 알면서 요런 자세로 꽃이 되어야 쓰는가.

> 저어 서로 응시하는 쌀쌀한 풍경. 아름다운 풍토는 이미 고구려 같은 정신도 신라 같은 이야기도 없는가. 별들이 차지한 하늘은 끝끝내 하나인데…… 우리 무엇에 불안한 얼굴의 의미는 여기에 있었던가.

> 모든 유혈은 꿈같이 가고 지금도 나무 하나 안심하고 서 있지 못할 광장. 아직도 정맥은 끊어진 채 휴식인가 야위어가는 이야기뿐인가.

언제 한 번은 불고야 말 독사의 혀같이 징그러운 바람이여. 너도 이미 아는 모진 겨우살이를 또 한 번 겪으라는가. 아무런 죄도 없이 피어난 꽃은 시방의 자리에서 얼마를 더 살아야 하는가. 아름다운 길은 이뿐인가.

산과 산이 마주 향하고 믿음이 없는 얼굴과 얼굴이 마주 향한 항시 어두움 속에서 꼭 한 번은 천동 같은 화산이 일어날 것을 알면서 요런 자세로 꽃이 되어야 쓰는가.

—박봉우의 「휴전선」 전문[6]

이 시는 민족 통합을 결정적으로 가로막고 있는 물리적 상징인 휴전선에 대한 새로운 접근으로 사람들의 시선을 모은 작품이다. '북진통일'이라는 선정적 구호를 낳은 반공 이념의 토대가 조금도 흔들리지 않았던 시기에 휴전선을 사이에 두고 동족간에 벌이고 있는 살풍경을 이처럼 강하게 비판하고 있는 시를 우리는 일찍이 본 일이 없다. 당시로서는 외적·내적으로 터부시되어왔던 이러한 제재 및 주제를 형상화한 박봉우(朴鳳宇)는 민족사의 비극을 자조적 냉소나 이념 편향의 강한 부정성으로 표출하지 않고, 꽃과 바람 그리고 별과 하늘의 은유적 방법을 통해 한결 민족사의 실상과 나아갈 바 지향점의 객관화에 성공하고 있다. 특히 '아무런 죄도 없이 피어난 꽃'이라는 이 작품의 고발적인 상징 속에는 강대국의 세력 각축과 이데올로기 싸움의 틈바구니에서 어쩔 수 없이 서로 죽고 죽어야만 했던 한민족의 비극이 내포되어 역사적 비극성의 참된 의미를 잘 조형하고 있다.

우리가 잘 알다시피, 문학은 '지식'의 대상이 아니라 '체험'의 대상이다. 교육의 전수적 기능보다는 매개적 기능이 강조되어야 하는 까닭은

---

6) 박봉우, 『휴전선』, 정음사, 1957.

이러한 논리 위에서 찾을 수 있다. “문학은 우리는 가르치지 않는다. 다만 감동을 주어 우리를 변화시킬 뿐”이라는 괴테(J. W. Goethe)의 말은 이러한 차원의 가장 적실한 사례이다. 텍스트의 온전한 이해와 수용을 토대로 한 수용자의 심미적 고양과 인식의 확장이 다 그러한 언급들의 목표가 됨은 물론이다. 이는 문학을 자아 실현의 문화 체험 또는 문화 활동이라는 관점에서 바라보아야 문학의 실상을 온당하게 파악할 수 있다는 관점을 자연스럽게 초래한다.

그러나 우리는 문학 교육에 수용자들의 주체적 반응과 수용 못지 않게, 문학 자체의 특수성을 인지하는 기능이 부가되어야만 하는 자체의 모순을 이야기한 바 있다. 이는 마치 철학 교육이 도덕 교육이 될 수 없는 것과 같은 이치이다. 그럼에도 불구하고 문학 교육의 최종적 목표는 문학 현상을 통한 학습자들의 수용 능력의 극대화에 있을 것이다.

4. 결론

몇 해 전에 개봉되어 한국 영화의 최고 흥행 기록을 새롭게 세운 바 있는 박찬욱 감독의 「공동경비구역 JSA」는 비록 소박한 휴머니즘의 차원이기는 하지만, 그 동안 냉전 시대의 주류 이념이었던 반공 이데올로기를 극복해보려는 작가적 야심이 반영된 작품이라고 할 수 있다. 여기서 이 작품의 예술적 완성도나 미학적 가치를 평가할 계제는 못 되지만, 지난날의 「쉬리」가 세련된 반공 영화였던 데 비해 볼 경우, 이 작품은 우리 사회의 대북관(對北觀)의 점진적 변화(갈등에서 화해로, 상극에서 상생으로)를 암시하는 하나의 상징적 사례로 받아들여도 좋을 것 같다.

그리고 이 영화는 그 동안의 ‘분단 체제’가 양쪽 국민들을 똑같이 피해자로 만들었으며, 양쪽의 지배층들에게는 똑같이 일정한 수혜를 베풀었던 것임을 시사한다는 점에서 이채로운 작품이 아닐 수 없다. 그러면서 50여 년이라는 결코 짧지 않은 시간 동안 무의식적으로 누적해왔던 서로에 대한 적개심을 한층 누그러뜨리고, 새로운 역사 의식의 지평을 가질 것을 우리 모두에게 강하게 권고, 암시하고 있다고 할 수 있다. 이런 측면에서 예술 작품을 통한 분단 극복, 통일 지향의 움직임은 우리 시대에 가장 요긴한 통일 교육의 한 방법론으로 활용되어야 할 것이다. 예술을 통한 인식 제고가 가장 대중에게 호소력있는 방법이 될 것이기 때문이다.

마찬가지 맥락에서 해방을 전후해 월북을 택하였고, 북한에서 자신의 작품 생활을 지속했던 작가나 시인들에게 우리가 관심을 가져야 하는 것도 민족사적 문맥에서 자연스럽게 요청된다. 그들의 선택은 이념적인 것일 수도, 인맥에 관련된 것일 수도, 지역성에 기인한 것일 수도, 아니면 우연한 충동에 의한 것일 수도 있다. 그러나 분명한 점은, 그들 역시 분단의 피해자라는 것, 그리고 그들의 작품은 그 피해 양상의 한 극점을 증언하고 있다는 것, 그래서 그들의 문학 유산은 우리 근대사의 첨예한 한 반영체가 된다는 것이다. 그 가운데 특별히 우리가 임화(林和)나 이태준(李泰俊), 박태원(朴泰遠), 김기림(金起林), 정지용(鄭芝溶), 백석(白石), 오장환(吳章煥), 이용악(李庸岳), 이기영(李箕永), 한설야(韓雪野), 홍명희(洪命熹) 등에 주목하는 까닭 역시, 그들이 20세기 한국 근대사의 사상적, 예술적 궤적을 온몸으로 체현한 가장 대표적인 시인 및 작가들이라는 것 외에도 그들의 문학 세계가 남다른 사상적, 예술적 성취를 이루었다는 가치평가적 측면 때문이기도 하다.

1980년대말에 이루어진 월북 작가 해금에 따라 근대 문학 연구자들은 그야말로 열광적으로 그들 작품에 대한 해석과 복원에 매달렸다. 그러나 그와 동시에 찾아온 현실 사회주의의 종언 소식은 이 같은 연구자적 열정을 맹목에 가깝게 추락시켰다. 그러나 '열광(熱狂)'과 '맹목(盲目)'은 야누스의 두 얼굴이다. 그것은 우리가 그 동안 냉철한 자기 분석

(self-analysis)으로서의 문학 연구를 본격적으로 수행한 적이 없다는 반증이기도 하다. 이제 우리는 그러한 시행착오와 오류를 냉엄히 반성하고 이들에 대한 관심을 그야말로 '역사적으로' 가져야 할 것이다.

현재 한반도는 냉전 구도에서 탈냉전 구도로, 적대 관계에서 화해와 협력의 관계로 급속하게 재편되어가고 있다. 이 흐름은 이제 거스를 수 없는 대세이자 두 진영 모두에게 상생적인 것이다. 이러한 흐름은 세계화 논리를 앞세워 민족 단위의 사유 자체를 불신하고 성급하게 용도폐기하려는 우리 지식 사회에 대한 경종이자 엄중한 비판적 목소리이기도 한 것이다.

2000년 광복절 오전에 평양 순안공항을 이륙한 고려항공 민항기가 김포공항에 착륙해 계류장으로 들어오는 감격적 장면은 그 자체로 물리적인 것이거니와 그것은 또한 민족사의 새로운 국면을 알려주는 상징적 장면이기도 하다. 아직도 남한 중심의 흡수 통일을 깊은 무의식으로 갈망하면서 북한을 여전히 적대감으로 대해 반사이익을 챙기려는 냉전 집단이 엄존하고 있는 현실에서, 우리가 천천히 그러나 매우 섬세하게 민족의 혈류를 잇고 동질성을 꾸준히 확인, 축적해가는 문화적 책무는 그래서 소중하기 짝이 없는 것이다. 매몰된 문학 유산의 복원과 함께 동시대의 북한 문학에 대해서도 객관적이고 균형 감각을 갖춘 소개와 비평 작업이 지속적으로 확산되어야 하는 까닭도 바로 여기에 있다.

이러한 관심들의 증폭과 함께, 본 연구에서 다룬 분단 극복, 통일 지향의 텍스트들에 대한 심층적이고 다양한 관점의 교육을 통해 우리는 통일 시대의 시민들을 길러낼 수 있을 것이다. 문학을 통한 통일 교육의 수월성이 강조되는 것도 이와 같은 이유 때문이다.

제3부 시 교육과 시 해석의 문제

한국 근대시의 타자들

문학사에서의 큰 시인은 있는가

제7차 교육과정 국어교과서 수록 시 작품 분석

근대의 내파, 샤머니즘의 기억
— 백석 「넘언집 범같은 노큰마니」

지성(至誠)이면 감천(感天)
— 서정주 「冬天」

'떠돌이'들의 이야기를 담은 "한줄 굵직한 水墨글씨의 詩줄"
— 서정주 「格浦雨中」

떠돌이의 삶에 대한 운명적 긍정과 수용
— 신경림 「목계장터」

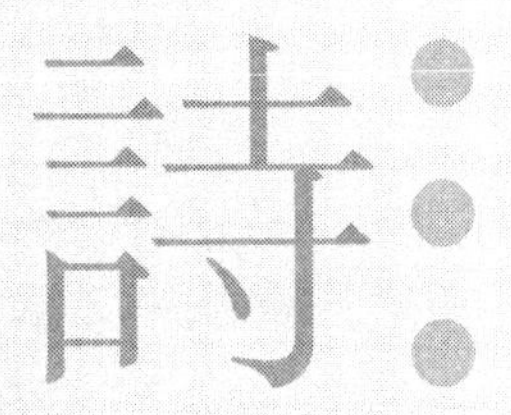

한국 근대시의 타자들

1. '타자'는 무엇인가

우리가 어떤 문화적 실체와 그 해석 체계를 접하는 가장 주류적인 방식은 아무래도 국민 교육을 통해서일 것이다. 국가 권력이 기획하고 통어하고 수행하는 이른바 '국민 교육'은 '국민 국가(nation state)' 차원에서 행해지는 가장 보편적인 문화 전수 행위이다. 따라서 국가 권력에 의해 보편적인 지위와 정당성을 부여받은 교육 정책의 주체들은 국민 교육에 합당하다고 판단되는 범주들을 선택하고 배열하고 거기에 일정한 체계와 이념을 부여한다. 말하자면 개개의 국민 국가 안에서 삶을 영위하는 시민으로서 마땅히 알아야 할 내용들이 교육 정책의 주체들에 의해 설정되고 유보되고 폐기되는 것이다. 이 같은 선택-배제의 기준이 국가 권력을 통해 집성된 대표적인 결과가 아마도 '교과서'일 것이다.

결국 교과서는 가치 중립적인 지식의 창고가 아니라 철저하게 이데올로기적이고 권력 친화적이며 선택-배제적인 시각에 의해 기획된 가치 평가적 산물이다. 따라서 교과서의 내용은 한 시대를 주도하는 주류 이념에 의해 걸러진 것들이 주축을 이루게 되고, 시대가 바뀌고 권력 주체의 해석 지평이 달라지면 자연스럽게 개폐(改廢)의 운명을 맞게 된다. 그동안 우리 교과서도 시대를 주도하는 이념의 편폭에 따라, 혹은 교육 주체들의 해석 지평의 차이에 따라 그 모습을 숨가쁘게 달리해왔다. 하지만 해방 이후 우리나라에서 채택된 교과서들은 비교적 단일한 가치 체계 속에서 양적 변용이 있었을 뿐, 질적으로는 여전히 배제되고 잊혀지고 금기시된 영역을 풍부하게 가지고 있다.

이 길지 않은 글은 이처럼 교과서를 통한 문화 전수 행위나 우리 문학의 전통 수립 작업에서 배제되어왔던 '타자'의 양상을 검토하려고 한다. 여기서 말하는 '타자(他者)'란, '주체'와 다른 혹은 '주체'와 일정한 거리를 두는 자기 반성적인 것으로서, 총체성이나 자기 동일성에 편입되지 않고 그것에 균열을 일으키는 일체의 요소를 지칭한다. 이 글은 '시' 장르에 국한하여 그 양상을 살펴볼 것이다.

이 글이 대상으로 하는 한국 근대시의 타자를 일별하면, '신성'을 추구하는 종교적 상상력, '몸'에 대한 적극적 해석, 아방가르드 미학, 노동시편들을 대표로 하는 사회주의적 전망, 대중적 친화력을 속성으로 하는 이른바 '대중시'의 경향 등이다. 이러한 미학적 권역들에 대한 탄력있는 재해석을 통해 한국 근대시에 대한 교육적 안목이 더욱 넓어짐은 물론, 우리 시의 전통 해석 작업에도 새로운 안목이 형성되기를 기대한다.

2. '신성' 추구의 종교적 상상력

최근 우리 사회는 근대성의 핵심이랄 수 있는 기계론적 세계관, 진보적 시간관(觀), 생산 제일주의, 계산적 이성의 지배에서 한치도 자유롭지 못한 근대 자본주의의 정점에 와 있다. 그 자본주의를 심층에서부터 움직이고 있는 자본-기술 복합체는 이제 인간의 의지와 계획에 따라 규율되는 수동적 존재가 아니라, 스스로 독자적 발전 논리를 갖는 자율적 존재가 되었다. 최상의 수행성이 최선의 가치로 군림하면서 '영구 산업혁명'이라 불릴 정도로 끝없는 새로움의 증식이 이루어지고 있는 이 시대를 가리켜 우리가 사회학자 기든스(A. Giddens)의 말대로 '탈근대(post modernity)'가 아니라 '급진화된 근대(radicalized modernity)'로 불러야 하는 까닭은 바로 그 자본-기술 복합체의 멈출 것 같지 않는 아찔한 증식 속도 때문이다. 이러한 자본주의의 견고한 기율과 이성 중심의 세계에 대하여 일정한 항체(抗體)를 형성하는 것이 우리 인간의 근원과 실존의 의미를 이해하고 구현하는 데 불가결하다는 것은 이제 분명해 보인다. 그런 의미에서 종교학자 폴 틸리히(Paul Tillich)가 말한 "가장 넓은 의미에서 그리고 가장 근본적으로 인간의 정신의 심층적 차원에 존재하는 궁극적 관심"으로서의 종교는 우리로 하여금, 이러한 근대의 정점에서 필연적으로 찾아오는 내면의 진공(inner void)을 치유하고 보완하는 대안적 공간으로서 '종교적 상상력'의 가치와 의미를 준별하게 해준다.

이러한 '종교적 상상력' 이를테면 영원에 대한 추구, 신성의 지상적 복원에 대한 의지, 초월 의지, 영성에 대한 내밀한 감각과 그것의 추구, 사랑의 구현, 그리고 모든 불가시적 세계에 대한 견자(見者)로서의 역할을 자임하는 지향성 등의 시적 수용은 그 자체로 매우 중요한 우리의 탐구 과제이다. 더구나 그러한 종교적 욕망과 의지가 현실적으로 나타나고 형상화될 때는 대개 시적 언어의 형식을 띠게 됨으로써, '시'와 '종교'는 매우 밀접한 언어적·구조적 상동 관계를 형성하게 된다. 시적 언어가 제한된 물리적 언어 구조를 통해 근원적이고 불가측한 인간의 욕망이나 세계의 실상 혹은 그 이면에 살아 움직이는 세계를 파악하려는 충동으로 가득하다는 점에서, '시'와 '종교'의 근원 탐구적 성격은 깊은 상호 연관성을 띠게 되는 것이다.

따라서 우리는 이러한 '종교적 상상력'에 대한 탐색과 추구를 통해 근대의 전개 과정에서 밀려난 이성(理性)의 타자들을 복원할 수 있을 것이다. 일찍이 서구 정신사의 전통인 이성적인 계몽의 방법을 종교 정신의 연장선으로 파악한 이는 융(C. G. Jung)이었지만, 우리가 탐색해야 할 것은 그러한 성격의 서구적·역사적 기독교가 아니라 인간과 우주의 근원에 대한 궁극적 관심으로서의 종교라고 할 수 있다. 특히 동양적 사유에 대한 강조나 인식론적 전회(轉回)의 징후들이 빈번하게 나타나고 있는 우리 시대에, 단절과 막힘의 역사를 지나 소통과 순환의 역사를 위해서라도 그와 같은 이성의 타자로서의 '종교적 상상력'은 회복되어야 한다. 그것은 피안과 비의(秘義)의 세계로의 도피라는 근대가 부여한 수세적인 오명을 벗고, 근대의 항구적 타자들에 대한 공감으로 인간과 우주의 심층적 차원을 제시하는 대체 기능을 해야 하는 것이다.

우리 근대시의 전통에서 정지용의 종교 시편이나 김현승, 윤동주, 박목월, 박두진, 구상, 황금찬, 박이도, 강은교, 고진하 등의 기독교 시편에 대한 정당한 평가나, 공초나 미당을 필두로 한 조지훈, 김구용, 박희진, 고은, 최동호, 황지우, 최승호 등의 불교 시편에 대해서도 마찬가지의 독자적인 역사적 평가가 따라야 할 것이다. 물론 이들이 한국 근대시사의 주역들임에는 틀림없지만, 그들의 초월 지향적인 언어가 역사 현실과 접점을 이루면서 형성하는 영역에 대한 본격적 평가는 미흡한 것이 사실이기 때문이다.

3. '몸'의 발견과 해석

'몸'은 인간을 구성하는 가장 구체적이고 감각적인 물리적 실체이자, 모든 문화가 생성되는 최초의 지점이다. 그러나 그동안 전개된 인류 지성사에서 인간의 '몸'은 '이성(정신)'에 비해 현저하게 그 중요성이 떨어지는 범주로 평가 절하되어왔다. 특히 '몸'은 '미(美)/추(醜)'라는 가치 평가적 개념으로 분기(分岐)되면서부터 '외모 지상주의라'는 그릇된 사회적 편견을 일정하게 낳으면서, 그리고 부도덕한 욕망의 근원으로 낙인찍히면서 심각한 홀대를 받아왔던 것이다. 그러던 것이 1990년대 이후 강력하게 대두된 탈(脫)근대적 기획에 의해, '근대'가 억압해온 가치론적 범주로 인간의 '몸'은 서서히 부활하게 된다. "몸을 통한 세계의 무한한 해석 가능성"(니체)에 입각한 이 같은 패러다임의 전환은 이제 매우 당당하게 자신만의 인식론적 표지(標識)를 그리며 인간의 역사와 담론 안으로 진입해온 것이다.

이와 같은 움직임은 그동안의 근대사가 '몸/자연/여성'에 대학 억압의 역사이자 이성 편향의 불구적 지성사였다는 판단에 따른 반작용의 하나로 분출되었다. 다시 말하면 이성 중심주의 혹은 이념 지향의 인식론을 극복하려는 반성적 움직임으로 나타난 것이다. 그것은 가장 구체적인 원형적 실체인 '몸/자연/여성' 같은 서구적 근대의 항구적 타자들에 대한 재발견을 통해 인간의 '지워진(잊혀진)' 역사를 복원하려는 이데올로기적 동력이자, 인간의 사사로운 욕망에서부터 사회적 지식의 생성과정까지 보여주려는 거점이 되고 있는 것이다. 이 가운데 특히 '몸'에 관련한 철학적 재인식과 그에 관한 시적 표현은 우리 시단에서 여러 차원과 방향에서 시도되고 있다.

근대 이후 이상이나 김수영에 의해서도 활발한 천착이 이루어진 이 경향은 1990년대 들어서 본격화되었는데, 이를테면 정진규가 '몸詩'라는 구체적인 시적 전략을 오랫동안 표면화하여 '몸'에 대한 존재론적·인식론적 천착을 한 바 있고, 채호기나 김기택, 윤의섭, 김언희 등이 이러한 시적 의도를 반영한 시편들을 두루 발표하는 것으로 나타났다. 이는 "억압된 육체에 대한 기호화의 과정"(피터 부룩스)으로서 근대가 이룩한 주체·권력·이성·중심의 언어에서 타자·탈(脫)권력·감성·주변이라는 탈근대적 내용으로 문화적 핵심을 전환하려는 의욕의 소산이라고 할 수 있다.

그 가운데 채호기는 '나'가 '너'의 존재를 인식하는 것은 나의 '몸'에 남아 있는 너의 '몸'에 대한 기억, 곧 나의 '몸'이 너의 '몸'을 감각하던 순간의 기억을 통해서라는 사실을 말하고 있다. 정신적 관계를 벗어나 '몸'으로서의 교섭과 교통이 인간과 인간의 사이를 회복하고 새롭게 성찰할 수 있는 근거를 제공한다는 사유가 거기에는 담겨 있다. 또한 인간의 '몸'이 주체와 세계를 잇는 가장 구체적인 매개체라는 인식론적 전회(轉回)의 흔적이 담겨 있기도 하다(소설에서는 그 주제가 딱히 '몸'으로 집중되는 것은 아니나, 우리는 배수아, 김영하, 천운영, 정이현 등의 일련의 작품에서 인간 육체에 대한 정치한 탐색이 이루어지고 있음을 어렵지 않게 관찰할 수 있다. 이들의 작품에는 도덕이나 윤리로 환원되지 않는 자유로운 육체의 생동감이나, 섹슈얼리티에 대한 사회적 탐구를 통한 '몸'의 재발견 과정이 잘 담겨 있다).

이제 '몸'은 우리 시에서 '이성'이나 '정신'보다 하등한 범주가 아니라 그와 대등하면서 상호 보완적인 거점이 되고 있다. 물론 그 출발이 '여성'이라는 근대의 타자를 발견하려는 페미니즘적 열정에서 시작된 부분이 없지는 않지만, 오히려 그것은 우리 문화 전체의 지형을 바꾸는 전위적 기획으로 확산되고 있는 것이다. 그러나 이 미완의 기획은 아직 우리 문화 전체에서, 희망과 생성의 원리보다는 세기말적 불안과 인간의 '죽음' 충동을 드러내는 쪽으로 경사되고 있는 게 사실이다. 그럼에도 불구하고 그 '불안'의 동력은 그동안 일사불란하게 펼쳐져온 서구·백인·남성·이성 중심의 근대적 기도(企圖)들에 대해 강력한 심미적 항체를 형성하고 있다. 그 점에서 우리 시의 전통적 맥락에 이 같은 '몸'의 발견과 해석을 기저로 한 시학은 이제 적극적으로 편입되어야 할 것이다. 특별히 성적(性的) 터부라는 오랜 관점에 의한 이른바 윤리적·경건주의적 전통에 대해서는 근본적인 재고(再考)가 필요한 시점이다.

4. 아방가르드 미학

우리 시에서 아방가르드적 전통이 타자화될 수밖에 없었던 이유는, 아방가르드가 갖는 급진적(radical) 성격과 난해성의 시학에서 찾아진다. 또한 이는 아방가르드가 전통과 근대 사이의 단절을 가장 첨예하게 보여주는 방법 가운데 하나이고, 언어 유산의 투명한 유산을 근본적으로 흔들었던 미학 운동이었기 때문이기도 하다. 그래서 아방가르드적인 모든 예술 운동은 언제나 예외적 기행(奇行)으로 치지도외(置之度外)되고 미학사의 주류에서 철저하게 배제되었던 것이다.

서양 미학사에서 아방가르드는, 제1차세계대전을 계기로 확산된 자본주의 문명에 의한 인간 소외에 대하여 비판하고, 계몽 이성이나 진보적 세계관에 의한 근대 기획에 대해 반성하면서 제기된 이념적 · 방법적 범주라고 할 수 있다. 그것은 근대 부르주아의 세계관과 가치 체계가 막다른 길에 도달해 있다는 위기 의식의 역사적 산물이며, 이성 · 노동 · 주체 등의 계몽적 기획에 파산을 선고하고 욕망 · 무의식 · 비합리의 세계에서 새로운 진리를 구하고자 했던 낭만주의적 반동(reaction)이기도 하다.

또한 아방가르드는 재현(再現)을 유보하거나 포기한 자기 반영적 미학이고, 나아가 근대의 속물적 평균주의에 저항하는 미학적 정예주의(elitism)의 한 형식이라고 할 수 있다. 이러한 아방가르드의 속성에 부합하는 시사적 실례를 우리는 이상과 삼사문학이 보여주었던 초현실주의적 지향, 김기림이나 오장환이 보여주었던 모더니즘의 가장 진보적인 형식, 이후 1980년대 이후에 전면화된 해체 지향의 시학에서 찾을 수 있을 것이다. 이들을 통해 우리 시사는 '위반(違反)'의 미학의 가능성을 타진하고 추출할 수 있는 것이다.

하지만 앞에서도 말했듯이, 이 같은 아방가르드 형식들은 필연적으로 반(反)교육적인 난해성 시비에 휘말릴 수밖에 없다. 무슨 소리인지 알아야 전수가 가능하지 않겠느냐 하는 것이다. 가령 최근의 이승훈, 박찬일, 이수명, 박상순, 함기석, 정재학 등의 예리한 시편들에서는(물론 각자의 외연과 내포는 매우 큰 편차를 지니지만) 합리적인 해석과 평가가 근본적으로 불가능해 보이기도 한다. 하지만 합리적인 의사 소통의 가능성이 '시'라는 예술의 최소한의 존립 근거가 되는 것은 아니다. 난해성을 띨 경우, 그 난해성 자체에 역사성이 있을 수 있으며, 심지어는 난해한 형식 자체가 메시지가 되기도 하기 때문이다. 그래서 우리가 합리성과 난해성 사이의 모순 위에 존재하는 부정(否定)의 양식으로서의 아방가르드에 대해 미학적 함의를 부여할 경우, 우리는 매우 중요한 예술정신의 한 측면에 다다를 수 있게 되는 것이다.

한편 아방가르드의 정신은 이른바 탐미주의적 전통으로 극단화되기도 한다. 우리 시사는 그야말로 탐미적 혹은 유미적 전통에 대해 매우 무관심한데, 이 같은 시사적 실재들을 추출해 그동안 정치 과잉의 문학사가 배제해온 타자적 영역을 수렴해들여야 할 것이다.

5. 노동시와 민중 미학

우리 시에 대한 평가 기준이 그동안 정치 과잉, 역사 중심의 자장에 너무도 깊이 유폐되었다고 말할 때, 그것은 두 가지 뜻을 함축한다. 하나는 그것이 '민족주의'라는 프리즘에서 주로 채택되었기 때문에 사회주의적 전망을 가지고 민족주의를 지향했던 움직임에 대해 매우 인색했다는 점이고(이는 자본주의 체제상 불가피했을 것이다), 다른 하나는 해방 이후에는 '순수 문학'이라는 또 하나의 정치 과잉의 대척점을 만들어 오히려 반(反)정치적인 시야말로 가장 예술적인 시라는 이데올로기를 만들었다는 점이다. 이 점에서 일제하 저항시로 분류되는 한용운, 이상화, 이육사, 윤동주의 시편들은 아무런 이의없이 시사의 주류로 편입되었지만, 일제하 사회주의 운동에 의거한 시적 성과나 해방 이후에 체제에 도전했던 노동시 같은 민중 미학에 대해서는 어느 주류 문학사에서도 반기지 않았던 터였다.

결국 우리는 불구적 근대의 절정에서 피어난 파시즘 체제와 외세의 개입 그리고 자본의 무한 확장이 결합하여 빚어낸 저 분단 시대의 화려한 외관을 심층에서부터 비판했던 해방 후 노동시라는 타자를 적극적으로 평가해야 한다고 생각한다. 그들이 분단 극복과 민주주의 쟁취 그리고 인간 해방이라는 근대적 과제에 힘을 쏟은 나머지 근대 자체의 내파(內破)나 대안적 근대의 구축에 등한했던 점은 물론 반성되어야겠지만, 가장 사적(私的)인 차원에서 발원하는 문학을 공적인 영역으로 확장하면서 사회적 상상력과 미학적 감수성을 동시에 증폭한 면은 긍정적 평가를 받아야 할 것이기 때문이다.

그런가 하면 '노동'의 문제가 계급 담론에 적극 기여하였던 1980년대의 문학과 달리 최근의 노동시는 급격한 소외의 길을 걷고 있는데, 사실 꼼꼼히 들여다보면 그 안에는 '노동'에 대한 재발견의 의미가 들어 있음을 알 수 있다. 현실 변혁의 열정 속에 만개했던 1980년대의 노동시를 박노해, 정인화, 백무산, 김해화 등이 이끌었다면, 최근의 노동시는 '노동' 자체의 본질에 대해 체험적이고 일상적인 시선을 보여주고 있는데, 우리는 이면우, 최종천, 유승도, 이중기, 김신용, 서정홍, 유용주, 조기조, 맹문재 등의 시에서 이러한 노동의 실재에 대한 인식 지평 확대를 경험할 수 있을 것이다.

요컨대 그동안 노동시로 대표되는 민중 미학은, 주체와 현실이라는 두 축을 두고, 계급성이 인간 조건을 규정하는 배타적이고 결정적인 몫을 행사했다는 것을 꾸준히 보여주었다. 그리고 주관의 허위와 싸우면서 객관의 신화를 구성하려는 첨예한 노력을 보여주었다. 최근 발간된

『한국대표노동시집』(2003)에서 한국 근대시 100년의 노동시 집성을 대하면서, 우리는 우리 시사에서 이처럼 면면한 시적 지향이 달리 있겠는가 하는 느낌을 떨칠 수 없다. 시대의 주류 이념과 체제 수호적인 방어벽(癖)에서 나온 이 같은 영역에 대한 일관된 배제와 폄하가 앞으로 폭넓게 수정되기를 기대한다.

6. 대중적 친화력의 시

우리가 잘 알듯이, 대중문학은 본격문학 혹은 순수문학의 타자로서, 그동안 본격적인 미학적 논의의 대상이 못 되었다. 이러한 점을 반성하면서 우리는 바야흐로 대중들이 예술과 미학의 창조자이자 수용자인 첨단의 시대를 살아가는 이들답게 '대중문학'에 대해 열린 마음을 가져야 한다는 요청에 직면하고 있다. 더구나 대중적 친화력을 확보하기 위해 다양한 매체적·양식적 실험이 추진되고 있는 이 시대에, 우리는 '비(非)대중성=선/대중성=악'이라는 해묵은 무의식을 떨구어야 하지 않느냐는 의견에 무심할 수 없게 된 것이다.

우리가 시를 쓰고 읽는 것은, 그 자체로 커다란 우주적 진실이나 역사적 흐름에 순간적인 동참을 하는 일일뿐만 아니라, 개인적 차원에서 보더라도 그것이 자신의 관념과 생각에 새로운 탄력과 윤기를 부여하는 신생(新生)의 작업이다. 그 동참과 신생의 감각은, 일정한 지속성을 가지고 삶을 규율한다기보다는, 우리 삶의 나날이 가지는 무의미성과 순환성에 일종의 인지적·정서적 충격을 가함으로써 자신을 반성적으로 바라보고 생각하고 치유해갈 수 있는 창조적 에너지를 부여하는 데 그 의의가 있다. 이것이 서정시의 가장 보편적이고 또 가장 절실한 존재 이유일 것이다.

그런데 대중적 친화력을 띠고 있는 시의 경우는 대부분, 이러한 정서적·인지적 충격 중에서 사랑이나 그리움, 이별의 아픔, 인생론적 긍정, 희망의 원리, 깨달음과 공감, 서정적 주체의 내면에서 이루어지는 명상의 언어들이 주된 내용을 이룬다. 이는 주로 소설에서 성(性)이나 폭력, 추리, 멜로, 영웅담 등이 대중성의 핵심이 되는 것과 사뭇 대비되는 것이다. 이러한 대중 친화적 시의 덕목 안에는 세계를 단순화하는 긍정적 정서가 우세하며, 설사 시인의 정서가 갈등과 모순의 상황에 처해 있더라도 그것을 인식하거나 극복하려는 시인의 의지나 정서는 비교적 단일하고도 명료한 지향을 내비치는 경우가 대부분이다. 따라서 이러한 시들은 많은 대중들에게 복합성보다는 단순성, 갈등보다는 화해, 부정적 의식보다는 긍정적 의식을 부여한다. 그래서 이 같은 범주들은 사랑(그리움)과 삶에 대한 긍정(희망) 그리고 명상이나 깨달음을 통한 교양주의가 주종을 이룬다. 이는 앞서 말한 단순성, 화해, 긍정 지향의 성격을 아우른다.

그 중에서 가장 즐겨 채택되는 주제는 단연 '사랑'이다. 원래 '사랑'이라는 것은 정서의 영역에서 발생하는 것이지만, 그 나름의 고유한 행위 양식을 통해 자신을 구체화하는 특성을 지닌다. 그 다음으로 많이 나타나는 주제는 삶에 대한 따스한 긍정 또는 희망이다. 비록 현재는 고통스럽고 누추하다 하더라도 그것을 극복하고 새로운 세계가 열릴 것이라는 부추김과 위안의 미학이 가장 지배적인 주제로 드러난다. 마지막으로 대중시에서 줄곧 나타나는 주제는 명상을 통한 깨달음의 세계이다. 이는 독자들의 교양 욕구를 충족시키면서 화해의 세계관을 형성하는데, 대중들에게 의사 교육적(pseudo-educational) 효과를 행하는 부분이다. 이러한 세 가지 주제들은 세계의 복합성과 갈등의 드라마보다는, 명료하고 투명한 정서적 지향을 통해 독자들에게 동일화의 체험을 부여하는 공통점이 있다. 독자들은 이러한 시들을 통해 위무받고 치유받으며 폭 넓은 보편적 공감을 형성하는 것이다.

이러한 대중적 취향의 시는 시 창작의 의도 차원에서 발생하는 것이 아니고, 시를 수용하는 대중들의 반응에서 귀납되는 개념적 실체일 뿐이다. 따라서 잘 팔리는 시인들을 묶어서 본격문학에 이르지 못한 하급 시인들로 폄하해서는 안 된다. 그리고 대중성을 누린 시인들 사이에서도 미학적 편차는 매우 큰 것이 사실이다. 그래서 우리는 대중성에 대한 지나친 거부감을 누그러뜨리고 독자 반응 이론이나 구성주의적 관점에 서서 시사를 바라볼 수 있는 실물들을 그들의 시에서 찾는 것이 필요하다고 판단한다.

물론 이 밖에도 지역(地域)의 문제 곧 중심-주변의 권력의 편차 문제가 '주체/타자'를 가르는 실제적인 요인으로 작용하고 있음을 지적할 수 있다. 또한 성별의 문제, 특정 학연의 규정력 문제, 이른바 '문단 권력'에 편입되어 있는가 하는 문제, 비평가의 조명이 갖는 불공정성에서 기인하는 문제들도 복합적으로 우리 시의 타자들은 발생시키고 확대시키는 요인들이 아닐 수 없다. 따라서 이러한 상황에 대한 문제 의식을 근원에서부터 견지하고 우리 시의 탈(脫)권력화, 타자성의 복원, 다양한 비평적 규준의 논리화에 헌신하는 것이 우리 시대에 필요한 비평적 자의식이 아닐까 싶다.

7. 타자와 주체의 변증법

최근 우리 문단이나 학계에서 가장 두드러지는 현상은, 비평적 규준이 다양해졌다는 것과 한 시대를 표상하는 있는 주류 미학이 부재하다는 것이다. 이는 물론 단일한 담론 권력이 타자적 언어들을 억압하고 전일적인 중심을 형성했던 시대에 대한 강렬한 반성으로 나타난 탈(脫)근대적 양상 중의 하나이다. 우리 시대가 다양한 문화들의 충돌과 교섭이 그 어느 때보다 활발하게 이루어지고 있고, 진영과 이념이 긋고 있던 구획도 느슨해져가고 있는 만큼, 이러한 규준의 이완은 어느 정도 불가피한 것이다. 하지만 비평적 규준의 다양성이 그 외관에서 나타나는 것만큼 민주적 감각의 현실화에 기여하는 것은 아니다. 그것은 오히려 문학의 존재 이유 이를테면 미학적 공감이나 한 사회의 명료한 자기 이해라는 근본적 지반을 흔들 수 있기 때문이다.

물론 이러한 가파른 변화는 지난 시대에 대한 맹목의 향수와 새로운 시대에 대한 근거없는 낙관이라는 양편향을 부른다. 우리 시대는 이러한 양편향 속에서 균형 감각을 가지고 미학적 패러다임을 새로이 안출해야 하는 비평적 책무를 요청하고 있다. 이때 우리가 다다르게 되는 것은, 우리 문학이 그동안 주류와 비주류의 경직된 이분법을 무반성적으로 겪어왔으며, 또한 그것의 교체가 이데올로기 개입을 통해 이루어져왔으며, 문학사의 주류가 타자를 억압하면서 형성되었다는 것에 대한 폭 넓은 반성일 것이다. 다양한 프리즘으로 존재하는 이른바 '본격문학'의 타자들에 대한 미학적 논의의 활성화가 긴요한 까닭이 여기에서 발생한다.

마르크스(K. Marx)의 "모든 단단한 것은 흔적없이 녹아 사라진다"는 잠언(箴言)은 지상의 어떤 물리적·비물리적 실체도 안정되고 영속적인 정체성과 구조적 완결성을 가질 수 없다는 것을 함의한다. 우리 시대의 이 같은 불안정성과 불투명성은 자본주의의 현란한 자기 전개 과정의 극점에 이른 과학 기술의 발전에서도 기인하는 것이지만, 주체와 타자 사이의 혼란과도 깊이 연관되는 것이다. 특히 우리 주위를 감싸고 있는 매체 환경의 변화는 이러한 주체 상실과 타자들이 활발한 움직임을 더욱 가속화하고 있다. 따라서 우리는 '타자'와 '주체'의 공존과 통합이 더욱 요긴한 과제로 요청되고 있는 시대를 마주하고 있는 것이다.

문학사에서의 큰 시인은 있는가

지난 2003년 11월 3일자 국내 유수 일간지들에는 공통적으로 이색적인 문학 기사가 하나 실렸다. 문학 강연이나 세미나 등에 대해 인색한 일간지들이 주말 북 섹션 코너도 아닌 월요일자에 일제히 보도한 그 기사는, 우리 시단의 원로인 김춘수 시인이 어느 강연에서 발언한 내용에 관한 것이었다. 김춘수 시인은 11월 1일 세종문화회관 컨벤션센터에서 열린 제17회 '시의 날' 행사에서 「세계 속의 한국 시」라는 제목으로 기조 강연을 하였는데, 그 자리에서 그는 "우리 시단 100년 역사에 위대한 시인이 없었다"면서 이제는 "'누가 무슨 말했더라'고 회자될 '큰 시인'이 나와야 한다"고 말하였다. 100년 역사에 '큰 시인'이 존재하지 않았다는 원로 시인의 단호하고도 확연한 단정을 두고 많은 네티즌들이 저마다의 경험과 견해를 잇따라 인터넷에 올려, 이 기사는 최근 들어 가장 많은 리플을 거느린 화젯거리가 되어버렸다. 육당 최남선의 「해에게서 소년에게」가 1908년 작품이니 정말 우리 근대시는 100년 역사를 코앞에 두고 있는 셈인데 그 오랜 역사에서 우리 모두가 흔쾌히 기억하고 기릴 만한 '큰 시인'이 없었다니, 그렇다면 그동안 우리가 교과서와 앤솔러지를 통해서 읽고 암송했던 수많은 명편(名篇)들은 어찌되는 것인가.

1. "우리 시단 100년에 '큰 시인' 없어"

시인의 견해를 좀 더 따라가 보자. 그는 한국 시가 그동안 '인간성(humanity)'에 대해 깊은 통찰을 결여했기 때문에 '큰 시인'을 배출하지 못했다고 지적하고 있다. 그러면서 시인은 "엘리엇이나 릴케 등 '큰 시인'들의 시는 '인간성'에 대한 통찰을 아주 깊고 치밀하게 추구했음"에 비해 "한국 시는 전통적으로 그러지 못했다"고 진단하였다. 구체적인 사례로 그는 "정지용과 이상, 서정주 등에 의해 우리 시단은 현대시의 세계로 들어설 수 있었지만, 이들의 시는 인간성에 대한 깊은 통찰 면에서 약했다"고 지적한 후, 그들을 일러 "훌륭한 시인이기는 하지만 '큰 시인'은 아니었다"고 평가하였다. 이어서 시인은 "지금도 시를 '노래'라고 생각하는 아주 소박한 견해가 우리 시단을 대체적으로 지배하고 있는데 이는 의식면에서 아주 약한 것으로서, 시는 단순한 작품이 아니라 시 자체가 무엇인가, 인생이 무엇인가를 추구하는 것"이라고 덧붙였다.

원로 시인의 우리 시에 대한 이 같은 '쓴 소리'는 그 자체로 귀기울일 만한 통찰을 담고 있다. 오랜 동안 한국 시의 현장을 지키면서 뛰어난 작품들을 써온 시인의 처지에서 보자면 이러한 규정과 평가는 자기 자신의 시적 이력까지 포괄하여 반성하려는 자기 성찰적 요소를 포함한 것이라고 할 수 있다. 그의 견해를 요약하자면, '좋은 시'는 시의 현대성 구현에서 이루어지지만 '위대한 시'는 인간성에 대한 깊은 통찰에서 가능하다는 것, '시=노래'라는 오래된 믿음을 견지하기보다는 시와 삶에 대한 근원적 성찰을 담아내는 지경(地境)에까지 이르러야 '큰 시인'이 가능하다는 것 등이다.

그렇다면 우리 근대시는, 시인의 지적대로 '인간성'에 대한 탐색과 추구를 게을리 하였는가. 이때 '인간성'이란 범주는 무엇을 함의하고 배제하는가. 그가 제시한 '큰 시인'의 기준은 충분한 적정성을 가지고 있는가. 설사 그 기준이 옳다고 하더라도 우리 시사에서는 '큰 시인'보다 '다른 목소리(the other voice)'를 가진 시인이 더 필요했던 것은 아닌가. 이 길지 않은 글은, 이러한 연쇄적 질문에 대한 잠정적이고 부분적인 소회를 담고 있다.

2. 우리 근대시의 발생론적 토양

지난 한 세기 동안 펼쳐진 한국의 근대시는 그 역사의 일천함에도 불구하고, 몇 세기에 걸쳐 서서히 진행된 서구의 시적 경향과 흐름을 압축적으로 경험하고 구현하였다. 이는 우리 시에 깊이있는 성숙보다는 숨가쁜 변화와 대체(代替)의 움직임을 가져다주었고, 느긋하고 점진적인 축적보다는 '새것'에 대한 미학적 조급증을 부여하기도 하였다. 또한 미학적 논의보다는 진영 개념을 매개로 하는 논쟁적 비평 의식이 승했던 것도 자연스러운 현상이었다. 또 그것이 '식민지'와 '분단'이라는 가혹한 조건 속에서 진행되었기 때문에, 우리 근대시의 역정은 순탄한 선조적(線條的) 진행이 아니라 무수한 갈등과 착종으로 얼룩진 소용돌이의 역사였다고 할 수 있다. 이러한 궁핍하고도 혹독했던 외적 여건이 오히려 우리 시의 내용을 풍요롭고 다양하게 가꾼 역설적 토양이었음은 우리가 잘 아는 바이다. 어찌됐든 이러한 여러 결손의 세목들은 서구의 근대시와는 판이한, 우리 근대시만의 고유한 발생론적 토양이었던 것이다.

이러한 상처와 굴곡 투성이의 역사를 토양으로 하는 한국 근대시가 목표로 삼은 것은 자연스럽게 근대적 '국민 국가(nation state)'의 완성(회복)과 인간다운 삶의 실현(탈환)이었다. 그러한 커다란 밑그림에 시적 형상이 기여할 수 있는 것을 우리 근대시는 일관되게 탐색하여왔고, 그 수원(水源)이 순수 서정에 있든, 참여적 열정에 있든, 특정 이념에 있든, 인간의 정당하고 가치있는 삶에 기여하는 데 내남없이 나섰던 것이다. 새롭고 오롯한 정신의 구현과 단단하고도 탄력있는 형상적 성취라는 이중적 작업을 그 궁극의 목표로 삼은 우리 근대시의 역사는, 그래서 상처도 많았지만 아름다운 문양(紋樣)도 많이 남겼다. 이제 새로운 세기는 그 상처를 치유하고 그 문양들을 시적 진정성과 미학적 탁월성 안으로 음각(陰刻)해들여야 하는 역사적 책무를 우리에게 요청하고 있다.

3. 식민지 시대의 시, 불구적 근대에 대한 미학적 항체

잘 알려져 있듯이, 우리 근대의 여명은 "처얼썩 처얼썩 척 쏴아아"(「해에게서 소년에게」)하는, 저 청년기의 열정이 부른 청각적 메타포로부터 시작된다. 근대 문명의 충격과 외세의 침입을 동시에 환유하고 있는 이 '현해탄(玄海灘)'의 파고(波高)는 우리가 한 세기를 걸려서 넘어서야 했던 해일이자, 우리의 전근대적 습속들을 쓸어내려는 성난 물길과도 같은 것이었다. 그러나 비록 그 세척(洗滌)과 잠식(蠶食)의 이중성이 우리 시를 서구의 그것에 가깝게는 했지만, 그것은 또 하나의 질곡 곧 문학사적 연속성의 상실이라는 분절적 단층을 경험케 하기도 하였다. 이름하여 '국민 국가'의 상실과 전통의 망각이 동시에 가속도가 붙은 채 진행된 것이다. 따라서 우리가 식민지 시대의 저 풍요로운 시사적 자산을 두고 생각할 때, 일본의 존재나 영향력을 뺀 채 자주성의 기치만을 드높인다는 것은 지극한 관념론이 될 수밖에 없는 것이다.

생각해 보자. 육당이나 춘원은 물론, 주요한, 김억, 김소월, 박영희,

김팔봉, 임화, 정지용, 김기림, 이상, 박용철, 이용악, 백석, 윤동주 등이 모두 일본 유학생 출신 아니던가. 물론 한용운이나 이육사, 서정주 같은 예외적 존재도 있기는 하지만, 우리 근대시의 이념과 방법을 체현한 일급 시인들의 신원적 조건이 하나같이 저 '현해탄'의 파장으로부터 자유롭지 못했다는 사실은 무엇을 말하는가. 굳이 임화의 견해를 빌릴 것도 없이, 그것은 우리 근대시의 양식적 · 정서적 · 이념적 자장의 발생론이 '일본'을 강력한 매개로 하는 구상적 형식임에 틀림없다는 개연성을 비추고 있는 사례일 것이다. 따라서 식민지 시대의 우리 근대시는 초기의 이입사(移入史), 다양한 문예사조의 혼재, '민족/계급'이라는 거대 담론의 출현과 실종, 리얼리즘(카프)과 모더니즘(구인회)의 상생적 대립, 저항과 친일의 변증법, 전통과 근대의 길항과 착종 등이 부르는 딜레마와 그것을 해결하려는 논리적 · 형상적 고투로 각인되고 있는 것이다.

다음으로 거론할 수 있는 이 시대의 특성은 시인이 곧 지식인이었고 한 시대의 지도적 그룹을 자임했다는 데 있다. 근대의 징후가 전문화나 분화로 나타났던 데 비해, 우리 시단은 거대한 정치적 성향과 흡인력으로 편제되는 중앙집권적 속성을 띠었다. 따라서 시인들의 영향력이나 파장이 남달랐다는 것은 예상하기 어려운 일이 아니었고, 이는 지금 시인들과는 다른 그들만의 권력이자 멍에였다. 가령 육당의 멍에를 생각해 보자. 그는 시인이자 학자이자 저널리스트이자 지사였지만, 역설적으로 근대적 의미의 시인도 학자도 저널리스트도 지사도 아니었다. 그의 불행은 우리 근대사의 파행이 빚은 짐의 무게에서 왔고, 그와 같은 '소년(少年)'들에게 지워진 짐은 그들 개인에게는 미답의 '근대'를 경험하는 천혜의 기회로 작용했겠지만, 우리 민족에게는 더없는 천격(賤格)의 원천을 만드는 계기가 되었다.

마지막으로 식민지 시대의 우리 근대시를 생각할 때 염두에 두지 않을 수 없는 조건은, 일제라는 외압과의 간단없는 싸움이다. 영향 관계의 수수(授受)보다 한층 근본적이었던 것이 이 저항의 논리였을 것이다. 그것은 독립운동 같은 정치적 반응으로 나타나기도 했지만, 시에서는 모국어를 끝까지 묵수(墨守)하고 다듬으려는 문화적 자의식으로 나타났다. 모국어는 한 공동체를 감각적으로 얽어매는 동류항이기도 했겠지만, 식민지라는 결여 형식 속에서 자기 존재의 정체성을 확인할 수 있는 가장 강력한 물리적 실체이기도 했을 것이다. 소월이나 정지용, 김영랑, 신석정, 윤동주, 백석, 청록파 같은 이들의 작업에서 이러한 실증을 경험하게 되는 것은 우리 근대시의 가장 빛나는 대목 가운데 하나이다.

지금까지 우리는 식민지 시대에 우리 시가 처했던 외적 조건을 살폈는데, 이러한 조건을 염두에 둘 때, 순조로운 근대를 구축해간 서구적 시인들 가령 엘리엇이나 릴케를 우리 근대시인들과 비교하는 일이 별로 유용하지 않음을 알게 된다. 발생학이 다르니 시의 존재 형식이나 소통 방식도 다르게 마련이 아닌가. 우리 근대시인들에게 가장 중요했던 것은, 보편적인 인간성에 대한 이해와 천착보다는, 심각한 결여 형식으로 존재하는 '식민지 근대'에 대한 해석과 상상적 탈환이었고 모국어의 사수였기 때문이다.

가령 소월 시에 나타나는 서정적 주체는 확고한 미적 자율성을 띤 이성적 주체로 나타나지 않는다. 엄밀한 의미에서 그의 목소리는 근대적 개인의 그것이라기보다는 다분히 집단적이고 심지어는 민족의 집단무의식을 형상화한 결과에 가깝다. 그래서 그는 개인과 집단을 매개한 우리의(서구적 의미의 '근대'와는 다른) 근대시인으로 기억될 것이다. 또한 만해는 부재와 존재의 변증법을 탁월한 줄글 형식으로 형상화해냈는데, 그의 불교적 상상력과 뛰어난 모순 어법은 우리 시의 사상성을 구축하는 데 크게 이바지하였다. 근대의 초창기에 20대의 청년과 40대 후반의 선승이 직조해낸 『진달래꽃』(1925)과 『님의 침묵』(1926)이라는 성과는, 비록 그것이 근대적 개인의 '인간성'이 견지하는 복합성과 아이러니까지 투시하지는 못했지만, 불구적 근대라는 최악의 조건에서 피워낸 '큰' 결정(結晶)이라고 보아야 할 것이다.

그리고 우리는 1930년대에 이르러 우리 근대시의 난숙기를 경험한다. 그 가운데 정지용은 우리에게 시의 언어 예술적 측면을 새삼스럽게 자각한 거의 최초의 근대적 시인으로 다가온다. 우리는 그의 시를 통해 '감각'이라는 것이 시에 얼마나 풍요롭게 구현될 수 있는가 하는 미학적 실례를 얻었고, 시가 근대적 삶의 경험적 충실성을 잘 드러낼 수 있다는 사실을 알게 되었고, 시가 투명한 인식과 형상화 방법을 통합하여 모호함과 의뭉함을 제거하면서 명징한 인식에 이를 수 있다는 사실을 경험하기도 하였다. 이는 우리 근대시의 한 기념비적 사실로서, 시가 사상성의 차원이 아닌 미학성의 차원에서 얼마나 품과 격을 얻을 수 있는가를 보여준 사례이기도 하다. 그런가 하면 미당은 초기시에서 강렬한 관능과 체험적 구체성을 선보였고, 후기로 갈수록 초월과 달관의 시학으로 가파르게 경사되면서, 언어 미학의 한 절정을 우리에게 보여주었다. 하지만 전 작품을 통해 한결같이 높은 수준과 균질성을 보이며 한국 시의 예술적 성취를 한 단계 끌어올린 그 막중한 시사적 비중에도 불구하고, 미당과 그의 시에 대한 항간의 평가는 극단적으로 갈라선다. 특히 그의 시를 비판적으로 읽는 시각에는, 그가 보여준 언어적 절정에 눈부셔하는 동안 '문학(시)'이라는 것이 정치적 인식과 예술적 형상의 통일체라는 사실이 망각될 수 있다는 엄중한 전제가 깔려 있다. 또한 외재적 풍경의 인상적 묘사, '가난'의 섬세한 세목들, 그리고 풍부한 유년의 서사에 대한 추체험 등을 우리에게 선사해준 백석이나, 내적 성찰의 힘이 얼마나 견결할 수 있는지를 보여준 윤동주의 시편들도 불구적 근대에 대한 미학적 항체를 우리에게 보여준 탁월한 사례들이다. 이들이 보여준 이러한 다양한 시적 방법과 내용은 그들을 '큰' 시인으로 인준해주기보다는, 식민지 근대의 내적·외적 풍경을 아름다운 모국어로 각인한 '다른 목소리'들로 기억하게끔 할 것이다.

4. 해방 후의 시, 분단 체제에서 피운 미학적 결실

해방 후 우리 시사는 분단과 독재에 대한 저항의 맥락과 미학적 세련화라는 이중의 요구 속에서 전개되었다. 그 과정도 식민지 시대와 마찬가지로 순탄한 발전이 아니라, 역류(逆流)와 예외적 지류들을 상처로 품고 있는 풍경을 보이고 있다.

해방 직후에 벌어졌던 좌우익의 이념적 대결은, '분단'이라는 불가항력적 외압에 의해 타율적으로 승부가 갈린다. 그 후 남한에서는 사회주의를 지향하는 어떤 담론도 제도권내로 포섭되지 못한다. 그런 와중에서도 해방 직후 조선문학가동맹에서 활약하였던 일군의 시인들이 암담해져가는 민족사의 험로(險路)에 던진 의미있는 목소리들은 새겨들을 만한 것이었다. 그러나 많은 납월북 시인들이 발생하면서 우리 시는 그 인적 기반이 왜소해지게 되었고, 그들이 남긴 식민지 시대의 유산마저도 향유할 수 없게 됨으로써 파행의 문학사를 학습·재생산하게 되었다. 그러나 그러한 단선적(單線的) 구획 속에서도 우리 시의 높은 봉우리를 '자연'에서 발견한 『청록집(靑鹿集)』 같은 뛰어난 형상적 성취가 출현하기도 했다. 또 서정주, 유치환, 김춘수, 신석정, 김현승, 김광섭 같은 이들의 중후한 시적 작업이 줄곧 이어지기도 했다.

전후(戰後)에 광범위하게 한국 지성계를 휩쓸었던 모더니즘과 실존주의는 사르트르와 카뮈 등으로 대표되는 서구 지성사를, 모든 '특수'를 흡인하는 '보편'으로 격상시키는 우(愚)를 범하고는 했다. 그러나 시사에서는, 김수영이나 신동엽 등에 의해 형상적 성취와 지성적 열정이 결합된 사례를 가지게 된다. 특히 김수영은 우리에게 여러 의미에서 철저한 부정 정신의 화신으로 각인되어 있는데, 현대성과 풍자 정신의 결합, 비판적 지성에 토대를 둔 서정, 정직의 시학, 자유와 혁명을 향한 영혼의 내적 역동성 등을 우리의 경험 속에 남겼다. 그리고 신동엽의 리얼리즘과 민족주의적 열정은 1970년대로 이월되면서 강력한 이념적 · 방법적 자장을 형성하면서 그 후예들을 폭넓게 얻게 된다.

이른바 산업화의 기치를 내걸었던 개발 독재의 '파시스트적 속도'에 대항하여 우리 시는 그 미학적 항체(抗體)를 형성하게 되는데, 김지하나 고은, 신경림, 조태일 등이 형성했던 민중 담론과 정현종, 황동규, 오규원, 오탁번, 김명인, 강은교 등이 형성했던 심미적 인간 이해는 서로 보족적(補足的)인 역할을 하면서 우리 시를 절정에 이르게 했다. 특히 김지하의 『황토(黃土)』는 서정시가 빚어내는 비극적 감동을 드러낸 뜻깊은 예에 속한다. 또 담시(譚詩) 「오적」은 당대 사회의 정치, 경제, 사회적 모순과 부조리를 풍자와 야유를 통해 비판하는 시의 사회적 기능을 드높인 작품으로 문학사에 기록될 것이다. '풍자'라는 양식이 가지는 알레고리적, 도덕적 기능을 상당 부분 유지하면서, 구비 문학적 요소를 충실히 계승한 측면 역시 평가될 만하다. 우리의 감각으로 볼 때, 1970년대의 이러한 시적 형상은 1930년대의 그것과 비견되는 풍부함과 단단함을 공히 갖추고 있었던 이른바 '시적 르네상스' 시대였다고 할 수 있다.

1980년대 들어 강력한 이념적 대결 국면이 벌어진 것 또한 그리 파악하기 어려운 것이 아니다. 김남주와 박노해라는 희대(稀代)의 시적 상징을 만들어낸 1980년대는 황지우 같은 강렬한 해체 정신을 만들어내기도 했다. 그러나 민중주의 미학이 불러온 단순화, 도식화, 상투화 등은 반성의 여지를 만들었고, 또 1990년대로 넘어오면서 1980년대의 작업이 올곧은 의미에서 지속 · 심화되는 작업이 영성했음을 두고 볼 때 그 이념의 허약함(강렬함과 꼭 비례하는!)이 드러나기도 했다. 그러나 전반적으로 1980년대는 우리 시의 창작 기반 확대, 어법의 민주화, 그리고 서정시의 리얼리즘적 가능성의 지평 확산이라는 긍정적인 자산을 남긴 언필칭 '시의 시대'였다고 할 수 있을 것이다.

이른바 '세기말'이었던 1990년대는, 특별한 중심이나 대가(大家)가 없이 탈중심·탈주체의 미학적 전략이 백가쟁명(百家爭鳴)하면서 우리 시의 풍요로운 지층을 형성한 시기이다. 그들의 목록을 일일이 짠다는 것은 가능하지도 않을 뿐더러, 그들을 분류할 수 있는 미학적 준거 또한 그리 명징하지 않다. 다만 생태적 사유의 광범위한 대두, 여성시편의 단단한 성숙, 인간 중심주의의 온갖 담론을 재구성하려는 탈근대의 운동들이 넘쳐났던 시대라는 명명이 가능할 터이고, 그것은 우리 시를 위하여 매우 고무적이고 긍정적인 생성의 움직임들이었다고 할 수 있다.

이처럼 해방 후의 우리 시는 분단 체제라는 혹심한 결여 형식 속에서, 정치적 저항과 미학적 결실이라는 이중적 요구를 그 나름으로 치러 나갔다. 보편적 인간 이해를 설정하기에는 너무도 '시대적'인 화두에 골몰했던 시적 주체들로서는 '큰' 목소리보다는 '거칠고 선명한' 혹은 '세련되고 치밀한' 목소리를 진화시켰던 시기였다고 할 수 있다.

5. 다양한 근대시의 문양, 그 자체로 '큰' 것

지금까지 우리가 조감한 한국 근대시의 문양은 참으로 복합적이고 다양하다. 그 다채로운 근대의 문양(紋樣)들은 과연 무엇을 함의하고 배제하는가. 단 한 번도 완성의 경험을 해본 적인 없는 미완의 근대에서, 우리의 시적 주체들이 바라본 근대의 풍경은 불구적인 것이었고, 당연히 그 발화(發話) 양상은 지극히 일면적인 것이었다. 누구는 정치적으로, 누구는 미학적으로 자신의 언어적 최대치를 구현했지만, 이른바 사상성의 차원에서 인간 이해를 꾀한 시는 우리의 근대로서는 요구하기 힘든 것이었다.

이처럼 '근대'와 '민족'의 두 마리 토끼몰이에 헌신했던 우리 근대시는 자주적이고 민주적인 근대적 통일국가에 대한 희구와 그를 가로막는 힘들과의 충돌, 갈등 과정을 거치면서 인간의 삶과 역사를 탐구해왔다. '관변/민중', '순수/참여', '저항/친일', '근대/탈근대'의 길항과 교체가 숨가쁘게 전개되면서, 그들 사이에 때로는 적의(敵意)가, 때로는 선의의 공존 의식이 생성되면서, 우리 시는 미학적 세련과 이념적 성숙을 동시에 추구해나간 것이다.

그 발전상을 거든 우리 시의 계보를 정리해본다면, 그것은 리얼리즘(진보적 개화시가—프로시—1930년대 후반의 진보적 시문학—조선문학가동맹—참여시—민중적 서정시—노동시 · 농민시), 모더니즘(1920년대 이미지즘—구인회—'후반기' · 김수영—1960년대 언어 실험의 계열—1970년대 문학과지성사 계열—1980년대 해체시—1990년대 신세대시), 순수 서정(개화한시 · 가사류—『백조』 · 낭만주의—『시문학』 · 『시인부락』—『문장』 · 청록파—1950년대 이후의 전통 서정시—최근의 선시 및 정신주의시)의 세 갈래로 추상이 가능하겠지만, 그 또한 일반화의 욕망이 반영된 불구적 도식일 뿐이고, 그야말로 역동적인 소용돌이의 연속이었다고 말할 수밖에 없다. 작용과 반작용, 이반(離反)과 습합(襲合)을 거듭하면서 우리 시는 자신의 언어와 영혼 안에 깊숙한 상처와 무늬를 이루어왔던 것이니까 말이다.

이제 허두에 제기한 질문으로 돌아가보자. 우리 근대시의 문양은 어떠했는가. 우리 근대시는 '인간성'에 대한 탐색과 추구를 못하였는가. '큰 시인'은 존재하지 않았는가. 물론 우리는 우리의 근대시인들이 인간의 복합성에 대해 깊이 사유해왔다고 생각한다. 그것은 감각과 이념의 한편에서 혹은 역사와 일상의 아슬아슬한 사이에서 이루어졌다. 그래서 식민지와 분단이라는 심각한 결손 상황에서 시를 쓴 시인들은, 역사적 흐름에 적극적으로 참여했던 이들이나 그렇지 않은 이들이나 이러한 상황이 주는 구속으로부터 자유로운 이는 아무도 없었다.

그 점에서 우리는 소월이나 만해, 지용이나 미당, 백석이나 윤동주, 김수영, 신동엽, 김춘수, 김지하 등을 '큰 시인'으로 규정하지 않고, 다양한 음역을 구축한 위대한 근대시인이라고 평가할 수 있다고 생각한다. 그들에게 '인간성' 탐구라는 거대한 보편 명제를 요구하는 것은 이미 그 자체로 근대 이상(以上)이고 시 이상(以上)이다. 그런 의미에서 김춘수 시인이 전범으로 예시한 엘리엇이나 릴케는 근대적 서정시인의 평균치에 속하지도 않을 뿐더러 오히려 근대를 넘어서는 '큰' 범주에 있는 시인들이다.

따라서 아직도 미완의 근대적 과제가 산적해 있는 우리 현실에서, 역사와 일상, 외재적 현실과 내면적 욕망 사이에서 시를 써야 하는 우리 시대의 시적 주체들에게 '큰 시인'을 요구하는 것은 한편으로는 정당하지만 다른 한편으로는 전혀 부당한 것이다. 요컨대 우리는 창조적 시인들의 '다른 목소리'들이 어울려 빚어낼 새로운 세기의 시단을 고대해본다.

제7차 교육과정 국어교과서 수록 시 작품 분석

1. 혹독한 현실 속에서 피어나는 신념과 의지 - 이육사 「광야」

까마득한 날에
하늘이 처음 열리고
어디 닭 우는 소리 들렸으랴

모든 산맥들이
바다를 연모해 휘달릴 때도
차마 이곳을 범하던 못하였으리라

끊임없는 광음을
부지런한 계절이 피어선 지고
큰 강물이 비로소 길을 열었다

지금 눈 내리고
매화 향기 홀로 아득하니
내 여기 가난한 노래의 씨를 뿌려라

다시 천고의 뒤에
백마 타고 오는 초인이 있어
이 광야에서 목놓아 부르게 하리라

(1) 웅대한 스케일과 정치한 시간 구조

이육사의 대표작 가운데 하나로 알려져 있는 「광야(曠野)」는 웅장한 스케일과 남성적 목소리, 그리고 시간과 공간을 광활하게 움직이면서 신성한 역사의 과거와 미래를 노래한 작품이다. 모두 5연으로 이루어진 이 작품은 흔히 한시(漢詩)의 구성 원리로 알려져 있는 기승전결(起承轉結)의 구조를 택하고 있다(기 : 1·2연, 승 : 3연, 전 : 4연, 결 : 5연). 그러한 구성 원리를 다시 시간적 구조에 따라 나누어보면 '지금, 여기'의 현재 상황을 그린 4연을 중심축으로 하여 1~3연은 과거의 시간을, 그리고 5연은 미래에의 예감을 노래하고 있다.

이 시의 공간적 배경은 아득하게 넓은 '광야'이고, 시간적 배경은 까마득한 '태초'에서부터 머나먼 '미래'에까지 이어지는 그야말로 웅대하기 짝이 없는 거대한 규모이다. 그 속에서 다양하고도 큰 이미지와 어휘들이 마주보면서 서로 침투하는 미적 효과를 얻고 있다. 시간상으로는 '까마득한 날/지금/다시 천고의 뒤'(과거/현재/미래)가, 공간상으로는 '하늘/여기/광야'가 서로 병립하고 있다.

주체의 행위라는 측면에서 보더라도 '닭/나/백마 타고 오는 초인'이 각각 '울음/노래의 씨를 뿌림/목놓아 부름'과 함께 대칭을 이룬다고 할 수 있다. 작품의 흐름은 1~3연까지가 완만하고도 유구한 과거의 시간을 그린 데 비하여, 4연의 현재에서 5연의 미래로의 전환은 매우 비약적이고 역동적이다. 이것은 곧 '나'의 '가난한 노래의 씨'에 의하여 미래의 웅장한 비전을 미리 선취하여 시인이 그려 보이고 있기 때문이다.

먼저 과거의 신성하고도 웅장한 시간을 노래한 1~3연은 태초("까마득한 날")에 광야가 지녔을 법한 신성한 이미지를 담고 있다. 특히 1연은 문명 이전의 암흑과 혼돈의 상태를 암시하고 있는데, 여기서 "까마득한 날"은 천지가 개벽되던 때를 가리킨다. 바로 그때 "하늘이 처음 열"렸기 때문이다. "어디 닭 우는 소리 들렸으랴"라는 구절은 '들렸으리라'의 축약형으로 해석할 수도 있고, '들렸을 리 없다'(그만큼 엄숙하고 적요한 시간이었다)는 뜻으로 해석할 수도 있다. 그러나 문맥상 후자로 보는 것이 더 타당하다. 어쨌든 1연은 천지가 개벽하는 엄숙하고도 찬연한 광야의 모습을 보여주고 있다.

2연에서는 '광야'야말로 산맥을 비롯한 어떤 것들도 차마 범접하지 못했던 신성한 공간임을 표현하고 있다. "모든 산맥들이 바다를 연모해 휘달릴 때도"라는 표현은 지구의 역사가 시작된 이래 활발한 지각 운동으로 대지에 산맥이 형성되는 과정을 동적인 심상으로 표현한 것이다. 따라서 '광야'는 순결성과 웅장함을 동시에 간직하고 있는 신성한 공간으로 나타나고 있다.

셋째 연에서는 오랜 세월을 거쳐 광야에 "큰 강물"(역사의 태동)이 길을 열었음을 보여주고 있다. "끊임없는 광음을/부지런한 계절이 피어선 지고"는 오랜 시간의 흐름을 표현하고 있으며, "큰 강물이 비로소 길을 열었다"는 인간을 포함하여 아무도 범할 수 없었던 신성한 처녀지로서의 공간 위에 비로소 인간의 문명이 시작되었다는 것을 은유하고 있다.

넷째 연은 그 역사의 장구한 흐름 속에서 지금이 "눈 내리"는 겨울이라는 사실 즉 부정적인 힘들이 세력을 넓혀가고 있는 암담한 시련의 시간임을 밝히고 있다. 그 상황에서 '나'는 "가난한 노래의 씨"를 뿌리는 존재이다. 전통적으로 '매화'는 선비의 지조, 절개를 표상하는 시적 제재이다. 그런데 여기서 매화는 홀로 아득하게 피어 있다. 눈 덮인 겨울의 광야에 홀로 피어 있는 고절감(孤絶感), 그리고 향기의 신성함이 여기서 두드러진다. 여기서 '눈'은 가혹한 시대의 상황을 가리키고, '매화 향기'는 일차적으로는 선비의 맑고 고결한 인품을 뜻하지만, 여기서는 봄의 소식, 곧 진정한 해방이 이루어지는 미래에 대한 예감의 의미로 이해하는 것이 좋다. 그런데 여기서 매화 향기가 "홀로 아득하"다는 것은 무엇을 뜻하는 것일까?

이는 이 시를 해석하는 데 매우 중요한 부분인데, 이를 해석하는 한 가지 시각은 매화 향기가 아득하기 때문에 아직 봄이 오려면 한없이 멀기만 하다는 뜻을 향하고 있고, 다른 한 가지 시각은 매화 향기만이 홀로 아득하게(아찔할 정도로 그윽하게) 시인의 감각에 들어오고 있기 때문에 역설적으로 봄이 얼마 남지 않았다는 데 할애되고 있다. 우리는 여기서 "홀로"에 주목할 필요가 있다. 그리고 "아득하니"의 "－니"라는 어미에도 주목해야 한다. 눈 내리는 현장에 다른 것들은 자신의 외관과 향기를 절멸 당했을 때도 매화만은 자신의 향기를 아득하게 퍼뜨리고 있고, 또 그러하니 시인은 가난한 노래의 씨를 뿌릴 수 있는 것이 아닌가. 따라서 우리는 두 가지 시각 가운데 후자를 택하는 것이 좋을 것이다. 그래서 그것은 또한 다음 행의 "가난한 노래의 씨" 즉 눈으로 상징되는 혹독한 현실 속에서 미래를 준비하겠다는 신념의 표현과 이어지는 것이다. 결국 '나'는 초인의 도래를 준비하는 사자(使者)이며, 노래(시)를 통해 이상과 현실 사이의 완강한 대립을 허물고자 하는 노력을 하고 있는 것이다.

마지막 연에 나오는, 그리고 이 시에서 노래하는 이상이기도 한 "'백마 타고 오는 초인"은 이육사의 또 다른 시편인 「청포도(靑葡萄)」[1]에 나오는 "손님"과 마찬가지로 조국 광복을 앞당기는 영웅으로 표상되고 있지만, 반드시 그러한 좁은 의미에 갇혀 있지만은 않다. "다시 천고의

---

1) 「청포도」의 전문은 다음과 같다.
내 고장 칠월은/청포도가 익어가는 시절//이 마을 전설이 주저리 주저리 열리고/먼 데 하늘이 꿈꾸며 알알이 들어와박혀//하늘 밑 푸른 바다가 가슴을 열고/흰 돛단배가 곱게 밀려서 오면//내가 바라는 손님은 고달픈 몸으로/청포(淸袍)를 입고 찾아 온다고 했으니//내 그를 맞아 이 포도를 따먹으면/두 손은 함빡 적셔도 좋으련//아이야 우리 식탁엔 은쟁반에/하이얀 모시 수건을 마련해 두렴

뒤에"라는 구절이 말해주듯 그것은 역사의 유구함을 꿰뚫는 이상에의 실현 의지, 가장 엄혹한 순간에 떠올려보는 웅대한 미래에의 구상임을 말한다. 또한 이것은 눈앞의 성패에 매달리지 않고 자신이 하는 행위의 정당성과 고독함에 어떤 의연함을 불어넣는 자세이기도 하다.

"천고의 뒤"를 조국의 해방으로 보는 견해가 일반적이나, 이렇게 보면 이 시 전체의 유장한 역사 의식을 지나치게 단순화하는 결과를 낳을 수 있다. 따라서 "천고의 뒤"란 단지 일제로부터의 해방이라는 정치사적 사건을 가리키는 것이 아니라, 그것을 포함하는 좀 더 근본적인 의미의 해방 즉 모든 지배와 억압의 관계가 사라진 위대한 민족사의 미래를 가리킨다고 보어야 할 것이다. "백마 타고 오는 초인"은 그러한 염원을 실현시킬 민족의 영웅 혹은 구원자를 뜻한다.

이처럼 이 작품은 웅대한 스케일과 정치하게 짜여진 시간 구조를 통해 미래에의 낙관을 보여준 일제 말기의 대표적인 시편이다.

(2) 남성적 어조와 역사 의식

이 작품은 이육사의 다른 시와 마찬가지로 남성적인 어조의 지사적 기개, 그리고 대륙적인 풍모를 잘 보여주는 시편이다. 천지 개벽의 시간으로부터 시작하여 아득한 "천고의 뒤"까지를 아우르는 시간적 배경의 유장함과 드넓은 광야를 싸안는 공간적 배경의 광활함은 우리 시사에서 쉽게 찾아볼 수 없는 광대한 구도를 보여준다. 육사를 흔히 남성적이고 대륙적이며 호방한 기질을 가진 시인으로 평가하는 것은 이러한 이유 때문이다. 특히 일제 암흑기를 수놓은 다른 시인인 윤동주(尹東柱)의 여성적이고 성찰적이고 내향적인 언어와는 대조적으로 이육사의 남성적이고 외향적인 언어는 우리 시사에서 매우 드문 음역(音域)이 아닐 수 없다.

그뿐만 아니라, "천고의 뒤"를 위해 지금은 "가난한 노래의 씨"를 뿌리겠다는 여유만만한 태도에서 이러한 육사의 기질적 특성이 유감없이 드러나고 있다. 이러한 태도는 역사의 진보와 발전에 대한 신념에 기초한 낙관주의, 그리고 이를 위한 실천적인 생애의 뒷받침없이는 상상하기 어렵다. 그런 의미에서 이 시는 지사로서, 그리고 시인으로서, 예언자로서 육사의 풍모를 잘 보여주는 작품이라고 할 수 있다.

이러한 풍모는 곧바로 육사가 고유하게 갖고 있는 역사 의식과 깊이 연관되는데, 이는 부정적 현실이 결국 현재적 헌신과 미래에의 희망으로 사라지고 새로운 세상이 열리리라는 희망적 낙관 의식에서 나온다. 그래서 육사는 우리 시에 많이 나타났던 퇴영적이고 음울한 상상력을 훨훨 벗고 긍정적이고 진취적인 역사 감각을 가졌던 시인으로 기록되어야 할 것이다.

이러한 그의 시각은 그로 하여금 현재의 상황을 치유하고 긍정적 미래를 앞당길 신념의 노래를 많이 쓰게 했고, 「꽃」은 그 같은 성격이 반영된 대표적인 작품이다.

동방은 하늘도 다 끝나고
비 한 방울 내리잖는 그 땅에도
오히려 꽃은 빨갛게 피지 않는가
내 목숨을 꾸며 쉬임없는 날이여

북쪽 쑨드라에도 찬 새벽은
눈속 깊이 꽃맹아리가 움직거려
제비떼 가맣게 날아오길 기다리나니
마침내 저버리지 못할 약속이여!

한 바다 복판 용솟음 치는 곳
바람결 따라 타오르는 꽃城에는
나비처럼 취하는 회상의 무리들아

오늘 내 여기서 너를 불러보노라.

이 작품은 「광야」와 매우 유사한 시적 발상과 구조를 취하고 있다. 여기서 "꽃城"의 이미지는 한계 상황 안에서 노래의 씨를 뿌리는 일(「광야」), 한 개의 별을 노래하는 일(「한 개의 별을 노래하자」), 다른 하늘을 얻어 가꾸려는 일(「일식」), 노래하는 일(「강 건너간 노래」) 등과 함께 아무런 전망도 보이지 않던 극한적 현실에서 자신의 행동을 통해 긍정적 미래를 앞당기려는 고투를 반영하고 있다.

또한 육사 시에서 나타나는 '긍정적 과거'－'부정적 현재'－'긍정적 미래'의 구조는 육사 자신의 생각일 뿐만 아니라 그가 속했던 계층의 사고를 반영하고 있기도 하다. 현재는 일제에 의해 정치, 경제, 문화의 주도권이 박탈된 상태이므로 부정적 상황으로 인식되고, 이는 극복되어야 할 상황으로 파악된다. 그러나 그 극복의 계기는 구체적으로 제시되지 않고, 다만 시인의 주관적인 신념으로 대치되고 있다. 이 모든 것이 육사 시의 근본적인 한계이자 다른 사람들과 비교할 수 없는 그만의 독특한 고유성이라고 할 수 있을 것이다.

(3) 「광야」의 수사적인 문제들

밝고 바람직한 미래를 상징하는 "매화 향기"는 비유어로서는 매우 상투적이고 진부한 것이다. 물론 이러한 상징 설정이 주제를 전달하는 데는 용이하지만, 시의 언어로서 탄력성을 잃게 하기도 한다. 시의 언어는 단지 기존의 의미뿐만 아니라 새로운 의미가 시인에 의해 첨가됨으로써 시적 문맥 속에서 새 언어가 되는 것인데, "매화 향기" 같은 표현은 그 뜻이 일정하게 굳어진 것이어서 새로운 현실을 담아 표현하기에는 적합지 못하다. 이런 점은 1연의 "닭 우는 소리"에도 해당된다. 어둠을 뚫고 새벽이 오는 것을 알리는 "닭 우는 소리"는 육사 시에서뿐만 아니라 우리 문학 전통 일반에 해당되는 것인데, 이 시에서 육사가 새로운 의미를 부여하여 사용한 것 같지는 않다. "까마득한 날"과 함께 쓰임으로써 '까마득한'이라는 형용사는 시간적으로 오래됨을 보이고 있지만, 그 말 자체가 지닌 어둠의 이미지는 가시지 않고 있어, "닭 우는 소리"는 어둠을 깨뜨리는 의미로 고정되게 된다. 이러한 어휘들은 상징성은 높여주지만, 변화하는 현실을 담아내기에는 부족한 단어들이다. 현실은 자꾸자꾸 새롭게 변모해가는데, 그런 양상을 표현하기에는 어휘들이 너무 고정되고 진부한 것이다.

이것은 결국 육사가 세계를 이상과 현실의 대결의 구조로 파악하고, 이상을 지향하는 자신의 윤리적 결단을 시로 표현하고자 하는 데 골몰했기 때문에 일어난 결과이다. 육사는 시 속에서 이상과 현실의 대립을 첨예하게 드러냈지만, 부정적으로 규정짓고 있는 현실이 구체적으로 어떤 모습을 띠고 있는가를 시로 보여주지는 못하였다. 이것은 그의 현실 인식이 구체적인 것이 아니라, 유교적 교양 속에서 우러나오는 추상적이고 윤리적인 척도에서 발원한 것이기 때문이다.

(4) 「광야」의 교육적 효과들

먼저 이 시의 주제를 일제 시대의 혹독한 억압과 그를 극복하려는 낙관적 신념으로 가르치는 것은 매우 협착하게 시를 이해하는 관행이라는 사실을 기억하여야 한다. 육사의 시적 비전이 현실적 고통과 우주적 스케일을 동시에 표상하고 있다는 점이 오히려 이 시의 핵심적 주제가 되어야 할 것이다. 그리고 이러한 접근법이야말로 다른 선언문이나 기원의 글과 시가 다른 면모라고 할 수 있다. 따라서 이 작품에 담겨 있는 시간, 공간의 상상 체계는 시를 통해 우리의 경험적 언어가 다가갈 수 없는 근원적이고 본질적인 세계에 대항 열망을 보여주는 것이라는 사실을 적시할 필요가 있다.

또한 '눈'과 '매화'를 대립적으로 인식하는 것보다는, 그 사이에서 "여기 가난한 노래의 씨를 뿌"리는 주체의 행위를 통해 '매화'가 앞당겨질 수도 있다는 역사에의 참여 의식을 강조할 필요가 있고, "천고의 뒤"라는 표현 역시 곧 다가올 미래라기보다는 아득하게 멀리 있기도 한 미래라는 점에서 주체의 헌신과 희생의 의미가 즉각적인 보상을 바라고 하는 행위가 아니라는 점을 강조할 수도 있을 것이다.

따라서 우리는 이 작품을 통해 현실적 가능성을 보고 행위에 옮기는 것이 바른 것이 아니라, 천고의 뒤에 나타나 가난한 노래의 씨를 일굴 "백마 타고 오는 초인"에 대한 아득한 신념과 낙관에 의해서도 현실적 노력은 나타날 수 있다는 점을 새길 필요가 있으며, 또 그럴 때에야만 그 희생적 가치가 증폭될 수 있다는 사실을 강조하여야 한다. 이때 「광야」는 단순히 항일 운동을 했던 독립 투사의 자기 확인의 시가 아니라, 보편적인 생의 원리를 담은 명편(名篇)으로 기억될 것이다.

생각해볼 문제

1 이 시의 구성 원리를 시간적 전개의 방법과 공간적 전개의 방법에 의거하여 생각해보고, 그것이 주제에 어떻게 기여하고 있는지 생각해보자.

2 다음은 이 시의 대칭적 구조를 도표화한 것이다. 알맞게 채워 넣어보자.

까마득한 날 – 지금 – 다시 천고의 뒤
닭 – ( ) – 백마 타고 오는 초인
닭 우는 소리 – 노래의 씨를 뿌림 – ( )
( ) – 여기 – 광야

3 혹독한 시대 상황을 암시하는 1음절의 시어와, 서정적 자아의 헌신적 태도를 표상하고 있는 1음절의 시어를 각각 찾아보자.

4 이 시에서 형태상의 균제미는 무엇을 통해 나타나고 있는지 생각해보자. 또 이를 육사의 교양과 연관지어 생각해보자.

5 "백마 타고 오는 초인"과 이 시인의 「청포도」에 나오는 "내가 바라는 손님은 고달픈 몸으로/청포를 입고 찾아온다고 했으니"의 '손님'의 공통점과 차이점에 대해 생각해보자.

시인 소개

이육사(李陸史, 1904~1944)

본명은 이원록(李源祿). 혹은 이활(李活)로 많이 불리었다. 경북 안동의 명문가에서 태어났다. 그의 아버지는 퇴계 이황의 13대 손이었으며 어머니는 의병장의 딸이었다. 유가적 전통이 가장 강력하게 유지된 안동 땅의 참판 댁에서 태어난 그는 어릴 때부터 엄격한 유교적 가풍과 철저한 항일 의식 속에 자라났다. 이러한 가풍은 "눈물을 흘리지 않는 사람이 되라고 배워온 것이 세 살 때부터의 버릇"이라는 그의 말에서 알 수 있듯 불굴의 강인함을 길러냈다. 그러나 가문의 의미가 육사의 정신 세계에 자부심만을 주었던 것은 아니다. 조선조의 명문가란 이미 쓰러져가는 역사적 계급으로서 "무덤 위에 이끼만 푸르러"가는 곳이었기 때문이다.

그는 일찍부터 조부에게 한문을 배우다가 16세가 되어서야 보문의숙에 들어가 신학문을 접하기 시작했다. 그 후 그의 학교 경력은 중고, 대학 과정을 1년씩 전전한 데 불과하며, 일본 동경에서 공부하고 북경대학 사회학과를 수학했다고 하나 정확한 시기와 구체적 내용은 밝혀진 바 없다. 그러나 이 시기에 그가 발표한 중국 정세에 관한 정치 평론의 예리함으로 미루어볼 때, 상당한 정도의 교육과 사상 경력을 갖게 된 것으로 보인다. 또한 당시 중국에서 만난 노신(魯迅)의 문학 사상이나 서지마(徐志摩) 시의 영향을 크게 입은 듯하다.

그가 처음으로 투옥된 것은 1928년 의열단 관련 혐의로 대구 형무소에 들어간 것인데, 이때 그의 집 3형제가 함께 투옥되었으며 감방번호 264에서 따와 호를 '육사(陸史)'라고 불렀다. 이후 그는 무려 17회나 검거와 투옥을 겪었다. 육사의 비밀 활동에 대한 구체적 사료는 매우 부족하다. 만주의 조선관군학교 출신이라는 혐의로 피검된 1934년 이후에는 적극적 활동이 더욱 불가능해져, 그는 신조선사에 근무하면서 문학 활동에 주력하기 시작한다. 육사의 시작 활동 기간은 1935년 이후 약 10년간이며, 신석초(申石艸) 등과 교류하면서 각지를 여행하기도 하였다. 그러나 어떤 식으로든 중국의 독립 운동과 관련을 계속 맺고 있었던 그는 1943년 동대문 경찰서에 체포되어 북경 감옥으로 압송된 후 모진 옥고가 원인이 되어 1944년 1월 북경 감옥에서 타계하였다.

육사는 1930년대의 시인들 중에서 퍽 특이한 존재이다. 그는 전문적 문학 교육이나 문단 활동과는 상관없이 시를 썼고, 항일 투쟁의 정치적 행동 속에서 시를 썼으며, 30세가 되어서야 처녀작을 발표했다. 그러나 시는 그에게 정치보다 낮은 차원의 여가적 활동은 전혀 아니었으며, 오히려 삶의 최고 가치였다. 그는 "내 시를 쓸지언정 유언은 쓰지 않겠소. 다만 나에게는 행동의 연속만이 있을 따름이오. 행동은 말이 아니고, 나에게는 시를 생각는다는 것도 행동이 되는 까닭이오"(「계절의 오행」)라며 시와 행동의 일치를 역설했다.

이러한 지사적 시인관은 그가 받았던 유교적 교육하의 전통적 시관이라고 할 수도 있는데, 실제로 그의 시의 바탕에는 한시의 전통이 깔려 있다. 그러나 옛 선비들이 시를 여기(餘技)로 여겼던 데 비해 육사는 시에 절대적 가치를 부여한 근대적 시인이었으며, 그의 시적 주제 또한 조국 광복의 희원이라는 사회적 차원에 앞서 시대의 억압에 맞서 자기 내면의 의지, 인간의 존재 의미를 탐구하려 한 것이었다. 그의 시들 가운데 성공하여 널리 읽히는 작품들에서는 자신의 삶과 시대 의식을 일치시킨 치열한 정신이 주는 감동을 느낄 수 있다.

2. 사랑과 추억, 그 애틋한 삶의 이면-김용택 「그 여자네 집」

가을이면 은행나무 은행잎이 노랗게 물드는 집
해가 저무는 날 먼데서도 내 눈에 가장 먼저 뜨이는 집
생각하면 그리웁고
바라보면 정다웠던 집
어디 갔다가 늦게 집에 가는 밤이면
불빛이, 따뜻한 불빛이 검은 산속에 깜박깜박 살아 있는 집
그 불빛 아래 앉아 수를 놓으며 앉아 있을
그 여자의 까만 머릿결과 어깨를 생각만 해도
손길이 따뜻해져오는 집

살구꽃이 피는 집
봄이면 살구꽃이 하얗게 피었다가
꽃잎이 하얗게 담 너머까지 날리는 집
살구꽃 떨어지는 살구나무 아래로
물을 길어오는 그 여자 물동이 속에
꽃잎이 떨어지면 꽃잎이 일으킨 물결처럼 가닿고
싶은 집
샛노란 은행잎이 지고 나면
그 여자
아버지와 그 여자
큰오빠가
지붕에 올라가
하루 종일 노랗게 지붕을 이는 집
노란 초가집

어쩌다가 열린 대문 사이로 그 여자네 집 마당이 보이고
그 여자가 마당을 왔다갔다하며
무슨 일이 있는지 무슨 말인가 잘 알아들을 수 없는 말소리와
옷자락이 대문 틈으로 언뜻언뜻 보이면
그 마당에 들어가서 나도 그 일에 참견하고 싶었던 집

마당에 햇살이 노란 집
저녁 연기가 곧게 올라가는 집
뒤안에 감이 붉게 익는 집
참새떼가 지저귀는 집
보리타작, 콩타작 도리깨가 지붕 위로 보이는 집
눈 오는 집
아침 눈이 하얗게 처마끝을 지나
마당에 내리고
그 여자가 몸을 웅숭그리고
아직 쓸지 않은 마당을 지나
뒤안으로 김치를 내러 가다가 "하따, 눈이 참말로 이쁘게도 온다이이" 하며
눈이 가득 내리는 하늘을 바라보다가
싱그러운 이마와 검은 속눈썹에 걸린 눈을 털며
김칫독을 열 때
하얀 눈송이들이 하얗게 하얗게 내리는 집
내가 함박눈이 되어 내리고 싶은 집
밤을 새워 눈이 내리고
아무도 오가는 이 없는 늦은 밤
그 여자의 방에서만 따뜻한 불빛이 새어나오면
발자국을 숨기며 그 여자네 집 마당을 지나 그 여자의 방 앞
뜰방에 서서 그 여자의 눈 맞은 신을 보며

머리에, 어깨에 쌓인 눈을 털고
가만가만 내리는 눈송이들도 들리지 않는 목소리로
가만 가만히 그 여자를 부르고 싶은 집
그
여
자
네 집

어느 날인가
그 어느 날인가 못밥을 머리에 이고 가다가 나와 딱
마주쳤을 때
"어머나" 깜짝 놀라며 뚝 멈추어 서서 두 눈을 똥그랗게 뜨고
나를 쳐다보며 반가움을 하나도 감추지 않고
환하게, 들판에 고봉으로 담아놓은 쌀밥같이,
화아안하게 하얀 이를 다 드러내며 웃던 그
여자 함박꽃 같던 그
여자

그 여자가 꽃 같은 열아홉살까지 살던 집
우리 동네 바로 윗동네 가운데 고샅 첫집
내가 밖에서 집으로 갈 때
차에서 내리면 제일 먼저 눈길이 가는 집
그 집 앞을 다 지나도록 그 여자 모습이 보이지 않으면
저절로 발걸음이 느려지는 그 여자네 집
지금은 아, 지금은 이 세상에 없는 집
내 마음속에 지어진 집
눈감으면 살구꽃이 바람에 하얗게 날리는 집

눈 내리고, 아, 눈이, 살구나무 실가지 사이로
목화송이 같은 눈이 사흘이나
내리던 집
그 여자네 집
언제나 그 어느 때나 내 마음이 먼저
가
있던 집
그
여자네
집
생각하면, 생각하면 생. 각. 을. 하. 면……

(1) 전제하는 이야기

이 작품은 『녹색평론』이라는 잡지에 발표되었다가 김용택의 시집 『그 여자네 집』(창작과비평사, 1998)에 다시 실린 시편이다. 마치 한 폭의 아름다운 풍경화를 연상케 하는, 지난 시절에 대한 애틋한 기억을 주된 내용으로 하고 있는 이 작품은 국어 교과서 상권에 실려 있는 같은 제목의 박완서(朴婉緖) 소설에 그 전문이 실려 있다. 말하자면 작가 박완서가 김용택의 시에서 소설의 내용을 착상한 것이 고백되어 있다. 그 과정을 박완서는 소설 안에서 다음과 같이 말하고 있다.

> 그 무렵 나는 김용택의 「그 여자네 집」에 사로잡혀 있었다. 김용택은 내가 좋아하는 시인 중의 한 사람일 뿐 가장 좋아하는 시인이라고는 말 못 하겠다. 마찬가지로 「그 여자네 집」이 그의 많은 시 중 빼어난 시인지 아닌지도 잘 모르겠다. (…) 내가 『녹색평론』에서 그 시를 처음 읽고 깜짝 놀란 것은, 이건 바로 우리 고향 마을과 곱

단이와 만득이 이야기다 싶었기 때문이다.

또한 박완서는 김용택 시집 『그 여자네 집』이 나왔을 때 그 시집의 뒷표지에 다음과 같이 시에 대한 감동을 적고 있다.

> 나는 「그 여자네 집」이란 시를 읽고 또 읽었다. 처음에 희미했던 영상이 마치 약물에 담근 인화지처럼 점점 선명해졌다. 숨어 있던 수줍은 아름다움까지 낱낱이 드러나자 나는 마침내 그리움과 슬픔으로 저린 마음을 주체할 수가 없어서 느릿느릿 포도주 한 병을 비웠다.

결국 박완서의 단편소설을 가능케 했던 아름다운 모티프("처음에 희미했던 영상이 마치 약물에 담근 인화지처럼 점점 선명해"진 경험)를 이 작품이 준 것이다. 그렇다면 어떤 요소가 작가 박완서로 하여금 지난날의 깊은 기억들에 가닿을 동기를 부여했을까. 이 작품을 천천히 음미해보면, 우리는 충분히 그럴 만한 서사적 요소가 그 안에 담겨 있다는 사실을 알게 되고, 거기에 김용택의 시세계 중 중요한 성과인 자연의 아름다운 풍경의 재현이 결합되어 있다는 사실 또한 알게 된다. 말하자면 이 작품은 자연 풍경의 아름다운 재현과 그 안에 무척 인상적이고 아스라한 서사가 녹아 있는 시편이라고 할 수 있다.

(2) 작품의 구성과 미적 효과

원래 '집'이라는 상징은 유랑보다는 정착의 이미지가 강하고, 개인의 의미보다는 공동체나 소집단의 의미를 강하게 띤다. 따라서 이 작품에 시종되는 그 여자네 '집'의 의미 또한 시인의 기억 속에 있는 한 시절의 공동체에 대한 강한 향수를 동반케 하는 힘으로 작용하고 있다. 마치 이정향 감독의 영화 「집으로」가 할머니 개인의 '집'이기도 하지만,

우리 모두의 공동체적 체험이 담겨 있는 '집'이기도 한 것처럼 말이다.

먼저 시인은 '그 여자네 집'을 매우 아름다운 기억 속에서 되살려내고 있다. 그가 회상하고 있는 그 '집'의 외관은 무척이나 신비롭고 풍요롭다. "가을이면 은행나무 은행잎이 노랗게 물드는 집/해가 저무는 날 먼데서도 내 눈에 가장 먼저 뜨이는 집/생각하면 그리웁고/바라보면 정다웠던 집/어디 갔다가 늦게 집에 가는 밤이면/불빛이, 따뜻한 불빛이 검은 산속에 깜박깜박 살아 있는 집/그 불빛 아래 앉아 수를 놓으며 앉아 있을/그 여자의 까만 머릿결과 어깨를 생각만 해도/손길이 따뜻해져 오는 집"이라는 아름다운 묘사의 연쇄는, 그 같은 기억의 애틋함과 선명함을 집약하고 있다.

여기서 '그 여자네 집'을 감싸고 있는 분위기는 대개 '그리움/정다움/따뜻함' 같은 것들이다. 이제는 사라져버린 풍경을 회상하면서도 시인이 거기서 이러한 온기들을 놓치지 않고 있다는 것 자체가 그 같은 공동체적 경험에 대한 시인의 각별한 애정을 말해주고 있는 것이다.

그런가 하면 '그 여자네 집'은 "살구꽃이 피는 집"이고 "봄이면 살구꽃이 하얗게 피었다가/꽃잎이 하얗게 담 너머까지 날리는 집"이다. 또한 "살구꽃 떨어지는 살구나무 아래로/물을 길어오는 그 여자 물동이 속에/꽃잎이 떨어지면 꽃잎이 일으킨 물결처럼 가닿고/싶은 집"이기도 하다. 거기에는 "그 여자/아버지와 그 여자/큰오빠"가 한가로운 노동을 하고 있으며, 그 여자도 "마당을 왔다갔다하며/무슨 일이 있는지 무슨 말인가 잘 알아들을 수 없는 말소리와/옷자락"을 드러내고 있다.

그러면 "그 마당에 들어가서 나도 그 일에 참견하고 싶었던 집"이 시인의 기억 속의 그 집이다. 여기서 그 여자와 아버지 그리고 오빠와 시인 자신이 주고받는 무언의 관계가 곧 박완서 소설의 서사를 촉발시켰다고 보아야 할 것이다. 이제 "마당에 햇살이 노란 집/저녁 연기가 곧게 올라가는 집/뒤안에 감이 붉게 익는 집/참새떼가 지저귀는 집/보리타작, 콩타작 도리깨가 지붕 위로 보이는 집/눈 오는 집"은 사람들의 구체적인 삶이 담겨 있는 서사의 공간으로 거듭나고 있는 것이다.

이 작품에서 '그 여자'를 가장 아름답게 재현하고 있는 부분은 "아침 눈이 하얗게 처마끝을 지나/마당에 내리고/그 여자가 몸을 웅숭그리고/아직 쓸지 않은 마당을 지나/뒤안으로 김치를 내러 가다가 "하따, 눈이 참말로 이쁘게도 온다이이" 하며/눈이 가득 내리는 하늘을 바라보다가/싱그러운 이마와 검은 속눈썹에 걸린 눈을 털며/김칫독을 열 때/하얀 눈송이들이 하얗게 하얗게 내리는 집"이라는 부분이다. 이 가운데 "속눈썹에 걸린 눈"이라는 표현은 참으로 매혹적이다. 눈썹이 얼마나 길면 그 위에 눈이 쌓일까, 그리고 그 눈은 얼마나 정결하고 신비로운가. 그 눈을 털며 김칫독을 열고 있는 한 처녀의 풍경을 생각해 보라. 속눈썹이 긴 것이 문제가 아니라 거기에 걸려 있는 눈발을 놓치지 않는 시인의 섬세한 눈이 경이로운 것이다.

그러면 그 집은 곧 "내가 함박눈이 되어 내리고 싶은 집/밤을 새워 눈이 내리고/아무도 오가는 이 없는 늦은 밤/그 여자의 방에서만 따뜻한 불빛이 새어나오면/발자국을 숨기며 그 여자네 집 마당을 지나 그 여자의 방 앞/뜰방에 서서 그 여자의 눈 맞은 신을 보며/머리에, 어깨에 쌓인 눈을 털고/가만가만 내리는 눈송이들도 들리지 않는 목소리로/가만 가만히 그 여자를 부르고 싶은 집"이 되고 마는 것이다.

시인의 기억에도 어떤 서사가 내장되어 있긴 하다. 잠깐 들여다보자. "어느 날인가/그 어느 날인가 못밥을 머리에 이고 가다가 나와 딱/마주쳤을 때/"어머나" 깜짝 놀라며 뚝 멈추어 서서 두 눈을 똥그랗게 뜨고/나를 쳐다보며 반가움을 하나도 감추지 않고/환하게, 들판에 고봉으로 담아놓은 쌀밥같이,/화아안하게 하얀 이를 다 드러내며 웃던 그/여자 함박꽃 같던 그/여자"라는 부분에서 그리고 "그 여자가 꽃 같은 열아홉 살까지 살던 집/우리 동네 바로 윗동네 가운데 고샅 첫집/내가 밖에서 집으로 갈 때/차에서 내리면 제일 먼저 눈길이 가는 집"이라는 부분에서 어느 시절 시인의 생활에서 가장 중요한 시간과 공간을 차지했던

"그 여자네 집"이야말로 기억을 통해서 삶의 구체성이 되살아나는 소재가 아닐 수 없다.

그러나 문제는 바로 그 '집'이 이제는 존재하지 않는다는 것이다. 물론 그 여자에 대한 소식도 알 수 없다. 그 집은 "지금은 아, 지금은 이 세상에 없는 집/내 마음속에 지어진 집/눈감으면 살구꽃이 바람에 하얗게 날리는 집"일 뿐이다. 그러니 시인은 "생각하면, 생각하면 생. 각. 을. 하. 면……"이라고 추억과 회상을 통해서만 그 풍경에 접근할 수 있는 것이다.

이처럼 김용택의 「그 여자네 집」은 역동적이고 구체적인 회상의 힘으로 아름다운 풍경을 재현하면서, 지금은 존재하지 않는 풍요로운 세계를 우리 앞에 서사적 암시로 제시하고 있는 시편이다.

(3) 작품의 한계

이 작품의 한계는, 풍요로웠던 시절에 대한 기억을 통해 현재의 빈곤과 불안을 치유하려는 속성에서 기인한다. 물론 시에 담겨 있는 이러한 치유의 효과를 간과해서도 안 되지만, 이제는 존재하지 않는 풍경에 대한 풍요로운 기억은 현재 상황에 대한 허무주의로 귀결될 가능성을 같이 안고 있는 것이다. 더구나 '그 여자'로 상징되는 심미적 존재의 현저한 부재야말로 우리 시대를 대표하는 현상이라고 할 때, 이 작품이 주는 매혹과 공허함은 같이 비례할 수밖에 없게 된다.

이처럼 기억에 의존하는 작품이 그 안에 풍부한 서사적 계기들을 내장하고 있는 것은 틀림없지만, 거기에는 '좋았던 옛날/부정적인 오늘'이라는 이분법이 도사리고 있어, 현재를 사는 이들을 불편하게 만드는 힘이 있다. 그 불편함을 극복하고 새로운 아름다움을 현실 속에서 추구하지 않고 언제나 과거에서만 찾게 되는 관성도 이 같은 기억의 시편에서 유의해야 할 속성이기도 하다.

그러나 이러한 한계는 곧바로 작품의 장점이 되기도 하고, 어쩌면 이 시편의 양보할 수 없는 정체성이 되기도 한다. 다만 아름다운 재현이 사실은 황폐한 현실의 역설적 재현이 되고 있다는 점에서 현실과의 접촉점에 대한 배려는 잊지 않아야 할 것이다.

생각해볼 문제

1 박완서의 소설 「그 여자네 집」과 김용택의 시 「그 여자네 집」은 각각 서사와 서정의 원리를 구현하고 있다. 독자로서 어떤 영상이 남게 되는가를 두 작품을 통해 비교해 보고, 서사와 서정의 차이에 대해 생각해보자.

2 이 작품은 철저하게 기억과 회상에 의존하고 있다. 가장 아름답게 재현되고 있는 풍경을 골라보고, 그 풍경이 이 시의 주제에 어떻게 기여하고 있는지 생각해보자.

3 이 작품에서 '집'의 상징적 효과에 대해 생각해보자.

4 김용택의 다른 시들에서 회상의 원리가 아닌 사실 재현의 원리에 의한 작품을 골라보고, 두 작품의 차이점에 대해 생각해보자.

5 김용택의 「그 여자네 집」에서 백석의 요소와 김소월의 요소를 찾아보자.

김용택(金龍澤, 1948~)

김용택은 1948년 전북 임실에서 태어나, 1982년 21인 신작시집 『꺼지지 않는 횃불로』에 「섬진강1」 등을 발표하면서 작품 활동을 시작하였다. 우리 농촌 풍경의 사실적 묘사와 사라져가고 있는 민중 정서를 재현하는 데 남다른 공을 들인 우리 시대 대표적인 농촌 서정의 시인으로 평가받고 있다. 특히 생태적 자연을 시 안으로 적극 끌어들여 절제된 서정적 언어로 표상한 점에서 독보적인 성과를 올리기도 하였다.

또한 그는 사람과 사람 사이의 따뜻한 사랑과 이해 그리고 아름다운 관계를 지향하는 시편들을 다수 남겼다. 그의 시가 비교적 '연시(戀詩)'의 성격을 많이 띠고 있는 것도 그와 같은 그의 생각에서 비롯되는 것이다. 이처럼 김용택은 '섬진강'으로 상징되는 자연에 대한 거의 육친적인 애정과 감각으로 농촌 풍경을 아름답게 재현한 시인이며, 동시에 사람살이의 따뜻함에 관심을 보인 시인이기도 하다.

시집으로는 『섬진강』, 『맑은 날』, 『누이야 날이 저문다』, 『꽃산 가는 길』, 『그리운 꽃편지』, 『그대 거침없는 사랑』, 『강 같은 세월』, 『그 여자네 집』 등을 펴냈다.

3. 감정의 다스림을 통한 이별의 완성-정지용 「유리창 1」

유리에 차고 슬픈 것이 어른거린다.
열없이 붙어서서 입김을 흐리우니
길들은양 언 날개를 파닥거린다.
지우고 보고 지우고 보아도
새까만 밤이 밀려나가고 밀려와 부딪치고,
물 먹은 별이, 반짝, 보석처럼 박힌다.
밤에 홀로 유리를 닦는 것은
외로운 황홀한 심사 이어니,
고흔 폐혈관이 찢어진 채로
아아, 늬는 산ㅅ새처럼 날아갔구나!

(1) 작품의 내적 구성 원리

이 작품은 정지용이 29세 되던 1930년에 발표된 것으로, 어린 아들을 잃은 젊은 아버지의 슬픈 심정이 시의 외적 계기를 이루고 있다. 그러나 시 속에서 직접 그러한 현실 문맥을 찾기는 어렵다. 다만 "고흔 폐혈관이 찢어진 채로/아아, 늬는 산ㅅ새처럼 날아갔구나!"라는 구절에서 우리는 폐병으로 자식을 잃은 아버지의 비통한 심경을 느낄 수 있을 뿐이다. 그 정도로 이 작품은 자식을 잃은 참척[2]의 슬픔을 고도로 절제하여 아름다운 이미지로 감각화한 시편이다.

당시 같은 『시문학』 동인이던 박용철(朴龍喆)은 정지용의 시를 일컬어 "많은 눈물을 가벼이 진실로 가벼이 휘파람을 불며 비누방울 날리듯"

2) 자식이나 손자가 부모나 조부모에 앞서 죽음. 참척(慘慽).

했다고 썼거니와 이 시는 그런 모습을 잘 나타내주는 사례이다. 그것은 한마디로 '감각의 단련'이라고 할 수 있는데, 시에서 이러한 감각의 단련은 서로 다른 감각의 대비, 즉 대위법에 의해 부각된다. "차고 슬픈 것"이나 "외로운 황홀한 심사" 등의 표현은 이미 눈물 넘치는 비통한 감정을 완전무결하게 감추고 있다.

이 시의 제재이기도 한 '유리창'은 맑고 깨끗하고 견고한 감각의 정점에 위치한다. 그것은 시인이 선 자리와 창 밖의 세계 사이를 물리적으로 차단하고 있지만, 동시에 투명함으로써 양자를 단절없이, 그리고 무한히 연결시켜준다(이는 「유리창 2」에 나타난 밀폐감으로서의 유리창 이미지보다는 한결 복합성을 띤 것이다). 서정적 자아는 이 유리창 때문에 죽은 아들과 조우할 수 있지만, 반대로 유리창 때문에 아들의 영혼에 다가갈 수 없다. 유리창의 벽이 갈라놓고 있는 것은 죽음과 삶의 세계인 것이다. 서정적 자아는 유리창에 붙어서서 밤하늘에 빛나는 별(아들의 영혼)을 바라볼 뿐이다. 그런데 유리창 밖에는 새까만 어둠이 펼쳐져 있다. 서정적 자아는 유리창에서 차가운 감촉을 느끼며 새삼스레 슬픔을 자아내고 있다. 그 슬픈 입김은 가냘픈 새의 모습을 하고 죽은 아들을 연상시킨다. 유리창 밖의 어둠은 아들이 이제는 부재하다는 사실, 서정적 자아의 고독이 절대적인 것임을 확인시킨다.

그 무한한 고독의 공간 속에 아이를 잃은 슬픔만이 "물 먹은 별"처럼 와서 박힌다. 왜 별이 물을 먹었을까? 그것은 서정적 자아의 눈에 눈물이 고여 있기 때문일 것이다. 여기서 '별'은 죽은 아들의 영혼을 암시하는 이미지인데, 글썽이는 눈으로 서정적 자아는 유리창을 통해 이 '별'과 영적인 교감을 나누고 있는 것이다. 이때 '별'은 서정적 자아의 눈물 머금은 눈에 비치므로 "물 먹은 별"로 형상화된 것이다.

유리창을 바라보는 눈물의 어룽거림에서 별, 보석을 연상한 시인은 슬픔을 아름다운 응결체로 만들려고 한다. 그것은 이미 멀고도 그리운 존재가 되어버린 아들의 모습을 다치지 않고 최대한 미화시키려는 아버지로서의 욕망을 나타낸다. 따라서 유리창을 닦는 행위는 외롭고도 황홀한 행위가 된다. 그 행위를 거쳐 결국 아들은 "산ㅅ새"가 되어 날아가게 되는 것이다.

이 시의 내적 구성 원리는 이처럼 유리창에 어른거리던 "언 날개"의 아들이 나중에 "산ㅅ새"처럼 날아가는 과정에 개입된 아버지의 섬세하고도 절제있는 감정의 변화에 있다 할 것이다.

(2) '산ㅅ새'의 의미와 작품의 제의적 속성

정지용의 대표작으로 일컬어지고 있는 「유리창 1」은 감정의 절제와 선명한 이미지 구축으로 매우 높이 평가받고 있는 작품이다. 또한 이 시는 사랑하는 아들을 잃은 상실감에도 불구하고, 소박한 감상에 머물지 않고 뛰어난 절제의 정신을 보여줌으로써 사람들의 많은 사랑과 관심을 받아온 작품이기도 하다.

그러나 이 작품이 아들을 잃은 슬픔을 절제하고 그것을 선명한 이미지로 객관화했다는 평가보다는, 화자가 '슬픔'을 안으로 다스리는 상상적인 노동을 통해 궁극적으로는 죽은 아들을 떠나보내는 일종의 제의(祭儀)적 속성을 이 작품에 구현하고 있음에 주목할 필요가 있다.

작품의 1행은 화자가 바라보는 유리창 표면에 "차고 슬픈 것"이 환영(幻影)으로 어른거리고 있음을 알린다. 사전 정보에 의하면 그것은 화자의 죽은 아들의 환영이 틀림없겠지만, 굳이 그렇지 않더라도 누군가를 잃어버린 상황이라는 시적 문맥은 어렵지 않게 파악된다. 따라서 이 시의 첫 행은, 죽었으나 곁을 떠나지 않고 유리에 어른거리는 "차고 슬픈 것"에 대한 감각으로 시작되고 있다. 그 "차고 슬픈 것"에 화자는 다가가서 "입김을 흐리"운다. "입김"은 찬 것에 온기(溫氣)를 부여하는 행위이다. 그래서인지 그 "차고 슬픈 것"은 화자의 온기를 받아 "길들은양 언 날개를 파닥거린다." 얼어 있는 날개가 파닥거리는 그 순간은 그 자체로 해빙(解氷)의 한 과정이거니와, 그 "언 날개"의 주인은 화자가 불어넣은 온기를 통해 날개를 파닥이고 있는 것이다. 여기서 우리가 주의해야 하는 것은 바로 "날개"의 이미지이다. 화자는 죽은 자식을 "날개"를 가진 존재로 그리고 있다. 그러면서 그 "날개"가 지금은 얼어붙어 날지 못하는 상태로 상정하고 있는 것이다.

이와 같은 시의 도입부를 염두에 둘 때, 시의 마지막 행에서 날아가는 "산ㅅ새"의 이미지는 자연스럽게 앞의 "언 날개"의 이미지와 연결된다. 그것은 얼어 있던 '날개'에 온기를 부여받아 그 힘으로 날아가는 "산ㅅ새"의 모습으로 이어진다. 따라서 이 시는 유리창에 어린 "차고 슬픈 것(자식의 영상)"을 정성스레 녹이고 닦아 결국 "산ㅅ새"로 날려보내는 제의적 과정을 담고 있는 작품이다. 그래서 화자는 죽은 자식을 떠나보내는 상징적 의식(儀式, ritual)을 수행하고 있는 것이다.

그 같은 정성 어린 과정을 화자는 고요함[靜]에서 움직임[動]으로, 차가움[寒]의 이미지에서 따뜻함[溫]의 이미지로, 감정을 참아내는 것[忍]에서 결국 발산(아아,)하는 과정으로, 결빙(結氷)의 상황에서 해빙(解氷)의 상태로 치밀하게 묘사하고 있다. 그 사이사이에 입김을 불어넣고 밤새도록 유리를 닦는 황홀하고도 외롭고도 정성스러운 노동의 과정을 개입시킴으로써, 그리고 글썽거리는 눈과 "별(보석)"을 상응시키면서 화자는 정성을 다해 죽은 자식의 "언 날개"를 녹여 "산ㅅ새"로 날려보내고 있는 것이다. 따라서 "고운 폐혈관이 찢어진 채로" "산ㅅ새"가 되어 날아간 아들은 그 스스로 날아간 것이 아니라, 아버지의 외롭고도 황홀한 노동을 통해 날아갈 힘을 얻은 후 날아간 것이다.

그래서 이 작품은 자전적(自傳的)인 화자의 상실감과 미학적인 화자가 수행하는 제의적 과정을 결합시켜 "입김을 흐리우"고, "지우고 보고 지우고 보"고, "밤에 홀로 유리를" 닦는 상상적 노동 행위를 통해 "외로운 황홀한 심사"에 도달한 후, 종국에는 정지용에게서는 극히 이례적인 "아아"라는 감탄사와 "!" 같은 감탄 부호의 표현을 통해 오래 참아왔던 감정을 폭발시키며 이별을 완성하는 부정(父情)의 깊이를 보여주고 있는 것이다. 결국 이 작품은 지나치게 감상이 과잉되는 경향과 지나치게 정서가 배제되는 사물화의 두 편향을 동시에 경계하면서, 화자의 감각과 정서의 미세한 변화 과정을 잘 전달해주는 명편(名篇)이라고 할 수 있다. 그래서 이 작품의 가치는 감정의 절제에 있는 것이 아니라 슬픈 감정에 대한 다스림을 통해 이별을 완성하려 하는 아버지의 깊은 애정을 표현한 데 있는 것이다.

(3) 「유리창 1」의 교육적 효과

한국 근대시의 전개 과정에서 정지용과 그의 시편들이 차지하는 역사적·미학적 위상은 매우 견고하고 풍요롭고 또한 문제적이다. 그가 경도(京都) 유학생의 신분으로 참여한 『학조(學潮)』에 일찍부터 뛰어난 근대시편들을 발표한 시인이었다든가, 『시문학(詩文學)』의 동인으로 참여할 때의 문단적 위치가 벌써 중진 그룹에 속할 정도로 영향력이 있었다거나, 모더니즘의 인적 구심체였던 구인회(九人會)의 핵심적 구성원이었다거나, 『문장(文章)』이라는 잡지를 실질적으로 인도한 사람 가운데 하나였다든가 하는 화려한 문단사적 위치 외에도, 그의 시편들이 형성한 높은 예술적 성취도는 그로 하여금 한국 근대 시문학사의 숱한 전범 중에서도 가장 빛나는 성좌의 지위를 차지하게끔 했다고 보아도 틀리지 않을 것이다.

따라서 정지용에 대한 개괄적 소개는 이제 거의 완성 단계에 있고, 이제는 그의 시에 대한 내밀하고도 심화된 각론의 단계로 나아가고 있는 형편이다. 그동안의 연구 성과들은 그가 시의 언어 예술적 측면을 새삼스럽게 자각한 근대적 시인이라는 사실, 그의 시를 통해 '감각'의 층위가 서정시 작법에 얼마나 풍요롭게 구체화될 수 있는가 하는 미학적 실례를 얻었다는 사실, 그의 시 안에 근대적 개인의 삶의 경험적 층실성이 줄곧 나타난다는 사실, 그의 시가 투명한 인식과 형상화 방법이 통합된 데다, 서구적 감수성과 동양적 정신의 요소가 두루 결합되어 나타난다는 사실 등을 밝혀냈다고 보아도 좋을 것이다.

이러한 정지용의 시사적 위상을 실증하는 대표작인 「유리창 1」은 시인의 감정을 절제하고 단련하여 선명한 이미지로 표현하는 데 득의의 성과를 거둔 작품이다. 물론 여기에는 "외로운 황홀한" 같은 역설적인 시인의 세계관과 가치 의식이 매개되어 있다고 할 수 있다. 따라서 「유리창 1」의 기법적 세련을 강조하는 것보다는, 아들의 얼어 있는 모습을 정성스레 녹여 날려보내는 시인의 역설적인 생각과 실천에 무게중심을 두고 교육적 접점을 찾는 것이 이 작품에 대한 올바른 접근이라고 할 수 있다.

이와 비슷한 상황과 주제를 다룬 작품으로 김현승(金顯承)의 「눈물」을 들 수 있다. 이 작품에서도 시인의 역설적인 가치관이 슬픔의 상황을 견고하고도 의미있는 조건으로 바꾸어내고 있기 때문이다.

더러는
옥토에 떨어지는 작은 생명이고저……

흠도 티도,
금가지 않은
나의 전체는 오직 이뿐 !

더욱 값진 것으로
드리라 하올 제,

나의 가장 나아종 지니인 것도 오직 이뿐 !

아름다운 나무의 꽃이 시듦을 보시고
열매를 맺게 하신 당신은,

나의 웃음을 만드신 후에
새로이 나의 눈물을 지어 주시다.

이 작품은 김현승이 어린 아들을 잃고 애통해하던 중에 씌어진 시인데, 여기서도 '눈물'은 항용 '슬픔', '절망', '애수', '기쁨', '감사', '황홀' 등을 그 존재 근거로 하지만, 김현승은 거기에 '기쁨', '감사', '황홀'의 이미지를 덧입히고 있다. 그래서 그 눈물의 의미에 궁극적 '밝음'을 부여하고 있다. 그것은 경험적 상상력에서 우러나오는 시적 표상으로서 '자기 정화(淨化)'라는 강한 상징성을 띤다.

1연에서는 '성서'에 근원을 둔 인유(引喩)를 원용하고 있고, 둘째 연은 점층적 수사를 쓰고 있다. 마지막에서는 자신이 눈뜬 역설적 진실에 대해 언명하고 있다. 이 시는 독실한 구도자를 화자로 선택한 작품이다. 그리고 이 작품은 의미론적 역설의 구조를 그 근본으로 한다. 자신의 '가장 나아종 지니인 것' 곧 궁극의 가치를 '눈물'로 표상하고 있는 시인은 '꽃/열매', '웃음/눈물'의 대립항으로 통해 인간 삶의 역설적 가치에 대해 노래하는 것이다. 이러한 세계는 「유리창 1」이 비교적 구체적인 사물을 통해 주제를 나타낸 데 비해 관념적인 대립법을 쓰고는 있지만, 시적 주제에서는 상통하는 점이 많다고 할 것이다.

결국 우리는 「유리창 1」을 대상으로 하여 소통할 때, 우리는 이 작품이 참척의 슬픔을 절제하고 그것을 선명한 이미지로 객관화함으로써 모더니즘의 속성을 실천적으로 구체화했다는 평가보다는, 화자가 '슬픔'을 안으로 다스리는 상상적 노동을 통해 궁극적으로는 죽은 아들을 떠나보내는 제의(祭儀)적 속성을 이 작품에 구현하고 있음을 공감시키는 일이 중요하다고 할 수 있다. 특별히 이 작품에 설정된 화자의 속성 곧 자전적(自傳的)인 화자와 미학적이고 허구적인 화자의 결합을 통해 개별적 진정성과 보편적 감동을 동시에 보여주는 성격에 주목할 경우, 이 작품의 미적 진폭은 그만큼 커진다고 할 수 있다.

결국 정지용의 시는 감각과 절제라는 고전적 기율을 바탕으로 하면서도 대상에 대한 사랑과 연민을 놓치지 않는 데 그만의 장점이 실현되고 있다. 그 점에서 정지용의 시를 냉엄한 이미지즘의 성과로 한정하지 말고 서정의 또 다른 영역을 '감각'의 풍요로운 구현을 통해 완성한 성과로 기억하여야 할 것이다.

생각해볼 문제

1 이 시에서 시인의 죽은 아들을 비유하고 있는 이미지들을 모두 찾아보자.

2 이 시의 제재인 '유리창'의 양면적 속성을 생각해보고, 그것이 이 시의 주제에 기여하고 있는 바가 무엇인지 생각해보자.

3 이 작품이 제의적(祭儀的) 속성을 가지고 있다는 말의 뜻은 무엇인가 생각해보자.

4 이 시를 향가 「제망매가(祭亡妹歌)」와 비교할 때, 이 시의 '산ㅅ새'에 해당되는 이미지가 「제망매가」에는 어떻게 나타나고 있는지 알아보자.

5 이 시에는 김현승의 「눈물」과 통하는 점이 많다. 이미지상으로 동일한 시어를 찾아보고 두 시에 나타난 '눈물'의 의미를 비교해보자.

정지용(鄭芝溶, 1903~?)

정지용은 김영랑(金永郎)과 함께 시문학파의 대표적인 시인이다. 영랑이 언어의 조탁에 골몰한 서정성의 시인이라면, 지용은 감정의 절제를 가능한 한도까지 밀고나가 객관적 사물에 대한 감각 자체를 투명하게 부각시킨 감각과 절제의 시인이다.
그는 충북 옥천에서 1902년에 태어났다. 휘문고보 시절 학생 자치 활동으로 문우회에서 동인지 『요람(搖籃)』을 냈는데, 「향수」는 이 시절에 씌어진 작품으로 전해진다. 졸업 후 그는 일본 경도에 있는 동지사대학에서 영문학을 전공하였다. 그곳에서 일본 상징주의의 거장 기타하라 하쿠슈를 만나 시적 재능을 키웠다. 귀국하여 『시문학』 동인이 된 그는 박용철의 주선으로 『정지용시집』(1935)을 펴냈는데 시단의 반향은 대단한 것이었다. 이양하(李敭河)는 "우리도 마침내 시인을 가졌노라"라는 말을 썼으며, 김기림은 "시 아닌 것과 참말 시의 경계를 뚜렷이 했다"고 찬사를 보냈다.

1933년 그는 이태준(李泰俊), 이상(李箱)과 함께 순수문학 서클인 구인회를 결성하여 활동했으며, 1939년 창간된 『문장』지의 편집을 맡아 신인들을 배출하였는데, 대표적인 이들이 박두진(朴斗鎭), 박목월(朴木月), 조지훈(趙芝薰)이었다. 일제 말기의 어려웠던 시절, 그는 국토 순례를 떠나 자연 속에서 신비로운 화해와 자족의 세계를 추구하며 시집 『백록담(白鹿潭)』(1941)의 시들을 썼다. 해방 후 월북하였다.

정지용은 감각을 중시하는 서구의 이미지즘에 전통적인 정서, 이를테면 향수라든가 무욕의 경지에서의 자연 예찬 등을 결합시킨 시인이었다. 정신은 한국적, 전근대적이면서 표현은 가장 감각적, 현대적인 시인이었다는 점에서, 이미지로 그림을 그리려 한 김기림(金起林), 김광균(金光均) 등의 모더니스트와는 다른 경지를 보여주었다. 그는 전통시의 감상주의를 배격하고 사물을 절제된 감각 속에서 파악하려 하였다.

그의 시에는 대부분 역사적 현실 인식이 나타나지 않지만, 「카페 프란스」나 「고향」 등을 볼 때, 그것이 소박한 것은 아니었음을 보여준다. 소시민이며 남달리 손이 흰 망국민이어서 "고향에 고향에 돌아와도 그리던 고향은 아니러뇨"라고 노래할 수밖에 없는 시인이었으면서도, 「유리창 1」에서 보듯, 자신의 감정이 생경하게 노출되는 것을 극도로 혐오하고 경계한 시인이었다.

자연을 바라보며 현실을 견뎌내는 것이 일제하 시인으로서의 그의 철학이었다면, 『백록담』의 시들은 현실 세계와는 무연한 화해로운 자연의 세계에 대한 '바라봄'의 시들이며, 그 속에서 서정적 자아의 모습은 나타나지 않거나 죽음을 예감하는 모습으로 나타나고 있다.

4. 어머니의 사랑에 대한 회상과 죄스러움 - 정인보 「자모사(慈母思)」

바릿밥 남 주시고 잡숫느니 찬 것이며,
두둑히 다 입히고 겨울이라 엷은 옷을,
솜치마 좋다시더니 보공(補空)되고 말아라

안방에 불 비치면 하마 님이 계시온 듯
닫힌 창 바삐 열고 몇 번이나 울었던고
산 속에 추위 이르니 님을 어이 하올고.

(1) 어머니의 사랑과 헌신

위당 정인보가 남긴 시조 가운데 「자모사(慈母思)」 연작 시조는 그의 대표작이라고 할 수 있다. 소재는 어머니의 사랑과 헌신에 대한 회상이 주를 이루고 있으며, 이 같은 모성(母性) 탐구는 우리 시에서 매우 이례적인 집중성을 가지고 있다. 자애로운 어머니에 대한 추모와 회상을 담고 있는 이 시조 연작은 돌아가신 어머니에 대한 절절한 추모의 정을 그려내고 있다. 여기 그려진 어머니의 상(像)은 자식을 위해 한평생 자신을 희생하고 헌신하는 전통적인 어머니의 상과 부합된다. 뿐만 아니라 다른 시조들에서 볼 수 있듯이, 어머니는 망국의 한을 가슴에 품은 채 망명의 길에 오른 우국지사의 풍모까지 갖추고 있다. 그런 의미에서 시인에게 어머니는 단순히 육친의 의미를 넘어서 지조와 절개와 충의의 정신가지 일깨워준 삶의 스승이라고도 할 수 있다. 또한 시인은 여러 시조를 통해 생전에 어머니가 보여준 그 다양한 풍모를 진솔하게 그려냄으로써 어머니에 대한 간절한 추모의 정을 그리는 한편, 어머니가 살아 계시는 동안에 효도를 다하지 못한 데 대한 회한을 되새기고 있다.

먼저 앞에 제시된 시조에서 시인은 자애로운 어머니상을 추모하고 있다. 어머니의 희생적 모성애를 보여준 작품이며 나아가 이웃사랑의 사상까지 보이는 작품이다. 초장에 나오는 "바릿밥"은 '더운 밥'이며, '많은 밥'이며, '맛있는 밥'이다. 이 인정 깊은 사랑의 밥은 손님, 가족, 자식에게 주고 어머니 자신은 "찬 것"을 드시는 것은 거룩한 어머니의 희생 정신이 아닐 수 없다. 역시 중장에서 다른 가족들에게는 두둑한 옷을 입혀 겨울을 춥지 않게 해놓고 정작 자신은 엷은 옷으로 모진 추위를 견뎌내는 것이다. 이 또한 어머니의 지극한 희생과 인내가 들어간 행동이 아닐 수 없다. 솜치마가 좋다 하시며 아끼다가 정작 죽고 나니 보공(補空)[3]으로밖에 쓰지 못하니 절제의 살림 솜씨가 다 희생 정신으로 드러나고 있다. "겨울이라 엷은 옷을"의 표현은 '겨울인데도 엷은 옷을 입으셨다'라는 표현을 줄여 시조의 장을 간략하고 압축미있게 하고 있다. 결국 "바릿밥"은 덥고 많고 맛있는 밥을 뜻하며, '남'은 찾아온 손님이나 가족 혹은 자식들을 가리키는 것으로 보이는데, 그것을 시인 자신에 대한 것들로 한정하면 그 뜻은 한결 더 절실해진다.

"잡숫느니 찬 것이며"의 도치는 "찬 것"을 강조하는 동시에 '잡숫는' 동작을 강조하는 효과를 거두고 있다. "잡숫느니"의 설명형 어미 '니'는 감탄의 여운을 지녀 한결 묘미가 있다. 겨울이 되었어도 엷은 홑옷을 입으신 어머니의 모습에서, 먹는 것에서만이 아니고 입는 것으로도 자식을 위해 평생을 헌신해온 어머니의 상을 부각시켰다. 아까워서 입지 않으시던 솜치마가 결국은 돌아가신 뒤에 당신의 관을 메우는 보공이 되고 말았다는 이야기에서, 시인의 북받치는 설움을 느낄 수 있다.

궁극적으로 사회 정의, 국가의 정의, 자유, 진리, 평화를 효과적으로 지키기 위해서는 겨레의 희생 정신이 강력히 요구된다. 잃은 조국을 일

---

3) 시신을 관에 넣고 그 빈 곳을 채우는 옷가지.

제로부터 찾기 위해서는 어머니 같은 절대 희생이 필요한 것이다. 우리의 전통적 어머니는 삶의 기본 요소인 음식과 의복을 남(가족)에게 다 양보하고 자신은 굶거나 찬 것을 먹으며 남은 따뜻하게 입히고 어머니 당신은 홑옷으로 겨울을 견디는 고통도 희생 정신으로 이겨낸다. 남을 위하여 나를 버리는 이 시조에 담긴 어머니들의 희생이 점철되어왔기 때문에 광복된 조국을 맞이했던 것이다. 이는 다음 시조에 그 주제가 담겨 있다.

> 이 강이 어느 강가, 압록(鴨綠)이라 여짜오니
> 고국 산천(故國山川)이 새로이 설워라고
> 치마끈 드시려 하자 눈물 벌써 굴러라.

망국의 한이야 잠시인들 잊을까마는, 이제 국경을 넘는 이 마당이고 보니 새삼스럽게 다시 서러움이 북받쳐 오른다고 하시는 것이다. 여성으로서의 매서운 절조(節操)를 드러내고 있는 대목이다. 여기서 시인은 압록강을 건너 만주로 독립운동 겸 망명을 떠나고 있다. "이 강이 어느 강가"라고 어머니는 시인에게 묻고 있다. 압록강이라는 대답에 "고국 산천이 새로이 설워라고"라고 표현하고 있는 중장의 사상(思想)은 고국 산천 곧 우리의 조국이 일제 탄압 속에 주권 상실을 당한 망국한(亡國恨)으로 나타나고 있다.

치마끈 들기도 전에 빼앗긴 조국 현실이 마음을 아프게 하여 어머니는 눈물부터 보이며 '나라가 이 지경이 되어 내가 이 강을 건너는구나' 하면서 눈물을 흘린 것이다. 이렇게 어머니는 자주 정신과 조국애 그리고 절조 높은 사상을 가졌던 분으로 시인에게 회상되고 있는 것이다.

(2) 어머니에 대한 회상과 안타까움

물론 이 시조 연작에 담겨 있는 어머니의 상은 생생한 현재형이 아니라, 회상 속에서만 살아나고 있는 아득한 과거형이다. 그래서 엄격하게 말하면, 어머니에 대한 시인의 사랑은 대상이 존재하지 않는 안타까움의 정서와 같은 것이라 할 것이다. 두 번째 제시된 시조에서 그 같은 안타까움과 공허함은 매우 감각적인 소재들과 함께 잘 형상화되어 있다.

시인은 안방에 어슴푸레하게 불이 비칠 때 그 옛날 불빛 아래에 계셨던 어머니를 연상하고 있다. "안방에 불 비치면 하마 님이 계시온 듯"이라는 표현은 그 같은 환각과 회상이 시인의 일상에서 반복되고 있음을 말해준다. 그래서 시인은 닫혀 있는 창을 열어젖히고 밖을 향해 "몇 번이나 울었던고" 하고 고백하고 있다. 여기서 쏟아지는 울음은 어머니의 부재에 대한 회한의 감각적 등가물이라고 할 수 있을 것이다.

그런데 마지막 종장에서 시인은 "산 속에 추위 이르니 님을 어이 하올고."라고 맺음으로써, 마치 첫 번째 수에서 어머니가 아들을 두둑히 입히고 스스로는 추위에 맞선 것처럼, 이제는 아들이 산 속에 묻히신 어머니가 추위에 노출되실까봐 염려하고 있다.

이처럼 시인이 회상하고 있는 어머니는 자랑스럽고 절개있는 여성이기도 하지만, 그와 동시에 연민과 안타까움을 유발시키는 존재이기도 하다. 이는 결국 시인 스스로에 대한 자책과 회한이야말로 실질적인 이 작품의 주제임을 말해주는 가장 확연한 증거이기도 하다. 그래서 시인은 자책적인 시조를 다음과 같이 「자모사」 연작에 싣고 있는 것이다.

> 설워라 설워라 해도 아들도 딴 몸이라.
>
> 무덤 풀 우군 오늘 이 '살'부터 있단 말가.

빈말로 설운 양함을 뉘나 믿지 마옵소.

이 작품에서도 앞에서 말한 자식으로서의 도리를 다하지 못한 자신에 대한 자책의 정서가 깊이 숨겨 있다. "설워라 설워라 해도 아들도 딴 몸이라"라는 표현에는 아무리 효자라 해도 결국 어머니께 진실한 효성을 다 못하는 물리적 한계를 말하고 있고, "무덤 풀 우군 오늘 이 '살'부터 있단 말가"에는 돌아가신 어머니와 살아 있는 자신의 육신을 비교하면서 스스로의 살아 있음에 대해 자책하고 있다. 마지막 종장에서는 스스로 서러워하는 것조차 믿지 말라고 함으로써, 자신의 설움을 반어적으로 강화시키고 있다.

결국 시인은 어머니에 대한 자랑스러움 못지 않게 죄스러움을 「자모사」 곳곳에 뿌려놓음으로써, 이 시조를 사랑과 희생의 시편인 동시에, 안타까움과 죄스러움의 시편으로 만들고 있다.

(3) 「자모사」의 교육적 효과

우리 교육에서 '효(孝)' 혹은 '어머니의 사랑'은 매우 고전적이고 오래된 가치이다. 모성과 효의 절대적 위치는 그동안 우리 사회에서 그것들에 대한 거의 맹목적인 경외를 낳은 것도 사실이다. 물론 자식을 향한 부모의 사랑과 부모를 향한 자식들의 존경과 애틋함의 정서는 매우 소중한 것이다. 그래서 「자모사」에는 최근 엷어져가는 이러한 가치들에 대한 가장 원형적인 일깨움이 담겨 있다고 할 수 있다. 이러한 성격을 교육적 효과와 접목시킬 때, 이 작품에 대한 올바른 독법이 완성될 것이다.

먼저, 어머니(부모님)의 헌신과 희생의 형상을 다른 여러 사례를 통하여 이 작품의 형상과 병치시킬 필요가 있다. '바릿밥'이나 '솜치마' 등의 현대적 등가물들을 우리 주위에서 찾아, 가능하면 그것들을 줄이면서 자식들의 진취적인 미래를 위해 애쓰는 어머니의 모습을 일깨울 수 있을 것이다.

그 다음으로는 시간의 중요성에 대해 강조할 필요가 있다. 옛날에 부모님은 사랑을 베풀고 난 후 기다리지 않으신다고 하였다. 언제나 유보적이었던 그분들에 대한 사랑과 보응을, 안타까움과 회한이 커져가기 전에 구체적으로 실천할 필요에 대해 이 작품이 증거하는 힘과 울림은 비교적 크다.

따라서 「자모사」 연작의 교육적 효과는, 우리 사회에 가장 전통적인 가치이자 구심적인 사회 통합 원리인 가족의 중요성과 그 사이의 사랑에 대해 구체적인 형상을 접하는 것에 있다. 주제의 인기 능력 못지 않게 생활적 구체로 접목하는 게 이 작품에 대한 독법에 해당된다고 할 수 있겠다.

생각해볼 문제

1. 이 시조에서 어머니는 현재형으로 그려져 있지 않고 회상의 대상이 되고 있다. 시인의 현재 마음을 짐작케끔 하는 단어를 골라보자.
2. 첫 번째 수에서 대립적인 가치들을 지니고 있는 사물들을 나열해보고, 그것이 주제에 어떻게 기여하고 있는지 생각해보자.
3. 두 번째 수에서 '불', '창', '산'의 기능에 대해서 생각해 보자.
4. 정인보의 연작 시조 「자모사」에 실려 있는 다른 시조들을 찾아보고, 주제의 일관성과 차이점을 생각해 보자.
5. 어머니의 사랑과 헌신에 대해 절대적인 가치를 부여하고 있는 다른 작품을 현대시에서 찾아보고, 그것을 「자모사」와 비교해보자.

정인보(鄭寅普, 1893~ ?)

이 시조를 지은 정인보는 한학자이자 사학가로서 많은 현대시조를 남긴 시인이기도 하다. 호는 위당(爲堂) 혹은 담원(薝園)이다.
그는 1983년 서울에서 태어났다. 그의 집안은 17대 국왕하에서 16명의 정승을 지낸 명문가이다. 위당의 조부 정기년은 형인 기세의 엽관 무리에 대한 행위를 보고 바른 소리, 곧은 소리의 비판을 서슴지 않았다. 이런 비판 의식은 위당의 당숙되는 정윤영에게도 강했다. 위당이 식민지 시대의 한 지사로 삶을 유지할 수 있었던 지조나 항일 의식은 조부의 반골 기질 영향이 강했으며, 친가와 양가 두 어머니의 자애로운 교육은 위당의 어린 시절의 민족사상 정립에 절대적인 영향을 끼쳤다.
1910년 10월 위당은 난곡 이건방에게 예를 드리고 그의 제자가 되었다. 외숙 서내수의 추천으로 난곡을 스승으로 모시며 강화학파의 학맥을 잇게 되었다. 그는 같은 해에 중국에 유학하여 동양학을 전공하는 한편, 동제사를 조직하여 독립 운동을 하였다. 1913년 초산 끝에 아내 성시가 타계했다는 소식을 받고 생모와 함께 귀국한다. 이때의 비통한 심정은 시조 작품으로 형상화된다. 후처 조씨와 재혼하여 은거하던 중 26세에 진천에서 생모의 초상을 맞게 되며 연희전문 교수가 되던 1923년에 양모마저 별세하여 이러한 깊은 체험들이 「자모사」 연작으로 엮이게 된다.
학문과 문필을 인정받던 위당은 기독교 정신에 입각해 설립된 연희전문, 이화여전, 세브란스의전 등에서 교편을 잡았다. 그러나 그의 학문은 어디까지 실학 사상에 바탕을 둔 국학이었다. 그 후 시대일보, 동아일보 등에서 논설위원으로 활약하였고, 한국전쟁 때 행방불명되었다. 저서로는 『조선사 연구』, 『조선 문학 원류고』, 『담원 시조집』 등을 남겼다.
결국 위당은 생모, 양모의 자애 속에서 조부의 반골 기질이나 두 어머니의 '참'과 '대의' 교육을 받고 그 사상을 이어받아 타협없는 지사가 되었으며, 그의 한문학, 사학, 국문학 등의 학문적 뿌리나 시조문학의 사상가지 철저한 민족주의 사상으로 일관되어 있음을 여러 학자들의 인물평이나 업적 평가에서 발견하게 된다. 위당이 대쪽 같은 민족적 지사나 민족주의자로서의 학자나 사상가, 문사가 된 것은 유년시 부친에게 한학의 기초를 익히고 난곡 이건방에게 양명학을 배워 강화학파를 잇는 유학사상의 교육이 큰 영향을 끼쳤기 때문이다. 따라서 그의 시조문학에서는 유학사상이 주류를 이룬다고 할 수 있다.

근대의 내파, 샤머니즘의 기억

—백석 「넘언집 범같은 노큰마니」

「넘언집 범같은 노큰마니」는 『문장』 1939년 4월호에 발표된 작품이다. 백석이 조선일보사에 재입사하여 『여성』지를 실질적으로 편집하던 시절 발표된 시편이다. 이 작품은 백석 시편 가운데서도 그 맥락의 난해성으로 인해 별로 주목을 못 받아왔는데, 결국 이 시편 해석의 관건은 제3연을 어떻게 읽어내느냐에 달려 있다.

> 황토 마루 수무남게 얼럭궁 덜럭궁 색동헝겊 뜯개조박 뵈짜배기 걸리고 오쟁이 끼애리 달리고 소삼은 엄신 같은 짚세기도 열린 국수당고개를 몇 번이고 튀튀 침을 뱉고 넘어가면 골안에 아늑히 묵은 영동이 무겁기도 할 집이 한 채 안기었는데
>
> 집에는 언제나 센개 같은 게사니가 벅작궁 고아내고 말 같은 개들이 떠들썩 짖어대고 그리고 소거름 내음새 구수한 속에 엇송아지 히물쩍 너들씨는데
>
> 집에는 아배에 삼촌에 오마니에 오마니가 있어서 젖먹이를 마을 청능 그늘 밑에 삿갓을 씌워 한종일내 뉘어두고 김을 매러 다녔고 아이들이 큰 마누래에 작은 마누래에 제구실을 할 때면 종아지물본도 모르고 행길에 아이 송장이 거적뙈기에 말려나가면 속으로 얼마

나 부러워하였고 그리고 끼때에는 부뚜막에 바가지를 아이들 수대로 주룬히 늘어놓고 밥 한덩이 질게 한술 들어틀여서는 먹였다는 소리를 언제나 두고두고 하는데

일가들이 모두 범같이 무서워하는 이 노큰마니는 구덕살이같이 욱실욱실하는 손자 증손자를 방구석에 들매나무 회채리를 단으로 쪄다 두고 따리고 싸리갱이에 갓신창을 매여놓고 따리는데

내가 엄매 등에 업혀가서 상사말같이 향약에 야기를 쓰면 한창 피는 함박꽃을 밑가지째 꺾어주고 종대에 달린 제물배도 가지째 쪄주고 그 애끼는 게사니알도 두 손에 쥐어주곤 하는데

우리 엄매가 나를 가지는 때 이 노큰마니는 어느 밤 크나큰 범이 한 마리 우리 선산으로 들어오는 꿈을 꾼 것을 우리 엄매가 서울서 시집을 온 것을 그리고 무엇보다도 내가 이 노큰마니의 당조카의 맏손자로 난 것을 대견하니 알뜰하니 기꺼이 여기는 것이었다

먼저 이 작품의 1연과 2연은 제목에 나오는 '넘언집'의 배경을 보여준다. 사실적으로 재현하기 도저히 어려운 토속적이고 전근대적인 사물과 풍광이 '넘언집'을 구성하고 있음을 보여주는 대목이다. 그 '넘언집'은 토속적이고 전근대적인 사물들이 걸려 있고 달려 있고 열려 있는 '국수당고개'를 넘어가면 있는 집이다. 그리고 그곳은 여러 동물들이 고아내고 짖어대고 너들씨는 곳이기도 하다. 이러한 술어군(群)의 주체는 한결같이 방언으로 명명되고 있는 사물 혹은 동물들이다. 말하자면 '헝겊', '베조각', '오쟁이', '짚꾸러미', '짚세기' 등의 사물과 '거위', '개', '엇송아지' 등의 동물이 그 목록을 구성한다. 따라서 '넘언집'은 그야말로 우리의 오랜 공동체적 '기억' 속에만 존재하는 근대 문명의

사각지대라 할 것이다.

3연에 들어 드디어 '인물'이 등장한다. 그 인물이 바로 제목에 나오는 '노큰마니'이다. 그녀는 "아배에 삼촌에 오마니에 오마니"이다. 제일 큰집의 노할머니 정도인 어르신인 셈이다. 그분의 삶의 내력이 3연 전체에 걸쳐 펼쳐진다. 4연부터는 그 할머니가 왜 범같이 무서운 분인지, 하지만 오직 "노큰마니의 장조카의 맏손자"인 화자 자신에게는 얼마나 다정하신 분이신지가 밝혀진다. 무서운 분의 다정함은 우리에게 매우 익숙한 역설이 아닌가. 시인의 시적 언급은 여기서 멈추어 있다. '노큰마니'의 생애에 대한 해석을 개입시키지 않고, 기억 속에 있던 '노큰마니'를 시의 표면으로 불러 재현한 데서 멈춘 것이다.

그렇다면 '노큰마니'의 내력이 숨겨져 있는 3연으로 돌아가보자. 3연의 난해성은, 죽어나가는 까닭도 모르고 홍역 때문에 아이 송장이 거적에 말려 나가면 속으로 부러워하였다는 것에서 발생한다. 이 부분은 이른바 속신(俗信)의 의미를 알아야 그런 대로 풀리는 대목이다. 물론 표면으로만 보면, 노큰마니의 '부러움'은 어불성설이다. 왜 죽어나가는 아이에서 부러움을 느끼겠는가. 그런데 '국수당'이 곧 서낭당이고 1연의 묘사가 우리가 영화에서 흔히 보던 서낭당의 묘사임을 알게 된다면, 시의 제목인 '넘언집'은 일차적으로는 '고개 너머의 집'이라는 뜻이지만, 동시에 그것은 샤머니즘의 세계가 녹아들어 일상을 이루고 있는 전근대적 습속의 공간이 된다. 그러한 배경에서만 3연은 적절하게 이해될 수 있다. 말하자면 누군가의 희생 제의(祭儀)가 있어야만 마을이 재앙을 면하게 된다는 것, 그 점에서 자기 아이가 속죄양이 되기를 바라는 마음이 비정하게도 사람들 깊은 마음 속에 있었다는 것, 그리고 가난과 무지로 둘러싸인 전근대적 풍경이 이러한 기억들을 완강하게 감싸고 있었다는 것 등이 시적 진술로 펼쳐진다.

그 다음은 끼니때가 되면 부뚜막에 바가지를 아이들 수대로 늘어놓고 밥 한 덩이 질게 한 술을 떨어뜨려 먹였다는 기억으로 이어진다. 가

난해서 아이들에게 형편없는 음식을 먹여야 했던 시간을 말해주고 있다. 가난을 운명으로 알면서도 아이들을 억센 생활력으로 키워낸 '노큰마니'의 생이 잘 드러나는 대목이다. 여기서 이 밥 먹이는 장면을 '제삿밥'과 연관시키는 해석도 더러 있는데, 이러한 시각은 시편 안에 어떤 문맥적 암시도 존재하지 않는 까닭에 적절치 않다고 생각된다

결국 이 시편은 토속적이고 전근대적이고 샤머니즘적인 세계 속에 살았던 '노큰마니'의 일생을 사실적 기억으로 재구(再構)함으로써, 그것들을 지워나간 근대의 외관을 안으로부터 내파(內破)하려는 시적 기획을 보여준 작품이라 할 것이다.

지성(至誠)이면 감천(感天)

—서정주 「冬天」

내 마음 속 우리님의 고은 눈섭을
즈문밤의 꿈으로 맑게 씻어서
하늘에다 옴기어 심어 놨더니
동지 섣달 나르는 매서운 새가
그걸 알고 시늉하며 비끼어 가네

—「冬天」(시집 『冬天』, 1968)

이 단형의 서정시는 미당의 다섯 번째 시집 『冬天』(1968)의 표제 작품이다. 잘 알려진 대로, 이 무렵 미당은 불교의 윤회사상을 매개로 자신의 시적 육체와 정신을 적극적으로 완성시키려는 욕망을 극대화한 바 있다. 이 시는 그의 이러한 의식적·무의식적인 시적 지표와 기획이 함축적으로 결정(結晶)된 작품이라고 할 수 있다.

쉽게 알 수 있듯이, 이 시의 제재는 '겨울 하늘[冬天]'의 '초승달'('그믐달'로 볼 여지도 충분하다. 그러나 물리적 실체가 완전히 소멸되기 직전의 '그믐달'보다는 '만월'이라는 완성형을 추구해가는 과정적 실체인 '초승달'의 개연성에 무게를 얹기로 했다)이다. 그리고 그 '초승달'이 연상시키는 또 다른 핵심 이미지가 바로 여인의 '눈썹'이다. 이때 여인의 '눈썹[蛾眉]'은, 천이두의 견해처럼, 미당 초기시의 핵심 이미지인 '피'가 후기로 오면서 변용된 것으로도 볼 수 있다. 말하자면 '피'가 인간의 원초적이고 맹목적인 생명력의 의미로 충일된 이미지라면, '눈썹'은 여인의 관능성과 그 육체성의 마지막 존재 형식을 동시에 간직한 이미지인 것이다. 곧 그것은 모든 지상적 육체의 마지막 남은 '핵(核)'이면서 동시에 모든 인간의 마음 속에 심어진 보편적 이미지이다. 이 '눈썹'은 같은 시집에 실린 "대추 물 드리는 햇볕에/눈 맞추어/두었던 눈섭.//고향 떠나올때/가슴에 끄리고 왔던 눈섭.//열두 자루 匕首 밑에/숨기어져/살던 눈썹."(「秋夕」)의 연장선에서 채택된 이미지이기도 하다.

이 시의 구성은 매우 정교하다고 할 수 있다. 5행의 짧은 형식으로 짜여져 있으며, 그것도 형식적으로 7(8)·5조의 일관된 율격적 형식을 구축함으로써 완미한 구조적 완결성까지 배려하였다. 형태적으로 첫 행과 마지막 행은 4·4·5조로 대칭을 이루며, 그 가운데의 2~4행은 4·3·5조로 되어 있다. 전체 내용은 한 마디로 말하면 "내가 님의 눈썹을 씻어서 하늘에 옮겨 심었고, 날아가던 새가 이것을 알고 비끼어 간다"는 단순하고 간략한 것이다. 시의 형태적 대칭과 마찬가지로 이 같은 내용이 1~2/4~5행을 통해 대칭적으로 펼쳐지고 있다. 곧 전반부는 '나'와 '님의 눈썹'의 지상적 세계이며, 후반부는 '새'와 '달'의 천상적 세계인데, 그 가운데(3행) 땅에서 하늘로 시선이 이동되는("옮기어 심어" 놓는) 매개적 행위가 이루어지고 있다.

다시 전반부의 1행을 보면 큰 그릇 속에 작은 그릇이, 그 작은 그릇 속에 더 작은 그릇 이 놓여진 구조로 되어 있다. 곧 '내 마음' 속에 우리 '님'이, 우리 '님' 속에 '눈썹'이 담겨 있는 것이다. 그 가장 작은 핵, 곧 육체의 마지막 남은 그리움의 핵인 '눈썹'을 즈믄[千] 밤이나 되는 고되고도 즐거운 꿈으로 맑게 씻는 것이 '나'의 행위이다. 이와 같은 반복적 정화(淨化) 행위는 초기시인 「自畵像」의 이슬 속에 섞인 피를 맑게 다스려 나가는 과정을 연상시키는데, 따라서 '눈썹'은 관능적 욕망과 고뇌를 다스려 마음 속에 남은 한(恨)마저 떨쳐버린 자리에 남아 있는 어떤 것이라고 할 수 있다.

순간 그것은 지상의 인간에 속한 것이 아니라 천지만물의 윤회-거듭남의 세계에 속한 존재가 되어 천상으로 솟아오른다(옮기어 심는 행위와 겹친다). 이때 '내 마음'은 '눈썹'마저도 남아 있지 않은 완전히 '비어 있는[空]' 상태에 이른다. 이러한 지상 세계의 무화(無化)는 곧 나의 가장 귀중한 것마저도 떠나보내고 천상계에 꽃씨를 심듯 '눈썹'을 심는 행위, 곧 영원한 생명의 세계에 이르는 행위를 의미한다. 그 세계는 천지만물이 서로 주체이면서 서로 객체인 상호 조응의 세계인 것이다.

그래서 비정(非情)의 존재인 "동지 섣달 나르는 매서운 새"마저도 그러한 '내 마음'의 정성과 그 속에 배인 시간을 알아채고 "시늉"한다는 것, 그래서 그 '달(눈썹)'을 범접(犯接)하지 못하고 비끼어 간다는 것이다. 이때 '시늉한다'는 것의 의미는, '초승달'－'눈썹'－'날아가는 새' 형상이 모두 시각적으로 비슷한 것에 착안한 것일 수도 있고, '내 마음'의 간절한 정성에 대한 '새'(곧 초월적 자연 혹은 신적 존재)의 응답이 이루어진 것이라고 할 수도 있다. 어쨌든 이것은 인간이 자연 속에, 자연이 인간의 일에 참여하고 조응하는 상상적 세계인 동시에 미당 시학의 구도성이 완결된 화폭인 셈이다.

이 시는 이렇게 완성을 향한 지난한 무화(無化), 투명한 정신화의 과정을 통해 인간과 자연이 조응하는 영원의 세계를 절제된 구도 속에 보여주고 있다. 아주 단순하게 이야기하자면, 사랑을 완성하려는 인간의 지극한 '정성'에 하늘도 '감동'하는 세계를 보여주는 작품인 것이다. 그리하여 오랜 세월을 통해 이룩한 절대적 가치에 대해서는 자연조차 외경을 표시한다는 전언을 담고 있다. 그러므로 이 작품의 핵심에는, 주체의 지극한 정성이 하늘의 조응과 공감을 부르는 과정 곧 '지성(至誠)'이면 '감천(感天)'이라는 해묵은 이법(理法)의 과정이 담겨 있는 것이다.

'떠돌이'들의 이야기를 담은 "한줄 굵직한 水墨글씨의 詩줄"

─서정주 「格浦雨中」

1.

미당(未堂) 서정주(徐廷柱, 1915~2000)의 후기 시집 가운데 하나인 『떠돌이의 詩』(1976)에 수록되어 있는 「格浦雨中」은, 미당의 작품 중에서도 그리 대중들에게 친숙한 시편은 아니다. 초기작인 「自畫像」을 비롯하여 「花蛇」, 「歸蜀道」, 「菊花 옆에서」, 「春香遺文」, 「鞦韆詞」, 「푸르른 날」, 「冬天」 등, 근대적인 제도 교육을 통해서건 독자들의 자발적 독서 체험을 통해서건 많은 이들의 뇌리 속에 깊이 각인되어 있는 숱한 명편들과는 달리, 이 시편은 상당히 외지고 의외로운 곳에서 자신만의 음역을 거느린 채 존재하고 있는 이채로운 작품이다. 더구나 이 작품은 미당 스스로 자신의 후기 시세계를 암시하고 있다는 점에서, 우리의 주목을 요하는 시편이라고 할 수 있다.

따라서 우리가 이 작품을 이해하고 해석하는 것은 작품 자체의 완결성과 심미성을 탐색하는 일도 되겠지만, 이 작품이 미당 시세계 전체에서 차지하고 있는 맥락을 살피는 일과도 깊이 연관된다. 말하자면 「格浦雨中」에 담긴 시적 전언이 미당의 시적 편력 전체에서 어떠한 의미를 띠는가 역시 우리의 중요한 탐구 대상이 되는 것이다.

먼저 우리가 이 작품을 이해하고자 할 때, 우선적으로 할 일은 이 작품이 수록된 시집『떠돌이의 詩』를 떠올리는 일이다. 이 시집을 간행한 후 미당이 말년에 이르러 지속적으로 발간한 바 있는『늙은 떠돌이의 시』(1993),『80소년 떠돌이의 시』(1996) 등을 새겨볼 때, 후기의 미당에게 '떠돌이'라는 상징은 매우 중요한 것이었다고 할 수 있다. '떠돌이'는 미당에게 자신의 생의 형식을 고스란히 암시하고 있는 실존적 명명임은 물론, 그 자체로 '시인'의 운명을 깊이 암시하고 있는 상징이기 때문이다. 곧 후기의 미당에게 '떠돌이'는 매우 중요한 자기 인식의 화두이자 자신이 그리고 있는 '시인'의 초상이기도 하였던 셈이다.

2.

格浦雨中

서정주

여름 海水浴이면
쏘내기 퍼붓는 해 어스럼,
떠돌이 娼女詩人 黃眞伊의 슬픈 사타구니 같은
邊山 格浦로나 한번 와 보게.

자네는 불가불
水墨으로 쓴 詩줄이라야겠지.
바다의 짠 소금물결만으로는 도저히 안되어
벼락 우는 쏘내기도 맞어야 하는
자네는 아무래도 굵직한 먹글씨로 쓴
詩줄이라야겠지.

그렇지만 자네 流浪의 길가에서 만난
邪戀 男女의 두어雙,
또 그런 素質의 손톱의 반달 좋은 處女 하나쯤을
붉은 채송화떼 데불듯 거느리고 와
이 雷聲 驟雨의 바다에 흩뿌리는 것은
더욱 좋겠네.

한줄 굵직한 水墨글씨의 詩줄이라야 한다는 것을
짓니기어져 짓니기어져 사람들은 결국
쏘내기 오는 바다에
이 세상의 모든 채송화들에게
豫行練習 시켜야지.

그런 龍墨 냄새 나는 든든한 웃음소리가
제 배 창자에서
터져 나오게 해 주어야지.

—시집 『떠돌이의 詩』(민음사, 1976)

「格浦雨中」의 실질적인 주인공들 역시 '떠돌이'라고 부름직한 존재들이다. 이 작품의 화자는 물론, '자네'라고 지칭되는 청자, 그리고 시 안에 등장하는 인물들 모두가 하나같이 '떠돌이'로서의 형상과 생리를 취하고 있기 때문이다. 이들은 비 내리는 격포에서 모두 제각각의 형상을 지니면서도 '떠돌이'라는 상징으로 수렴되고 있는 존재들이다.

작품의 배경은 비 내리는 '격포 해수욕장'이다. '邊山 格浦'는 미당의 고향인 고창에서 지근의 거리에 있는 곳인데, 낭만과 추억이 어울릴 것 같은 이 '해수욕장'을 두고 미당은 '떠돌이 娼女詩人'인 황진이의 사타구니에 비유하고 있다. '해수욕장'이 여인의 '사타구니'라니?

그러나 이와 같은 파격적 표현 속에서 미당이 의도하고 있는 것은 무엇일까? 그것은 '슬픈'이라는 어구에 담겨 있다. 여기서 '슬픈'이라는 형용사는 두 가지 뜻을 함께 내포하고 있다. 하나는 황진이가 '娼女詩人'이고 '떠돌이'이기 때문에 황진이 스스로 슬픈 생을 살아간 여인이라는 뜻을 담고 있고, 다른 하나는 창녀의 사타구니야말로 온갖 '떠돌이'들이 잠시 머물다 간 '슬픈' 곳이므로 황진이와 자신을 포함한 이 세상 온갖 '떠돌이'들의 생의 형식이 그러하다는 뜻을 함의하고 있는 것이다.

특히 '해수욕장'이라는 곳이 장삼이사들의 욕망이 넘실대다 한순간에 사라지곤 하는 곳이므로 이런 떠돌이들의 '슬픔'이 거기서 연상되는 것은 논리적으로 보아 자연스럽다. 미당은 이 점에서 황진이와 자신을 연결시키고 있는 것이다. '슬픔'이야말로 그들이 공유하고 있는 속성이고, '떠돌이'로서의 생의 형식이야말로 그들을 '시인'으로 묶어주는 동류항이니까 말이다. "시인이란 슬픈 天命인 줄 알면서도 한 줄 시를 적어볼까"(「쉽게 씌어진 詩」)라고 노래했던 청년 시인 윤동주(尹東柱)의 고백이, 시의 경향에서 대조적이기 짝이 없는 미당의 발언과 그대로 만나는 순간이 여기서 이루어진다. 바로 그 '슬픈' 곳으로 시인은 "쏘내기 퍼붓는 해 어스럼"에 와 보라고 하는 것이다.

그렇다면 왜 비 내리는 '어스럼'인가? 그것도 "벼락 우는 쏘내기"가 내리는 때 말이다. 그것은 이 뇌성 치는 바닷가의 해 저물녘이야말로 시인이 행하고자 하는 상징적 제의(祭儀)와 썩 잘 어울리는 시공간이기 때문이다. 그 제의의 구체적 양상은 3연에 나오는데, 그것은 다름아니라 온갖 '떠돌이'들의 삶을 꽃 뿌리듯 뿌리는 시인의 행위로 나타난다.

이때 시인은 "자네는 불가불/水墨으로 쓴 詩줄이라야겠지"라는 말을 청자에게 건네는데, '비'와 '꽃'이 뇌성 속에서 섞이고 있는 것이나 '水墨'이 종이 위에서 새록새록 번져나가는 것이나 모두 '떠돌이'들의 삶이 '詩줄'에 담기는 과정에 대한 은유이기 때문에, 시인은 그것을 "불가불"이라고 표현하고 있는 것이다. 그래서 "바다의 짠 소금물결만으로는 도저히 안되어/벼락 우는 쏘내기도 맞어야 하는" 시인이라는 존재는 "굵직한 먹글씨로 쓴/詩줄이라야"만 되는 것이다. 그것만이 시인으로서의 존재 이유를 충당해주기 때문이다.

여기서 미당이 말하고 있는 "水墨으로 쓴 詩줄"이나 "굵직한 먹글씨로 쓸 詩줄"은 모두 비 내리는 격포에서 미당이 제시하고 있는 자신의 시관(詩觀)에 다름아니다. 말하자면 미당은 여기에서 세상의 온갖 '떠돌이'들의 이야기를 담는 '굵직한 먹글씨'야말로 자신의 시가 다다라야 할 가장 궁극적인 경지임을 말하고 있는 것이다. 물론 이때 '水墨'으로 쓴 시는 그가 다른 작품에서 "햇빛보다 더 먼데로/쑤욱 들어가 버리고"(「슬픈 여우」) 마는 사람의 가치를 말한 바 있듯이, 자신이 추구하는 진정한 시의 경지를 말하고 있는 것이다.

그래서 그에게 시는 바로 "자네 流浪의 길가에서 만난/邪戀 男女의 두어雙,/또 그런 素質의 손톱의 반달 좋은 處女 하나쯤을/붉은 채송화 떼 데불듯 거느리고 와/이 雷聲 驟雨의 바다에 흩뿌리는" 행위에 비유된다. 이때 '流浪의 길가'라는 것은 '떠돌이'들의 유랑적 '삶' 자체에 대한 은유이고, 거기서 마주치는 '邪戀'에 빠진 남녀들이나 어여쁜 처녀 같은 '떠돌이'들을 마치 채송화 흩뿌리듯 이 뇌성 치는 바닷가에 던져넣는 행위야말로 미당이 '떠돌이'들의 이야기를 은은히 번져나가는 수묵으로 채록한 '시'와 등가를 이루는 것이다. 시인은 이들을 모두 격포로 이끌어들이면서 그들의 삶을 낱낱이 흩뿌리고 그것을 "굵직한 먹글씨로 쓴 詩줄"로 남기는 것이 결국 '시'가 추구해야 하는 본령임을 말하고 있는 것이다.

이렇게 미당 자신의 시작 행위를 암시하는 "한줄 굵직한 水墨글씨의 詩줄"은 "짓니기어져 짓니기어"지면서 사람들로 하여금 "결국/쏘내기 오는 바다"에서 "豫行練習"시키는 데 활용된다. 이때 "이 세상의 모든 채송화"들에게 시키는 '豫行練習'은 그들로 하여금 '떠돌이'로서의 불가피한 운명을 그대로 승인케 하고, 다음 세대에게도 그 같은 불가항력적 운명을 전달하려는 미당의 시인으로서의 전언이 담겨 있는 표현이다. 그 다음에 들려오는 "龍墨 냄새 나는 든든한 웃음소리"는 그러한 운명의 '豫行練習'을 마친 시인의 궁극적 자부심과 연결되는 것이다.

따라서 여기서 '자네'(청자)라고 지칭되는 사람은 자연스럽게 '나'라는 화자와 한 몸을 이룬다. 비록 이 작품이 전적으로 타자에게 건네는 다짐과 권면의 형식으로 짜여져 있기는 하지만, 이러한 표현은 결국 미당 스스로의 자기 확인 욕망에 지나지 않는 것이 된다. 곧 '邊山 格浦'에서 상징적 제의를 행하면서 '떠돌이'들의 삶을 '水墨글씨'로 수습하고 있는 것은 미당 자신인 것이다.

결국 이 작품은 후기의 미당이 바라보고 있는 시에 대한 관념을 잘 드러내주는 시이다. 특히 같은 시집에 수록된 「詩論」이라는 작품과 견주어볼 때, 우리는 미당이 일생을 통해 추구하려 했던 시적 의식과 지향을 암시받을 수 있다. 님이 오실 날을 위해서 제일 좋은 전복만은 따지 않는 제주해녀들의 심정과, 수묵으로 한줄 굵게 '떠돌이'들의 삶을 남기려는 시인의 지향성이 미당의 시학을 양축에서 떠받치고 있기 때문이다.

바다속에서 전복따파는 濟州海女도
제일좋은건 님오시는날 따다주려고
물속바위에 붙은그대로 남겨둔단다.
詩의전복도 제일좋은건 거기두어라.
다캐어놓고 허전하여서 헤매이리요?
바다에두고 바다바래여 詩人인 것을……

—「詩論」(『떠돌이의 詩』)

『떠돌이의 詩』 맨 앞에 수록되어 있는 이 작품은 미당의 시적 욕망이 궁극적으로 '유예'와 '감춤'의 무의식을 표현하는 데 있다는 것을 적극적으로 암시하고 있다. 이 '유예'와 '감춤'의 연쇄 체계는 미당의 전체 시세계를 관통하면서 그의 시로 하여금 설화나 상징에 탐닉케 하고, 구체성보다는 '영원성' 그리고 자신의 사사로운 개인사보다는 보편성과 정신주의의 시학으로 나아가게끔 한 원동력이었던 것이다.

이와 같이 미당이 「詩論」에서 가장 좋은 시는 완성되지 않고 끝없는 미완성의 과정에 놓여 있는 것이며, 끝끝내 그것은 언어화되지 않고 감추어지는 것이라는 점을 암시하고 있다면, 「格浦雨中」에서는 '시'야말로 형이상학적인 그 무엇이 아니라 '떠돌이'들의 삶을 암시하고 그것을 다른 이들에게도 '豫行練習'시키는 행위라는 점을 말하고 있다.

또한 앞의 시에서 미당이 "詩의전복도 제일좋은건 거기두어라"에서처럼 자신을 드러내지 않고 자신의 언어 뒷면에 감추어두려는 '유예'와 '감춤'의 시적 욕망을 보인 반면, 뒤의 것에서는 수묵으로 굵직하게 남기려는 '드러냄'의 욕망을 보이고 있는 것이다. 이 같은 '감춤'과 '드러냄'의 변증법, 곧 이 둘 사이의 모순과 길항의 힘이 미당의 시를 구축한 근본적 힘이었던 것이다.

3.

초기시에서 강렬한 관능과 체험적 구체성을 선보였던 미당은 후기로 갈수록 초월과 달관의 시학으로 가파르게 경사된다. 그것을 일러 구체성의 상실을 대가로 치른 '무갈등의 시학'의 완성이라고 보는 시각 또한 존재한다. 그러나 미당은 후기에 이르러 '떠돌이'들의 삶이라는 또 다른 지표를 자신의 시적 성채 안에서 새롭게 구축하려고 하였다. 「格浦雨中」을 필두로 하는 '떠돌이' 계열의 시집에 담긴 시편들은 이와 같은 미당의 새로운 시적 욕망을 구현한 세계라고 할 수 있을 것이다.

결국 「格浦雨中」은 중년의 문턱을 넘어서 노경에 이르기 시작한 미당의 시론(詩論)으로 읽을 만한 작품이다. 여기서 우리는 "곧장 가자하면 갈 수 없는 벼랑길도/굽어서 돌아가자면 갈 수 있는 이치를"(「曲」) 깨달은 미당이 연치(年齒)를 더해감에 따라, 시의 본령에 구체적으로 육박해간 흔적을 읽을 수 있다. 그것은 "떠돌이 娼女詩人", "邪戀 男女의 두어雙", ""이 세상의 모든 채송화들"의 이야기를 '水墨글씨'로 쓴 '詩줄'이라는 표현에 귀속되고 있는데, 이 '水墨글씨'야말로 미당이 남기려던 근본적인 시적 욕망 곧 '떠돌이'들의 이야기를 남기는 것을 함의하는 것이다.

이처럼 미당에게 '시'는 '떠돌이'들의 삶과 운명을 담은 "한 줄 굵직한 水墨글씨의 詩줄"이었던 것이다. 이 점에서 시집 『떠돌이의 詩』는 미당 스스로의 '떠돌이'로서의 자기 인식과 그 인식을 담는 과정으로서의 '시'의 방법론적 고찰이라는 이중의 전언을 담고 있는 세계인 셈이다.

떠돌이의 삶에 대한 운명적 긍정과 수용
―신경림 「목계장터」

1. 민중적 자기 긍정의 세계

우리 현대시사에서 신경림은 소외된 민중들의 삶을 따듯하고도 애정어린 시선으로 바라보고 형상화함으로써, 그들의 삶과 인식 그리고 생활적 실감을 가장 핍진하게 보여준 대표적 시인이다. 특별히 그가 펴낸 첫 시집 『농무(農舞)』(1973)는 산업화 시대를 살아가는 농민들의 삶의 세목을 집약적으로 담아냄으로써 한국 시의 사회적 상상력을 한 차원 높인 기념비적 세계로 평가받고 있다. 그 안에는 허물어져가는 우리나라 농촌의 생활적 세부가 충실하게 재현되어 있고, 그것이 시인의 서사 지향성과 일정하게 결합함으로써 우리는 우리 시대의 가장 탁월한 사실적 우화(寓話)를 경험할 수 있게 된 것이다.

이어지는 그의 두 번째 시집 『새재』(1979)는 그가 일생을 다해 추구한 '현대시'와 '민중성'의 결합을 민요적 가락에 실어 형상화한 초기 작품집이다. 그 안에 실려 있는 「목계장터」는 그의 이 같은 초기 시세계를 대표하는 명편(名篇)이라 할 것인데, 그만큼 이 시편에는 신경림 초기시가 추구했던 주제와 가락이 전형적으로 녹아 있다고 할 수 있다. 시의 전문은 다음과 같다.

하늘은 날더러 구름이 되라 하고
땅은 날더러 바람이 되라 하네.
청룡 흑룡 흩어져 비 개인 나루
잡초나 일깨우는 잔바람이 되라네.
뱃길이라 서울 사흘 목계 나루에
아흐레 나흘 찾아 박가분 파는
가을볕도 서러운 방물장수 되라네.
산은 날더러 들꽃이 되라 하고
강은 날더러 잔돌이 되라 하네.
산서리 맵차거든 풀 속에 얼굴 묻고
물여울 모질거든 바위 뒤에 붙으라네.
민물 새우 끓어 넘는 토방 툇마루
석삼년에 한 이레쯤 천지로 변해
짐부리고 앉아 쉬는 떠돌이가 되라네.
하늘은 날더러 바람이 되라 하고
산은 날더러 잔돌이 되라 하네.

1971년 『창작과 비평』에 처음 실렸던 이 작품은, 그 외관으로만 보아서도 민요에 바탕을 둔 전통적 가락과 민중들의 생동하는 정서가 진하게 묻어 있다고 할 수 있다. 남한강변의 '목계(牧溪)'라는 실제 지역에서, 지금은 사라진 장터의 활달한 모습과 거기서 끈질기고도 고된 삶을 이어가는 사람들을 이 시편은 한 시대의 사실적 풍경으로 선명하게 증언하고 있다. 나아가 그들의 삶과 정서를 기억하고 해석하는 시인의 시적 안목은 매우 우호적이라 할 것인데, 그만큼 이 작품은 떠돌이의 삶에 대한 민중적 자기 긍정의 세계에 도달하고 있는 시편이라 할 것이다. 이 글은 이 같은 「목계장터」의 세계를 꼼꼼하고도 정확하게 읽고자 하는 하나의 시론(試論)이다.

2. '방랑'과 '정착' 사이 혹은 '방랑'의 연속

최근 각급 학교 국어 교과서나 문학 교과서에는 신경림의 시편들이 상당수 실려 있다. 그 가운데 「목계장터」도 고등학교 문학 교과서의 단골 메뉴가 되어 있다. 그래서 정상적인 중등 교육을 받은 이들이라면 누구나 자연스럽게 신경림의 「목계장터」를 경험하게 될 수 있을 것으로 보인다. 그런데 정작 「목계장터」를 학생들에게 정확하고도 풍부하게 경험시켜야 할 고등학교 선생님 한 분으로부터 나는 다음과 같은 메일을 받았다. 작품을 가르치는 데서 생겨난 의문점을 담은 질문이었다. 앞뒤 부분을 조금 자르고 그대로 보이면 다음과 같다.

> 보통 참고서에서는 방랑의 이미지로서 '구름'과 '바람'을, 정착의 이미지로서 '들꽃'과 '잔돌'을 언급하면서 이 시를 "한곳에 정착하여 살고 싶지만 떠돌 수밖에 없는 뿌리 뽑힌 민중의 삶"을 이야기하고 있다는 식으로 설명합니다. 그러나 이 시에는 방랑의 이미지만 제시되고 있다고 생각합니다. '들꽃'과 '잔돌'을 정착으로 보면 시의 구조가 다 망가진다고 보입니다. 1~7행까지의 떠남, 8~14행까지의 잠시 동안의 머묾(떠돌이가 장터 주막에 머무는 것은 일시적이지 정착이 아님). 15~16행에서 결론적으로 떠돌이 의식을 드러낸다고 생각하는데요. 참고서의 경우는 대개, "1~7행 : 방랑(떠나는 삶), 8~11행 : 정착(머무르는 삶), 12~14행 : 떠나는 삶, 15~16행 : 떠나고 머무르는 삶"으로 해석합니다. 이런 해석은 시의 대구 구조(1~7행, 8~14행) 자체를 무시하는 해석이라고 생각합니다. 그런데 어느 참고서를 보더라도 천편일률적으로 '정착'의 욕망을 이야기하고 있습니다. 교수님의 고견을 들려주십시오.

나는 이 진지한 질문 앞에서, 익숙하기 짝이 없는 이 시편을 새삼 해석하고 말고 할 게 뭐가 있겠느냐고 순간적으로 느꼈다. 그만큼 이 작품의 메시지는 매우 투명하였고, 가락은 명료하였으며, 대개 한두 줄로 요약하게 마련인 주제 확정도 그리 어려워 보이지 않았다. 하지만 다시 신중하게 시 전편을 꼼꼼히 뜯어본 결과, 위의 질문에 정확하게 답하는 것이 그리 만만한 일은 아님을 알 수 있었다. 하루종일 작품을 이리 만지고 저리 만지고 난 후 나는 이러한 답신을 그 선생님께 보내드렸다.

> 선생님 편지를 받기 전까지 저는 「목계장터」가 '정착'과 '유랑' 사이의 갈등을 다루었다고 해석되는지는 전혀 몰랐습니다. 하지만 인터넷을 뒤져보니 이 같은 해석이 보편적인 힘을 발휘하고 있더군요.
>
> > '구름'과 '바람'은 떠남(떠돌이)의 이미지이며 '들꽃'과 '잔돌'은 정착의 이미지다. 그리고 이 심상 사이에서 방물장수와 떠돌이의 길을 갈 수밖에 없는 민중들과 시인 자신의 운명을 은근히 암시하고 있다. 따라서 이 시는 떠남과 정착이라는 두 축을 중심으로 의미망이 형성되고 있는 것이다. 구름과 잔바람, 방물장수, 떠돌이로 표상된 '유랑'의 이미지와 들꽃과 잔돌로 표상된 '정착'의 이미지는 이 시의 주제 의식을 이루는 두 축이 된다.
>
> 물론 일리가 있겠습니다만, 이 작품은 '장터'가 갖는 떠돌이성 혹은 유랑성(아마 김동리의 단편 「역마(驛馬)」도 장터가 배경이었지요! 이효석의 유명한 단편 「메밀꽃 필 무렵」도 역시…)의 의미만 존재한다고 생각됩니다.
>
> 그 근거는 대략 이러합니다. 먼저 시의 구조를 볼까요? 이 작품은 치밀한 대구적 구조로 되어 있습니다.
>
> 1행 ……………… 하늘 – 구름
> 2행 ……………… 땅 – 바람
> 3~4행 ………… 청룡 흑룡(1행의 '하늘') – 비 개인('구름')
> 잡초(2행의 '땅') – 잔바람('바람')
> 5~7행 ………… 방물장수
> 8행 ……………… 산 – 들꽃

9행 .... 강 – 잔돌
10~11행 ...... 산서리(9행의 '산') – 얼굴 묻고('들꽃')
물여울(10행의 '강') – 붙으라네('잔돌')
12~14행 ...... 떠돌이

이렇게 정확하게 대구(對句)가 이루어집니다. 1~7행과 8~14행 사이의 대구는 물론, 1~2행과 3행 그리고 5~7행, 8~9행과 10~11행 그리고 12~14행도 고스란히 구조적으로 맞아떨어집니다. 그러니 시인의 전언은 그대로 '방물장수'와 '떠돌이'로 수렴(收斂)되는 구조를 취하고 있습니다. 이는 '구름(1행)'과 '바람(2행)'이 '방물장수(7행)'의 유랑성을 상징하듯이, '들꽃(8행)'과 '잔돌(9행)'도 '떠돌이(14행)'의 어떤 속성으로 수렴되어야 함을 뜻합니다. 그게 시의 구조를 올바로 읽은 것이 됩니다.

마지막 두 행은 다시 순환 구조를 보이고 있습니다. 1행의 '하늘'과 8행의 '산'이 다시 나오면서, 각각 '바람'과 '잔돌'을 불러내고 있습니다. 원래는 '하늘'과 '산'은 각각 '구름'과 '들꽃'을 불렀던가요? 상관없습니다. 의미론적으로 모두 등가물들이니까요. 그러니 '구름-바람-방물장수/들꽃-잔돌-떠돌이'들은 '하늘-땅/산-강' 그야말로 '천지산하(天地山河)'가 명명하는, 버려진 존재들의 심상들입니다.

두 번째는 시의 내용적 측면입니다. 여기서 여러 번 반복되고 있는 '되라네'(되라 하고, 되라 하네)의 보어(補語) 역할을 하는 단어들은 다음과 같습니다.

1행 .... 구름
2행 .... 바람
3~4행 .... 잔바람
5~7행 .... 방물장수
8행 .... 들꽃
9행 .... 잔돌

10~11행 …… (여기서 일종의 파격으로서) '되라네'가 아니고 '묻고/붙으라네'라는 다른 동사가 나옵니다. 여기서 묻고 붙는 속성은 '맵차고/모진'에서 살아남는 떠돌이들의 속성을 상징합니다. 사실 '묻고/붙는' 것은 숨는 것이요 도피하는 것이지만, 떠돌이들로서는 질긴 세상살이에서 살아남는 민중적 서바이벌의 지혜가 아니었겠는가, 하는 것이 시인의 생각인 것 같습니다.

12~14행 …… 떠돌이

'방물장수'와 '떠돌이'는 여기서도 정확하게 대응하고 있는데, 이를테면 3행의 "목계 나루"와 12행의 "토방 툇마루", 4행의 "아흐레 나흘 찾아"와 13행의 "석삼년에 한 이레쯤", 5행의 "가을볕도 서러운"과 14행의 "짐부리고 앉아 쉬는"이 정확하게 대응합니다. 그러니 '나루'와 '토방', '서러운'과 '쉬는'은 각각 동일한 의미망 안에 존재하게 됩니다.

결국 이 시편의 주제는 '방랑과 정착 사이의 갈등'이라기보다는 '한 곳에 머물지 못하고 유랑할 수밖에 없었던 민중들의 신산한 삶, 그리고 그것의 운명적 수용' 정도가 아닐까 합니다. 이상입니다!!!

이렇게 메일을 띄우고 나니 그 선생님은 자신의 의문이 풀렸다고 곧 반가운 답신을 보내오셨다. 나는 그분 덕택에 「목계장터」라는 완결성 높은 시편을 꼼꼼히 해석해보는 망외의 즐거움을 누린 셈이 된 것이다. 그리고 시간이 조금 지나 다시 한번 찬찬히 시의 내용을 들여다보니까, 그것이 다음과 같은 다섯 개의 내용 단락으로 이루어지고 있음을 발견할 수 있었다. 잠깐 개관(概觀)해보자.

제1단락(1~4행)은 시인이 유랑성에 대해 어떤 태도를 보이는지를 드러낸다. 이때 '구름'과 '바람'은 시인이 삶에 대해 갖는 유랑 혹은 자유의 의지를 뜻하며, "청룡 흑룡 흩어져 비 개인 나루"는 그곳에 전해져 오는 '용(龍)'의 전설에서 취재한 표현일 것이었다. 제2단락(5~7행)은 방물장수의 떠돌이 삶을 노래하는데, '아흐레 나흘'은 목계장이 서는 9일과 4일을 말하는 것일 터이며, "가을볕도 서러운 방물장수"에서는 가을볕마저도 서럽게 느껴야 하는 비애가 잘 드러나 있다고 할 수 있겠다. 제3단락(8~11행)은 떠도는 과정에서의 비애와 생존 의식을 드러내며, 제4단락(12~14행)은 삶에 대한 깊은 애환을 보여준다. "산서리 맵차"고 "물여울 모진" 시련을 피해 안식을 얻고 싶지만 떠돌이로서의 삶은 그 같은 유예와 도피를 허락지 않는다. 마지막 제5단락(15~16행)에서는 그러한 운명을 궁극적으로 수긍하면서 시를 맺고 있다.

이러한 독해 결과를 스스로 추스르고 나서, 이 시편에 대해 선학(先學)들이 내놓은 의견들을 여기저기서 눈여겨볼 기회가 있었다. 먼저 한계전 교수는 다음과 같이 이 시편을 읽고 있다.

> 퇴색해가는 목계나루에서 방랑과 정착의 갈림길에 서 있는 이 시대의 민중들과 시적 화자의 갈등을 이 시는 진솔하게 표현하고 있다. (…) 이 시의 화자는 일정한 거처를 마련하지 못하고, 삶의 현장 이곳저곳을 떠도는 나그네의 모습을 하고 있다. 이 나그네는 가진 것 없고, 그래서 항상 짓눌려 살아가는 민중의 표상이다. 이 작품에서는 하늘 땅 산 강과 같은 자연의 풍경들이 의인화된 주체로서 등장하고 있다. 그리하여 이들은 화자에게 바람 방물장수 들꽃 잔돌 떠돌이가 되라고 요구하고 있다. 그러나 실제로 이와 같은 일이 가능하지 않음은 주지의 사실이다. 그렇다면 왜 시인은 이런 표현을 구사하고 있을까? 그것은 이 시의 화자의 억눌린 삶의 애환을 한층 더 강렬하게 그려내려는 의도에서 기인한 것이다.
>
> —『한계전의 명시 읽기』, 문학동네, 2004, 302~303면

매우 온당한 관점이자 해석이라 여겼다. 하지만 한 교수는 '방랑'과 '정착'이라는 기왕의 키워드를 전제함으로써, 시 안에서 방랑성의 지속보다는 그 사이에서 갈등하는 민중들의 애환을 강조하고 있다.

유종호 교수는 최근의 저서에서 「목계장터」를 해석하고 있는데, 화자를 목계 나루를 들락거리는 떠돌이로 보고 그가 보여주는 떠돌이 충동의 표현으로 읽음으로써, 한결 작품의 사실적 세부에 가 닿고 있다. 그리고 그는 이 시편을 이해하는 데 유력하게 참고할 수 있는 사실들을 풍부하게 제시해주고 있다. 가령 '박가분(朴家紛)'이 고유명사로서 한 시절 널리 쓰였던 분(紛)의 상표였다는 것, "용 가는 데 구름 간다"는 옛 믿음과 "청룡 흑룡 흩어져 비 개인 나루"가 의미상 연결되고 있다는 것, 서울까지 왕래하는 뱃길 상인들의 실제로 있었던 점을 들어 "서울 사흘"을 풀어야 한다는 것 등은 시편의 세목 해석에 대한 유력한 시사를 제공하고 있다.

> 「목계장터」의 화자는 결코 한량이 아니다. 그렇지만 그가 "길과 소롯길이 인간 영혼으로부터 사라져버리고 인간이 제 발로 걷기를 즐기지 않게 된" 현대에 사는 사람들의 역상(逆像)인 것만은 확실하다. 그는 짐부리고 앉아 쉬는 민요 속의 게으른 주인공이며, 총총한 별 아래 잠자던 방랑자와 동류이다. 성장의 신화에 견인되어 한사코 달려오기만 하였던 세대들에게 「목계장터」는 단순한 표박 충동의 표출임을 넘어서 해방과 휴식의 호소로도 읽힌다.
>
> —『시 읽기의 방법』, 삶과 꿈, 2005, 197면

말하자면 이 시편은 떠돌이들의 삶에 대하여, 한 시절 쉬었다 가자는 비애 어린 권유와 호소를 기저(基底)에 깔고 있다는 것이다. 이면적 전언을 읽어내는 안목이 여기서 다시 한번 돌올(突兀)하다.

결국 이 시는 '목계장터'를 중심으로 떠돌이 생활을 하는 민중들의 삶과 생명력을 노래하면서, '방랑'과 '정착' 사이의 갈등이 아니라 '방랑'의 연속일 수밖에 없는 그들의 삶을 궁극적으로 긍정하고 승인하는 마음을 담고 있는 것이다.

3. 시사적 연속성의 맥락

이러한 작품 해석과는 별도로 우리는 「목계장터」를 일정한 시사적 연속성의 맥락에서 읽을 수 있다. 가령 다음에 제시되는 자료들은 소재나 어법 그리고 화자 설정의 방법에까지 「목계장터」와 매우 높은 친연성을 가진 시편들이다. 그것은 박목월의 「산이 날 에워싸고」, 김남주의 「노래」, 그리고 하덕규의 시를 양희은이 노래로 부른 「한계령」 등이다.

산이 날 에워싸고
씨나 뿌리고 살아라 한다
밭이나 갈며 살아라 한다

어느 짧은 산자락에 집을 모아
아들 낳고 딸을 낳고
흙담 안팎에 호박 심고
들찔레처럼 살아라 한다
쑥대밭처럼 살아라 한다

산이 날 에워싸고
그믐달처럼 사위어지는 목숨
그믐달처럼 살아라 한다
그믐달처럼 살아라 한다

—박목월 「산이 날 에워싸고」

이 두메는 날라와 더불어
꽃이 되자 하네 꽃이

피어 눈물로 고여 발등에서 갈라지는
녹두꽃이 되자 하네

이 산골은 날라와 더불어 새가 되자 하네 새가
아랫녘 윗녘에서 울어 예는
파랑새가 되자 하네

이 들판은 날라와 더불어
불이 되자 하네 불이
타는 들녘 어둠을 사르는
들불이 되자 하네

되자 하네 되고자 하네
다시 한 번 이 고을은
반란이 되자 하네
靑松綠竹 가슴으로 꽂히는
죽창이 되자 하네 죽창이

―김남주 「노래」

저 산은 내게
우지 마라 우지 마라 하고
발 아래 젖은 계곡 첩첩 산중

저 산은 내게
잊으라 잊어버리라 하고
내 가슴을 쓸어내리네

아 그러나 한 줄기 바람처럼 살다 가고파
이 산 저 산 눈물 구름 몰고 다니는
떠도는 바람처럼

저 산은 내게
내려가라 내려가라 하네
지친 내 어깨를 떠미네

—하덕규 「한계령」

이 작품들은 한결같이 자연 사물들이 사람에게 말을 걸어오는 구조를 취하고 있다. 이때 자연은 사람에게 때로는 가혹하게 명령하고 때로는 간곡하게 권면하고 때로는 따스하게 위로하고 있다. 가령 박목월의 시편에서 '산'은 화자에게 "씨나 뿌리고/밭이나 갈며/들찔레처럼/쑥대밭처럼/그믐달처럼" 살라고 권면한다. 자연에 순응하여 자족적인 삶을 살겠다는 화자의 의지가 그러한 어법을 통해 진하게 전달된다. 그런가 하면 1980년대의 저항시인 김남주는 '두메/산골/들판/고을'이 "녹두꽃이 되자/파랑새가 되자/들불이 되자/반란이 되자 하네/죽창이 되자"고 절규하는 형상을 우리에게 보여준다(물론 이것은 조용한 '권유'나 '위안'이 아니라 매우 격정적인 프로포즈이다). 또한 「한계령」은 '산'이 화자에게 "울지 말고/잊어버리고/내려가라"는 조용한 낭만적 화해와 위안을 보내는 구조를 취하고 있다.

물론 낭만적 목가(牧歌)로서의 서정시(박목월, 하덕규)와 한 시대의 첨예한 저항시(김남주)라는 창작 맥락의 차이를 감안해야 하겠지만, 그럼에도 불구하고 이 작품들은 한결같이 자연 사물이 인간에게 명령하고 절규하고 속삭이고 권면하는 어법을 동일하게 갖고 있다. 이 점 「목계장터」의 언술 방식이 시사적 맥락 속에서 탕진되지 않고 폭 넓게 활용되고 있다는 점을 입증하는 사례라 할 것이다.

생각해보면 「목계장터」의 이면적 전언은 신산한 떠돌이들의 삶을 긍정하면서도, 조금은 쉬었다 가자는 삶의 지혜를 권유하는 데 있을 것이다. 결국 「목계장터」는 1970~80년대라는 한 시대를 거쳐온 우리 모두에게 깊은 경험적 실감을 선사하고 있고, 우리말의 아름다움을 집중성 있는 운율과 가락과 숨결로 보여주는 중요한 시편이다.

저자 유 성 호(柳成浩)

1964년 경기도 여주에서 태어나 서울에서 자랐다.
연세대학교 국어국문학과를 졸업하고
같은 대학원에서 문학박사 학위를 받았다.
현재 한국교원대학교 국어교육과 교수로 일하고 있다.
지은 책으로
『한국 현대시의 형상과 논리』(1997),
『상징의 숲을 가로질러』(1999),
『침묵의 파문』(2002),
『고등학교 교과서에 실린 문학 작품 바로 읽기』(공저, 2003),
『고교에서의 시 교육 어떻게 할 것인가』(공저, 2003),
『고등학교 현대문학』(공저, 2004),
『한국 시의 과잉과 결핍』(2005) 등이 있다.

현대시 교육론

인 쇄 2006년 4월 21일
발 행 2006년 4월 28일

저 자 유 성 호
펴낸이 이 대 현
편 집 권 분 옥
펴낸곳 도서출판 역락
서울 성동구 성수2가 3동 301-80 (주)지시코 별관 3층
전 화 : 3409-2058, 3409-2060 FAX : 3409-2059
이메일 : youkrack@hanmail.net
등 록 1999년 4월 19일 제303-2002-000014호

정 가 14,000원
ISBN 89-5556-474-0-93810